図書館危機

図書館戦争シリーズ③

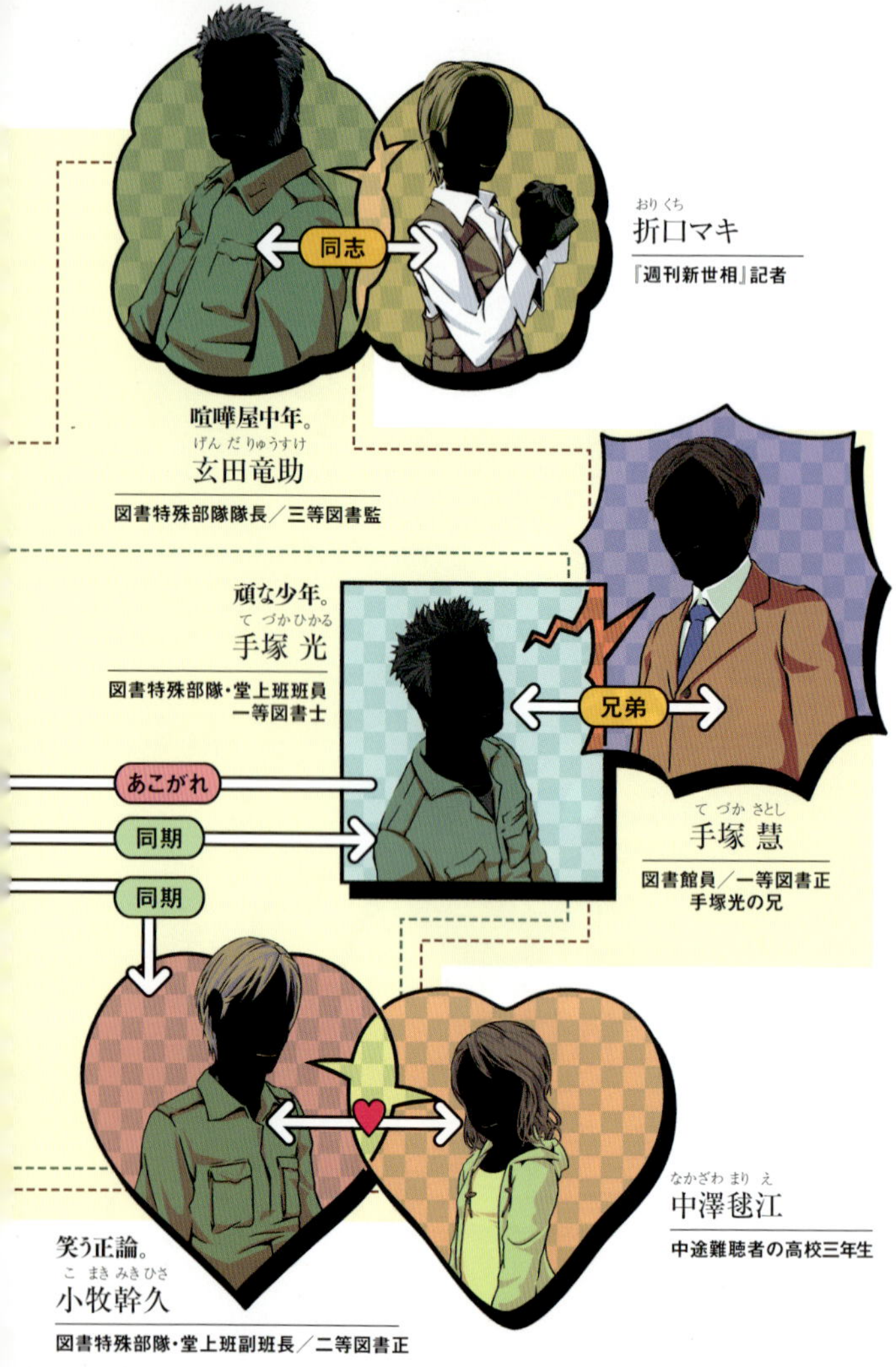
同志
折口《おりくち》マキ
『週刊新世相』記者
喧嘩屋中年。
玄田竜助《げんだりゅうすけ》
図書特殊部隊隊長／三等図書監
頑な少年。
手塚《てづか》 光《ひかる》
図書特殊部隊・堂上班班員
一等図書士
兄弟
手塚《てづか》 慧《さとし》
図書館員／一等図書正
手塚光の兄
あこがれ
同期
同期
中澤毬江《なかざわまりえ》
中途難聴者の高校三年生
笑う正論。
小牧幹久《こまきみきひさ》
図書特殊部隊・堂上班副班長／二等図書正

LIBRARY WAR part 3 CAST

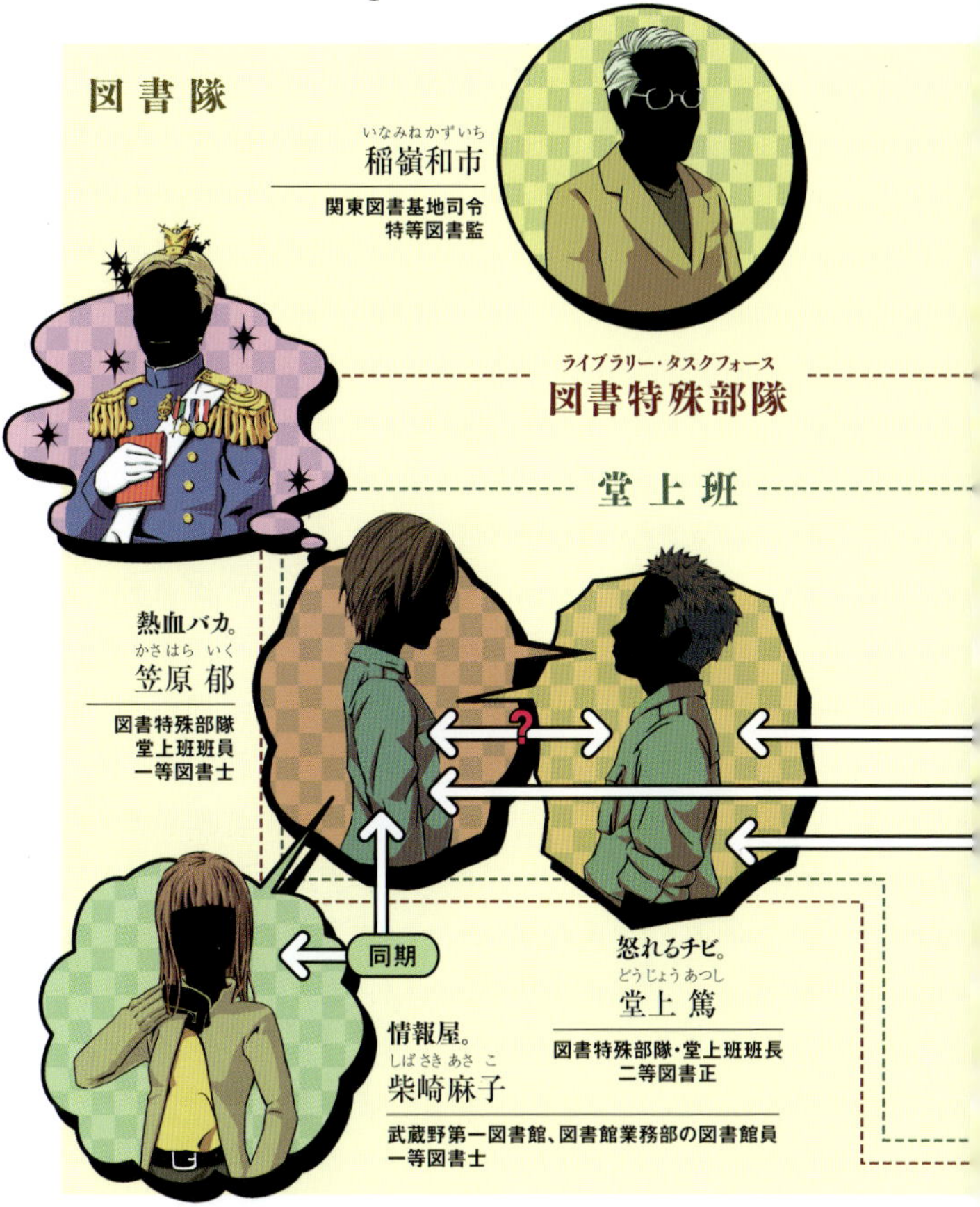

私のしてきたことはお前から見てどうだったね？

図書館危機

図書館戦争シリーズ③

有川 浩

角川文庫
16828

目次

口絵イラスト／徒花スクモ
口絵デザイン／カマベヨシヒコ

図書館の自由に関する宣言

一、図書館は資料収集の自由を有する。
二、図書館は資料提供の自由を有する。
三、図書館は利用者の秘密を守る。
四、図書館はすべての不当な検閲に反対する。

図書館の自由が侵される時、我々は団結して、あくまで自由を守る。

一、王子様、卒業

＊

「いや、返してッ！」

コンテナに本を放ろうとした良化隊員の腕に、郁《いく》はとっさにしがみついた。

「離せ！　それとも万引きの現行犯で警察に行きたいか!?」

投げつけられた恫喝《どうかつ》に一瞬ぎくりと心が冷える。違う。万引きなんかじゃ、
とっさに周囲の目を気にして見回すと、近くにいた初老の店長が痛ましい顔のまま首を横に振った。逆らうな。そう言っているのが分かった。

分かってくれてる。そう思った瞬間、腹が括《くく》れた。

「いいわよ行くわよ！　店長さん警察呼んで！　あたし万引きしたから！　盗った本と一緒に警察行くから！」

盗った物がなければ万引きは立証できないはずだ。

隊員が忌々しそうに舌打ちした。

「うるさい、離せ！」

思い切り突き飛ばされて、――派手に尻餅《しりもち》をつく直前で支えが入った。振り向くとスーツ姿の青年が郁を片手で支えていた。

そのまま床にへたり込んだ郁が見上げている前で青年は隊員に歩み寄り、有無を言わさず本

を取り上げた。

「何をするキサマ！」

いきり立った隊員の前で、青年は内懐から出した手帳のようなものを掲げた。

「こちらは関東図書隊だ！　それらの書籍は図書館法第三十条に基づく資料収集権と三等図書正《としょせい》の執行権限を以《もっ》て、図書館法施行令に定めるところの見計らい図書とすることを宣言する！」

高らかに宣言するその人の背中を見上げ、胸に湧き上がった言葉は一つだけだった。

――正義の味方だ。


夢を見ている。

五年前――いやもう六年前に助けてくれた三正の夢だ。郁の買おうとした本を検閲本として取り上げようとした良化隊員から郁を庇《かば》ってくれた、郁が図書隊を志すきっかけになった三正――顔も覚えていない、名前も知らない、ただ憧《あこが》れの象徴だったはずの。

夢を見ながらこれが夢だと分かるのは、その晩その夢を見るのがもう三回目か四回目だからだ。

勝手に自分より大きな背丈を想像していたが、何度も何度も夢で思い返しなぞるうち自分は一度もその人の前に立っていないことに気がついた。最初に割って入られたときはその支えに体を預けたままで床にへたり込み、事が終わった時には突き飛ばされて足を傷め、座っていた郁を三正が立たせなかったのだ。

見上げる角度でしか見ておらず、顔覚えの悪さは筋金入りだ。何しろ図書隊員が覚えていて然《しか》るべき図書基地司令に「おじさん」などと声をかけにいった経歴さえある。

顔を覚えていなかったのはトラブルに巻き込まれた混乱もあったろう。郁にとってその三正は『正義の味方』の象徴で、それが誰か分からないからこそ安心して憧れられる人でもあった。

喩《たと》えて言うなら、テレビの向こうのアイドルにキャーキャー黄色い声を上げてもテレビの中のアイドルには聞こえない、みたいな？

それを――初《しょ》っ端《ぱな》から本人に聞こえてたなんて愉快な話がどこにあんのよっ！

柴崎《しばさき》に散々苦情を言われた後だったので、飛び起きるアクションで悲鳴を代替する技能が身についていた。

しかし飛び起きると息は荒い。思い出せば思い出すほど身悶《みもだ》えしたくなるようなことばかりが次々と記憶から掘り起こされてくる。

入隊試験の面接で憧れの三正について語り尽くした場に今の上司が全員揃っていたことまで。途中から顔を上げずほとんど机に突っ伏していた、後に上官となったその堂上《どうじょう》が語り尽くした三正だったなんて一体どうやって気づけというのか。

好きな人の前でどうしてその人が好きか懇切丁寧に語り尽くしたようなものだ。あまつさえ、本人の前で過去の本人のことを王子様とか好きとか！

そしてその幾多の恥ずかしさをやっとの思いで乗り越えると、次は恥ずかしさと不安の一番高い山がやってくる。

自分より肩の線が低い、しかし精悍《せいかん》な背中。怒鳴っても睨《にら》んでも恐い鬼教官だが背中にいると誰より心強い。

その堂上は、いま郁のことをどう思っているのか。王子様の話が出るたびに心底煩わしげな顔になる、ということはやはり——

堂上教官、あたしのことが嫌いなんだ。

目を覚ます度にその結論にたどり着かざるを得ない。

そして閉じた目の中で涙が熱く滲《にじ》んだ。

＊

翌日の顔はひどかった。細切れに泣き寝入っていたようなものだから目元は腫《は》れ上がり、顔もむくんで洗顔程度では戻らない。

「どうしてまたそんなひどい顔になってるわけよ」

柴崎が厨房《ちゅうぼう》から氷を持ってきてくれたが、出勤までに顔のむくみが少し引いた程度だ。

「夢見が悪くてちょっと」

「まーだそれでごまかすか」

柴崎は呆《あき》れたように肩をすくめ、「あたしは先行くから勝手にしな」と先に部屋を出た。

怒ってるかな。でも言えないこんなこと。

憧れの王子様が実は今の上官で、上官にはどうやら嫌われていて、自分はどうやらそのことに凄《すこ》く傷ついているなんてこと。

まるで——あたしが堂上教官を好きみたいな、
仮病を使って欠勤にするかどうかギリギリまで悩み、結局郁は訓練服に袖《そで》を通した。悩んでいるうちに出勤着で出勤したら間に合わない時間になっていたからである。

それに手塚慧《てづかさとし》から預かっている用事もある。金銭の絡むことは早く手続きを済ませておく、というのは小さい頃から厳しく躾《しつ》けられていた。


「うわっ、どうしたお前！」

堂上は遅刻ギリギリになった郁に小言を言うつもりだったらしいが、郁の顔を見るなり用意しておいた台詞《せりふ》が変わったようだ。

「うわぁ、随分泣き腫らした顔だねぇ～」

躊躇《ちゅうちょ》なく寄ってきたのは小牧《こまき》で、同期の手塚は動揺しているのか関わりたくないのか慎重に距離を取っている。

「何でもないですからっ。遅くなってすみません、それからっ」

何でもなくはない揺れた声で懸命に答えつつ、出がけに制服のポケットに突っ込んできた慧の封筒から新券の一万円札を引っ張り出す。

「堂上教官、これ」

嫌われている、と思い込んだ相手と目を合わすのが辛《つら》いので伏し目でごまかす。

「何だこれは」

「手塚のお兄さんから、食事代を返すそうです。二万円入ってました、あたしと教官で割り勘にしたから教官に半分」

言った瞬間、堂上の顔色が変わった。

「その手紙……手塚慧からか。何言われた、見せてみろ！」

郁の泣き膨れた顔の原因を手紙に直結させたらしい、堂上が郁から慧の手紙を引ったくろうとした。

「ちっ、違いますこれは……！」

バカ、あたし何で封筒からお金だけ抜いてこなかったの！　などと自分の迂闊《うかつ》を恨んでも後の祭りだ。細切れの睡眠不足で注意力もなくなっていたし、遅刻寸前で慌ててもいた。

「でもそれうちの兄貴の筆跡だよな⁉」

などと遠巻きにしていた手塚も横から余計な検証を入れ、堂上はますます血圧を上げた。

「いいから寄越せ！　それが原因なら俺が内容を判断する！」

「ちょ、ちょっと落ち着こうよみんな。笠原《かさはら》さんの泣きっ面の原因がその手紙と決まったわけじゃなし、私信ならプライベートだろ」

ごく真っ当な小牧の仲裁もその場の訳の分からないテンションを上げるばかりだ。

「私信で揺さぶりをかけてる可能性もある！」

確かに揺さぶりと言えば激震に近い揺さぶりだったが、それを知られる訳にはいかない。

「あたし確かに今日泣きブスになってますけどこの手紙は関係ありませんっ！　お金の他には食事代を返すって用件しか入ってませんでした！」

「それしか入ってないなら見せられるだろう！」

「堂上！」

見かねた小牧が力尽くで仲裁に入ったが、堂上もそれを力尽くではね返した。

「あんなことに巻き込まれた後だぞ、手塚慧に関する判断は俺がする！」

——火事場の馬鹿力、というのは正にこのことだったろう。

封筒を取り上げられかけて、郁の記憶は五秒間完全に飛んだ。

ガン、という剣呑《けんのん》な音がして堂上が机の列の間にぶっ倒れてから我に返った。

「堂上っ！」

小牧の声は今度は仲裁ではなく、深刻に容態を尋ねるものだった。よその班の隊員も血相を変えて集まってくる。小牧の呼び声に堂上の返事はなかった。

「キャ――――――――――――――――ッ！」

郁は堂上にすがりついて悲鳴を上げた。

「堂上教官⁉　堂上教官ッ！　すみませんそんなつもりじゃなかったんですあたし体が勝手に、やだ返事してくださいい死んじゃイヤ――――‼」

「……手塚、うるさいから笠原さんどっか持ってって」

呆れた声での指示は小牧だ。

「脳震盪《のうしんとう》起こしてるだけだよ、俺たちは救護室に堂上を運ぶから」

手塚が郁を「持ってった」場所は訓練室の道場で、そこで空白の五秒間のことを聞かされた。

「見事な大外刈りだった。あんな受け身も取れない場所で繰り出す技じゃないけどな」

封筒を取り上げようとした堂上を引き手で摑《つか》まえて、郁は力任せに堂上の体を跳ね上げたという。

「普通はあんなに見事に飛ばないもんだけどな。まあ、堂上二正も油断してたし、堂上二正とお前なら体格差も上背ある分それほどハンデないしな。堂上二正から最も華麗に一本取った女として伝説に残るんじゃないか、お前」

それは玄田《げんだ》以下お調子者揃いの特殊部隊ではいかにもあり得ることだったが、そんなことになったらますます堂上に嫌われそうで郁のテンションは更に泥沼になった。

「ていうか、兄貴の手紙ホントに関係ないわけ」

手塚としてはそこがやはり気になるらしい。

「業務に関わるような深刻な話としては関係ないよ、ホントに。ただ……」

はぁ、と重く溜息《ためいき》を吐《つ》く。

「あんたのお兄さん、細かい嫌がらせが上手よね……」

「……初見でそれを悟るような真似をされたことに同情し、身内として深く陳謝する」

政府答弁のような手塚の詫《わ》びに郁も小さく吹き出した。

と、道場の扉ががらりと開いた。

「っと、ここか」

顔を出したのは小牧である。

「手塚、今から青木《あおき》班の射撃訓練に合流して。俺は笠原さんが落ち着いたら連れてくから」

はい、と立ち上がった手塚に郁も腰を上げた。

「あたしも大丈夫です、合流します」

「まだ無理だよ、落ち着いてない人間が訓練に混ざると向こうの班に迷惑だしね。そうでなくとも銃器使う訓練だし」

手塚が道場を出てから、郁が訊《き》くより先に小牧が答えた。

「堂上なら心配ないよ、一時間も横になってりゃ勝手に起きてくるってさ」

よかったぁ、と郁はまたべそをかいた。

「そんでここから先は立ち入った質問だけど、手塚慧の手紙で何かあったよね？」

穏やかな断定には却《かえ》って逆らえず、郁は俯《うつむ》いて膝頭《ひざがしら》に目を落とした。堂上も神経質になっていたが、あそこまで頑《かたく》なに拒否する郁もおかしい。あまつさえ上官をぶん投げてまで阻止するなど、手紙で何かありましたと白状しているようなものだ。

私信だからと仲裁してくれた小牧もそれは分かったうえで止めに入ってくれたのだろう。

「堂上に言えないなら俺でどうかな、一応上官として。そんな泣き腫《は》らすようじゃ自分一人で考えるのは荷が重いんだろ？」

堂上のやり方が北風だったとしたら、小牧は見事に太陽だった。

「絶対、堂上教官には言わないでくれますか」

郁は小牧の肩にすがりついた。

「手塚慧が……堂上教官があたしの王子様だって」

小牧が笑い飛ばしてくれるのを一瞬期待した。しかし、小牧はものすごく困った顔をして、やがて天井を仰いだ。

「……子供じみた嫌がらせが好きな人だね、どうやら」

それが肯定の返事だと分からないほど郁も鈍くはない。

「あたし——あたし、王子様の正体が分からないから安心して憧《あこが》れてて……まさか堂上教官がそうだなんて思わなかったから王子様と堂上教官を比べるようなことも言って、ひどいこともいっぱい言って、あたしは王子様に憧れて図書隊に入ったけど、堂上教官に憧れて図書隊入る子供なんかいないって」

「うわーそれすごいクリティカルヒット」

気の毒そうな小牧の呟《つぶや》きに、当時の問答が巻き戻った。

でもあたし、その本屋さんにいたのが堂上教官だったら図書隊員になりたいとは思いませんでした！

思いつく限りの皮肉を投げて、怒らせるつもりだった堂上はまるで引っぱたかれたような、──傷ついたような顔を、

「あたし、ひどいこといっぱい」

憧れの王子様に会ったら、あのときのお礼を言って、あなたを追いかけてここまで来ましたって、──そう言いたかったのに。

一番ひどいことを言って傷つけた。

「堂上教官があたしのこと嫌うの当たり前だ……」

また泣きそうになって膝を抱えた郁に、小牧が怪訝《けげん》な声を出した。

「待って？　何でいきなりその結論？」

「だってあたし恩知らずだし、ひどいことばかり言って出来も悪いし、バカだし、嚙《か》みついてばっかだし」

喉《のど》がくぅっと締まって声が縮んだ。

「それに堂上教官、あたしが王子様のこと話すとすごく嫌そうな顔するし。あたしにその話をされるのが嫌なのは、あたしの王子様になっちゃったことが嫌ってことじゃないんですか」

「うーわー結論そこ行くか」

小牧が難しい顔で腕を組んだ。五歳年上の男の機微を分かってやってってのは難しいかなぁ、などとぶつぶつ呟いてから、

「何か今やたら卑屈になってるみたいだけど、堂上は少なくとも部下として笠原さんを嫌ってないよ。部下として大事にされてる事実を無視したらいくら何でも堂上にむごい」

堂上にむごい。その言い方に胸が軋《きし》んだ。

手塚慧に揺さぶられていたとき、外から窓ガラスを叩《たた》いたのは堂上だった。息の上がった声で、俺の部下だと有無を言わさず郁を連れ出した。

郁が何かまずい状況に陥ったら必ず来るのは堂上で、まるで正義の味方のような。

「どっちかっていうと逆っていうか過保護に過ぎるっていうか、俺なんか過保護になりすぎて巧《うま》く使えないなら他班に手放せって言ったこともあるくらいだよ」

そんな問答があったことを今さら知らされて動揺する。やっぱりあたしは堂上教官にとって使いにくい部下なんだろうか。

と、小牧は郁の内心を読んだように手を振った。

「あー、違う違う。それは完全に堂上の側の問題だから。だってそうでしょ、戦力になる部下わざわざ外して攻防戦の編成組むとかさ、過保護にも程があるよ」

「でも、じゃあ、何で」

　堂上が郁のことを嫌いでないのなら、

「何で王子様のこと、あんなに悪く言うんですか？　あたしに王子様のこと——教官のこと、嫌いにさせたくて、遠ざけたくて言ってるとしか思えません！　そんで、」

　郁はきつく体を縮こまらせた。

「堂上教官に嫌われてるとしたら、あたし何かすごく辛《つら》いみたいなんです」

　あー、その泣き顔はそれか、と小牧は納得したように頷《うなず》いた。

「王子様の正体がいきなり分かっちゃって混乱してるんでしょ」

　あっさり言い当てた声の軽みに釣られたように郁は顔を上げた。

「堂上が王子様であることを拒否してることが、笠原さん的には好きな人に拒否されたみたいで辛いわけだ」

　考えるよりも先にこくりと頷いていた。

　それが堂上を好きだという可能性を含むということに思い至る余裕もなかった。

「頑張って少し落ち着いてごらん。笠原さんが王子様に憧れてたのも、本人に向かってさんざ王子様に熱上げてたのも動かない事実として、笠原さんはその六年前から一歩も動いてないんだから。今堂上が好きかどうかなんて考えても分かるわけないよ、実は憧れの王子様だった！って上乗せが効き過ぎだもん。

　王子様だったから、じゃなくて堂上を見てやって。笠原さんが入隊してから角突き合わせて喧嘩《けんか》三昧《ざんまい》で融通の利かない厳しい上官だった堂上を見てやって」

じゃないとあいつも浮かばれないよ、と苦笑混じりに小牧は付け足した。

「浮かばれないって……」

「それは当事者同士で分かるときが来たら分かったらいいんじゃない？　俺からは言えない」

小牧の口調は絶対に口を割らないときのそれになっていたので、郁も食い下がらない。

「じゃあ、気分が落ち着いたら訓練に参加して。今日は俺の個人指導にするから直接俺んとこ来てね。それから……」

道場を出て行きかけた小牧が一歩だけ立ち止まった。

「笠原さん、六年前の自分のこと思い出したらどう感じる？」

若気の至りや失敗その他、封じ込めていた記憶がその質問で一気に膨れ上がり、郁は思わず叫んだ。

「恥ずかしいです！」

……懐かしいとかもいろいろあるけど、と小さく付け加えると、小牧はにっこり笑った。

「俺たちも一緒だよ。って言ったらちょっとは安心する？」

そして小牧は道場を出て行った。

郁は壁に頭をもたせて天井を見上げた。

堂上教官も、王子様だった頃のこと言われたら恥ずかしいのかな。

そう思うとぐちゃぐちゃに混乱していた気持ちが少しだけ落ち着いた。

取《と》り敢《あ》えず、王子様の正体を知ったことは堂上には隠し通そう。

そして0《ゼロ》に戻そう。王子様のことで騒いだり、比べて堂上に突っかかったり、そういうことは全部やめて、ちゃんと堂上の部下でいることに努めよう。

それが小牧の言っていた「今の堂上を見る」ということになるはずだった。


——その事件が起こったのは、郁がそんな決意をしてから数日後のことである。

＊

業務部の事務室で、泣き声をこらえて座っているのは毬江《まりえ》である。付き添った柴崎が淹れた紅茶にも手をつけない。手をつける余裕がないのだろう。

よく分かる。

彼女は今たった一人が駆けつけるのを待っているはずで、そのたった一人のほかには彼女の金縛りを解くことはできない状態だった。

慌ただしい足音が近づいてきて、剣呑《けんのん》な音を立ててドアが開いた。

「毬江ちゃん!?」

恐らく他のメンバーが気を利かせたのだろう、部屋に飛び込んできたのは小牧一人だった。毬江は椅子を蹴倒《けたお》す勢いで立ち上がり小牧の胸に飛び込んだ。制服のシャツにしがみついて押し殺すような声で泣く。

耳に障害を持っている彼女は、こんなときでも自分の泣き声が周囲にどれくらい響くのかを測りかねて押し殺した泣き方しかできないのだ。

毬江を躊躇《ちゅうちょ》なく抱きしめた小牧は「どういうこと」と柴崎に説明を求めた。

犯人を取り逃がしたのは痛恨事だが、柴崎は状況をできるだけ平易に説明した。

毬江はいつものように本を探していたらしい。

途中で気づくと明らかに近すぎる距離で隣に男性が立っており、最初は気のせいかと思って避けたが気がつくとまた距離を縮めてきて、それを避けているうちに利用者の少ないコーナーに追い込まれ、

「声を出せないうちに痴漢行為に及ばれたそうです」

毬江から筆談と会話で聞き出した事情である。

声を出せなかったのは恐かったのと、やはり図書館で大声を出してはいけないという思いがあるうえに、難聴で自分の声量の調節が困難な毬江にとっては声を出すことへの禁忌の意識が強かったという。

「犯人は⁉」

小牧が声を荒げることなど滅多にないことだ。

「すみません、逃げられました」

館員が見つけて警備員を呼ぼうとしたらそれを突き飛ばして逃げたという。

「くそっ……」

小牧の言葉が荒れるのも珍しいことだ。

「俺、彼女を家まで送ってくるから。堂上に伝言頼んでいいかな」

「喜んで。落ち着かせてあげてください、事情聴取も辛かったはずです」

犯人が捕まったら命の保障を考えなきゃいけない勢いね、と柴崎は二人を見送ってから自分も行動予定表に行き先を書いて事務室を出た。

書き込んだ行き先は特殊部隊事務室である。


「痴漢だァ？」

玄田がまるで生ゴミでも見たような声で復唱した。いつものように特殊部隊事務室にひょいとやってきた柴崎はこともなげに頷いた。

「はい、盗撮、痴漢、覗《のぞ》き等の猥褻《わいせつ》行為です」

集まっているのは他に堂上班である。

「正式な依頼は追って出るでしょうが、まずはあたしがここと親しいので先触れってことで。何しろ今回犯人が小牧教官の逆鱗《げきりん》に触れてるので出張《でば》るのはこの班になるでしょうし」

堂上班は毬江の受けた被害を知って小牧を業務部に送り出しており、詳しい経緯《いきさつ》を知らないのは玄田だけだ。

「図書館でその……盗撮なんちゅうハレンチな行いがあるのか」

渋い顔の玄田の使った死語には誰も突っ込まない優しさを持っている。柴崎はくりんと郁を振り返った。

「けっこ多いよねー、本屋とかも」

「ああ、うん……」

柴崎ほどざっくばらんになれない郁は顔を赤らめて頷いた。

「まさかこんなところでって油断もあるし、利用者も本を見るのに集中してるから足元は意外と無防備なんですよね。これは館員や書店員にも言えますけど。図書館ではさすがにないけど、書店ではあたしも何度撮られたことか。ほら、こんな美人だから？」

しゃらっと言ってのける柴崎には全員が苦笑したが、柴崎は郁にも話を振った。

「あんたも一回や二回はあるでしょ？」

えーっ、それここで言うの、ここで言うのー!?

かなり躊躇したが、図書館や本屋での猥褻行為というものに今一つイメージが湧いていないらしい男性陣の表情を見ていると事例として出さざるを得ない感じもする。

「あのー、高校のとき制服がスカートだったんですけど、本を見てたら隣に立ってた男の人が鞄《かばん》いつの間にか足元座り込んでて……中見られてたりとか……携帯で撮られたこともあるし。お尻《しり》当たるなーと思ってたらお尻触られてたり」

最低だな、と若さで吐き捨てたのは手塚で、堂上は渋い顔で先を訊《き》いた。

「そういうときはその、相手は……」

「警備員や店員さんが見つけて避けさせてくれたり、相手捕まえてくれたり。でも大体あれ？って思ったらもうやり逃げだから」

うわー素人未婚女子がやり逃げとか口に出す単語じゃないよこれー！　と嫌な思い出とは別の意味で泣きたくなる。

「図書館なんかは棚が一番下まで空いてるでしょう。隙間を最初から作っといて、棚の向こうにしゃがむ女性をね」

敢えて途中で言葉を濁した柴崎に、全員がまた生ゴミを見たような表情になる。

「市内の書店にも回覧を出したんですが、やはり同様の被害が増えてるみたいですね。何かの流行《はや》りかも。書店は警察が巡回を強化してくれるそうですが、図書館は例によって司法不介入の原則で協力には消極的で」

「こんなときまで⁉　女の子に被害が出てるんだよ⁉」

思わず噛《か》みついてしまった郁をいなすように柴崎が手を振った。

「巡回の強化なんて言っても実効はほとんど上がんないし、警察はコトが起こるまで予防措置しかできないんだから協力してくれてもくれなくても結果は一緒よ。書店さんも『制服で警官が来てくれてもねぇ』って苦笑いだし」

これ見よがしに警察官が顔を出しているときに盗撮の機材を出すバカはいない。結局は店内に女性客への注意を促す張り紙を出し、書店員が「気をつける」レベルの対応しかできない。

「何だ何だ、舞台がいつの間にか整ってんじゃねえか」

玄田が身を乗り出してきた。

「要するに、その手合いを萎縮《いしゅく》させるにはでかいヤマを上げればいいこったろう。うちなら囮《おとり》も見張りも使い放題だ。現行犯で捕まえて警察に引き渡せば新聞沙汰《ざた》にもなるし、これがバカどもへの一番の牽制《けんせい》だ。利用者の自衛も促せるしな」

「図書隊は服務規程違反に囮捜査の条項自体が入ってませんしね」

柴崎が人の悪い笑みを浮かべた。メディア良化法に対抗するため自由度を重視して成立した図書館法第四章には、施行令で補則された捜査権について「図書館に関わる問題に限りこれを認める」という非常にアバウトな制約しかない。

「毬江ちゃん、大丈夫だった？」

郁としてはそれが一番気にかかるところである。男性陣も心配していないわけではないし、怒りもしているのだろうが、男と女ではこうした問題に関して感覚が圧倒的に違う。

「当然だけどショックは大きかったわよ。小牧教官来るまで金縛り状態だったし」

無遠慮な手に自分が許していないあちこちをまさぐられる気持ち悪さや恐怖は、男には想像しづらいものだろう。しかも即座に恐怖を怒りに転化できる女性は少なく、武闘派の郁ですら怒りに任せて行動を取れるまでかなりの時間を要する。抵抗したことで相手を刺激し、暴力を振るわれるようなこともないとは言えない。

そのうえ、声を出して助けを呼ぶことは周囲に知られることが恥ずかしいという意味で勇気の要る行動で、毬江は更に声を出すこと自体に健聴者以上の勇気が要るのだ。

信頼している恋人が駆けつけたからといっておいそれと薄れるような恐怖や嫌悪感ではない。うっかりするとたった一回でも長期間残るトラウマになる。

自分の肌は自分の好きな人にしか許したくない、そんなことは当たり前だ。それを自分より力がないからというだけの条件で犯そうとする暴挙は絶対に許せない。

それも——本を好きな人が集まる場所で、無防備な女性の隙を衝くように。しかも、い、い、い、あたしたちの縄張りで！

捨て置くものか。

「……絶対、そいつ捕まえましょうね」

郁が強い口調でそう言うと、堂上が「いい表情だ」と力強く笑った。

——嫌われてるわけじゃないって信じてもいいのかな。投げたことも結局許してくれたしと私的な気持ちが少しだけ顔を出して安堵《あんど》した。

＊

毬江は帰る間中ずっと小牧の袖をきつく握っていた。その手が細かく震えていることも小牧の腕には伝わってくる。

帰る道すがらで相手を見たかどうかなどの情報を訊こうと思っていたが、とてもそんなことは不可能な状態だった。たまに涙を拭《ぬぐ》う仕草などを視界の端で窺《うかが》うと、その一件について今は一切触れてはならないのだということが分かった。

ただ袖をきつく摑《つか》まれているしか。

自分から触れていいかどうかさえ分からない、却《かえ》って行為を思い出して傷つくかもしれない。こんなに傷ついて怯《おび》えている彼女を見たことなど今までないのに、こんなときどうしてやればいいのかさえ分からない。そのことがまた自分を苛立《いらだ》たせる。あまつさえ事情を訊けるつもりでいたのだ、自分は。

だから家に帰る直前まで小牧の手は空きっぱなしでただ袖だけが摑まれていた。

家が見えたところで、「小牧さん」と毬江がかすれた声で呼んだ。

「上書きして」

言っている意味が分からなくて少し戸惑った小牧に毬江はぱたぱたと涙をこぼした。

「今から、家に帰るのに、最後に触ったのがあの男なんて、絶対嫌」

家の近くだとか近所の人が通るかもしれないとか、そんな心配はどうでもいいことだった。いつも距離をわざと少し空けていることも。毬江が上書きを欲しがっているなら、今はそれが最優先だ。

小牧は毬江を引き寄せて強く抱きしめた。毬江には少し痛いだろうと思えるほどの力で——毬江が力いっぱい抱きしめられていると感じられるであろう力で。

初めてそうした毬江の体は細くて華奢《きゃしゃ》で、それでも小牧はまだ力を加減しているのだ。その体がどれほど大事に扱わなくてはいけないものか思い知らされる。

それを自分の欲望に任せて勝手に弄《もてあそ》ぼうとした犯人には改めて深い怒りが湧いた。

補聴器をつけた毬江の耳元に囁く。

「俺がいいって言うまでは図書館に来ないで。読みたい本は俺が届けてあげるから。絶対あの図書館を、もう一度君が安心して来られる場所にする」

毬江が腕の中で頷いてから小牧は毬江を自宅へ送り届けた。毬江が黙って二階の自分の部屋に上がり、小牧は毬江の母親に事情を説明した。

「しばらくは気遣ってあげてください。図書館にも来させないように……」

そう結ぶと、毬江の母親は困ったように笑った。

「もちろんそうするわ。でも、多分あの子は幹久《みきひさ》くんが来てくれるのが一番元気が出ると思うのよ。忙しいと思うけど、なるたけ毬江のことを構ってあげてね」

少し寂しそうな表情に、もう毬江の両親は二人の関係が変わったことに気づいているのかもしれないなと思った。

＊

特殊部隊の事務室に帰ってきた小牧を見て、郁は思わずびくっと体を縮こまらせた。

隣の席の手塚も反応は似たようなもので、二人は机の下に頭を伏せてこそこそ声を交わした。

「こっわ〜〜〜。恐いと予想はしてたけど予想ぶっちぎってこわ〜〜〜〜〜」

「気のせいかもしれないけど何か目の下すっごい隈《くま》になってなかったか」

「それあれじゃない、精神的な戦闘ペイントになってあたしたちにだけ見えてんじゃないの」

「つーか、毬江ちゃんのためだけにあの査問を耐えきった小牧二正がキレないわけがない状況だよな、これ」

「あたしも充分キレてるつもりだったけど、この程度でキレたとかおこがましかったです！すみません！」

郁と手塚が遠巻きに観察する中、小牧は自分の席へ戻りながら周囲を見回した。

「柴崎さんは？」

事情を詳しく訊こうとしてかの指名に、堂上が代わりに席を立った。

「もう業務部に戻った、さすがに一時間経つしな」

言いつつ小牧の胸に書類を押しつける。

「最初の調書に柴崎の所感その他を付け加えたレポート。これ読んでどこの部分でもキレない自信がついたら声かけろ、作戦会議に入る」

苦笑しながら小牧が書類を受け取った。

いつもは血の熱い堂上が小牧を抑えるのに、その役目が逆転している状況は、部下二人にも珍しいものだった。

犯人は中肉中背の若い男で、これといった特徴がないのがネックだった。眼鏡をかけているということと、私服なのに大容量のビジネス用ショルダーを持っていたということが辛うじて駆けつけた館員から報告されている。

逃げるときにその鞄《かばん》が館員に当たり、それがかなり痛かったということから中身は相当重いということが推測される。

「はいはいはーい、推測！」

何故かやはり作戦会議に参加している柴崎が手を挙げる。

「多分その鞄に盗撮用の機材を仕込んであるんじゃないかしら。よくある手口ですよ、どっかにピンホール開けて、女の子の足元に置いたり鞄の角度調節するだけで隠し撮りできるようになってなってるの」

変質者の手口については男性陣より女性陣のほうが、しかも柴崎が圧倒的に詳しく、男性陣がほとんど聞き入る態《てい》になった。変質者願望のない男性にはそもそも収集する必要のない情報だが、女性は否応《いやおう》なく巻き込まれてその手口を知ることが往々にしてあるし、女同士では危険回避の情報交換としてかなり突っ込んだ話をすることもある。

にしても柴崎のほうが饒舌《じょうぜつ》なのは性格だろう、郁は話を補強したりが精一杯である。

「ってことはかなり周到で悪質だな」

堂上の表情が厳しくなる。

「そうですね、行きずりのケータイ盗撮や覗き痴漢も女性からすれば同じ暴挙ですけどね」

郁も懸命に横から頷く。

と、相変わらずの恐い顔で腕を組んでいた小牧が呟いた。

「行きずりの犯行と明らかに違うのは、露見しないための偽装に凝ってるってことだね」

「あ、小牧教官鋭い」

柴崎が意表を衝かれた顔をする。

「常習犯なんだわ。市内に回覧出したら引っかかるかも」

続けて手塚が穿《うが》った意見を出した。

「だとすれば、そのショルダーがある程度の目印になりませんか。いくつかセットを持ってるかもしれないけど、中に盗撮機材が仕込んでありそうな鞄ってことで」

「あ、そっちのほうが特徴になるかも！　顔は誰も覚えてないもんね、眼鏡ってことしか」

郁が手を打つと、柴崎がにやりと笑った。

「いや、駆けつけた館員がその眼鏡をよく覚えてくれたのよ。乱闘中に顔を覚えようとして結果的に眼鏡覚えちゃったらしいんだけど」

それも本末転倒だが、館員の努力は涙ぐましい。

「今どきあり得ないダサダサのフレームに牛乳瓶の底みたいなレンズで、顔の輪郭歪《ゆが》んでたって。念入りに盗撮セット作るような変質者にコンタクトを入れるようなシャレっ気があるとも思えないわ。そんなシャレっ気があったら、そもそも眼鏡を換えるだろうし」

ばん、と自分の両膝《りょうひざ》を叩いたのは玄田である。

「どうやら魚の姿が見えてきたな」

犯人は捕まらなかった以上、わざわざ眼鏡を換えるほど手間と金は使うまい。そもそも自分の特徴に眼鏡が数えられているど気づいているかどうかも謎だ。

分厚い眼鏡と中肉中背、盗撮機材を仕込んでいそうな鞄のセットが犯人像だ。

「でも、鞄に機材が仕込んであるかどうかとかってどうやって見分けたら……」

呟いた郁に玄田は「そっちにはアテがある」と答え、堂上に班と柴崎で一日外出できる日を近日中にセッティングしておくことを指示した。

「で、こっちの餌が一匹、二匹……か？」

一匹目として数えられた柴崎は喧嘩上等と言わんばかりにやる気な笑みを浮かべたが、二匹目として数えられた郁は完全に固まった。

「あ、……あたし!?　も!?」

「特殊部隊に女がいるのにこんなとき使わないで何の意味がある。手塚に女装でもさせるか」

「あの、こういう役目って向きと不向きが」

「業務部の柴崎が協力するんだぞ、うちの女性隊員が日和《ひよ》ってどうする」

日和ると言われると弱い、しかし。

「一七〇㎝級戦闘職種大女ですよ!?　あたしで変態が釣れるとは思えません！　取り押さえるほうなら自信ありますけど！」

「痴漢にあったことがあるって言っただろうが」

「あれは女子高生の制服マジックで！」

「よーし、じゃあ直属の上官の判断に任す。堂上、こいつを餌として使えると思うか」

その判断をそこに振るの⁉　今ここで⁉　内心悲鳴を上げつつ郁は困惑しきって堂上のほうを窺った。

堂上は目が合った瞬間に目を逸《そ》らして、いかにも何気ない態で腕を組んだ。

「使いましょう。犯人の嗜好《しこう》が分からない以上は餌は各種取りそろえるべきでしょう」

「なーんだ、愛想のない返事だなぁ。ちょっとは乗せるようなことでも言ってやればどうだ」

「調子に乗せたら大コケするのが目に見えてますから」

自分の見てくれで調子に乗れるほど能天気じゃないもん、と内心で膨れた郁の首筋に、柴崎がするりと腕をかけてきた。

「心配しなくてもがっぷり食いつきたくなるくらいの餌にしてあげるわ、食われる覚悟しときなさいよ」

柴崎の甘い囁きがこれほど不吉に聞こえたことはなかった。

＊

「いきなり連絡してきて何の用件かと思えば……」

警視庁を訪ねた玄田以下、堂上班と柴崎を苦笑で出迎えたのは平賀《ひらが》である。『情報歴史資料館』攻防戦に絡んだ稲嶺《いなみね》司令拉致《らち》事件のとき、途中まで捜査協力した捜査員の中の一名だ。

あんたたちがどこかで日和らんと信じられるほど我々の間の歴史は幸福ではなかったはずだ。玄田自身がそう言い放ち、警察の捜査協力を打ち切った当の相手を訪ねるというのだから玄田もいい根性である。部下の中で気まずい顔をしていないのは柴崎くらいだ。

「先日、せっかくの助力を蹴《け》っちまったからな。改めて助力をお借りしようと」

「そんなオプションは聞いてないぞ、まったく……」

腐りながら平賀が「まあいい」と奥へ顎《あご》をしゃくり、自分が先に立って歩き出した。


一行が連れて行かれた先は、どうやら証拠品や押収品の類《たぐい》が収められている倉庫である。

「盗撮に関する手具ってことだったな」

言いつつ平賀が段ボールの一つを開けた。いくつか鞄様のものを出し、長机に並べていく。

男連中が物珍しげにその機材を手に取る中、小牧だけは表情が能面のようになっている。うあー怒ってる怒ってる、と機械に興味のない郁は仲間のいじっている機材を横から覗くにとどめた。変に触って壊してもアレだ、というくらいには自分を知っている。

「ぶつかった鞄が重かったっていうなら、まずピンホールレンズを使ったビデオカメラだろうな。そっちのおねえちゃんの見立てが正しい。一番安価で手っ取り早い手段だし手垢《てあか》のついた手段でもある」

平賀には先に事情をある程度説明してある。

「今じゃ軽さと画質の両立でデジタルカメラを使う奴が多いんだがな。手の中に隠れるようなサイズまで出てるし、小さい機材はやはりばれにくい。動画も長時間撮れる機種も出てきた。今どきピンホールってことはよほど長年それでやり込んでるのか、」

「お金がないかどっちかですね」

平賀の台詞をさらりと取り上げて、柴崎が猫のように笑う。「あ、ああ」と平賀がどもったのは柴崎マジックにかかりそうになったらしい。

どちらにしろ、機材を潤沢に持っている犯人ではなさそうだ。

「だとすれば、最初に持ってた鞄と同じようなサイズを警戒しとけばオッケーですよね？」

「ほとぼりを冷まして同じ鞄で来るかもしれん。機材の安定だのピンホールの合わせだので鞄を変えるのは手間なはずだ。使い勝手の問題もあるしな」

平賀は敢えて柴崎のほうは向かずに答えた。美人の攻勢は苦手なタイプらしい。その逃げ腰な様子が少しおかしい。

「多分、同じ鞄で来るよ」

やけに確信めいた口調で口を挟んだのは小牧である。

「犯人は露見しないための偽装に凝ってる。ってことは盗撮に使ってる鞄も取り回しが不自然にならないくらいに使い込んであるはずだ。ほとぼりさえ冷ませばまたばれずにやれるはずって自信もあると思う」

冷静に考え抜いているであろうその声が、犯人にもう猶予が少ないことをその場の全員に予見させた。

＊

市内の図書館と書店に
・レンズの厚い眼鏡
・大容量のビジネスショルダー
・スーツではなく私服
という条件で回覧を出すと、覚えはあるという回答は当初からちらほら舞い込んだ。ただし決定的な行為に及んだ瞬間を摑んだ経験のあるところはなく、むしろ書店では雑誌などを中心に定期的に大量買いをする顧客として記憶されていることが多かった。

アダルト系の商品の購入が多いことから女子店員に無邪気かつ残酷に「気持ち悪い」客扱いされているようでもあったが。

それでも猥褻《わいせつ》行為にどこも気づいていないということは、よほど長期間にわたって男が行為を継続して、しかも成功させているということでもある。

そして毬江の事件があって三週間ほどして、吉祥寺《きちじょうじ》の武蔵野《むさしの》第二図書館からヒットがあった。武蔵野市内では武蔵野第一図書館に次ぐ規模を持った図書館である。

それらしい人物が数日前から姿を現わしたという。本を借りるでもなく館内をしばらく観覧して出ていくそうで、毬江のときの現場に居合わせた館員を面通しに派遣すると、雰囲気などが非常に似ているという判断になった。

相手がそれから一週間ほど何事も起こさず泳いだところで、玄田の判断が下った。

「仕掛けるか！」

一週間回遊しているのは、他館に情報が回っているかどうかを窺っているのと、気に入った獲物を探しているのだろう——という結論になった。

前回、顔を見られずに逃げおおせたという自信のある男は、そろそろ動きを派手にしてくるだろう。吉祥寺に短時間ずつとはいえ通い詰めていることがその証拠だ。

市内の図書館で出した注意書きに男の特徴を一切載せず「図書館内や書店で盗撮などの猥褻行為が横行しています。利用者の皆さんは気をつけてください」と無難な文面にしてあるのも、図書館側が取り逃した男の情報を摑めていないという油断を誘うためだ。

郁と柴崎が友人同士を装い（というか実際友人なわけだが）餌として回遊することになった前日である。

気の重さで何度も溜息を吐きながら日報をつけていた郁に、小牧が声をかけてきた。

「笠原さん、ちょっと頼みがあるんだけどいいかな」

「はい？」

郁が振り向くと、小牧は郁の机にこつりと小振りな機械を置いた。

「回避するとき、これつけててくれる？　形だけでいいから」

「え、はい、いいですけど……もし何かあったら壊れるかもしれませんよ」

「いいんだ、それはもう壊れてるやつだから。ホントは柴崎さんのほうが釣れそうなんだけど、笠原さんのほうがいざというとき信頼できるから」

「そりゃそうですね、あいつ口開かなかったらただの美人ってだけですからね」

「ただの美人ってのはいいね、柴崎さんをよく表してるよ」

　そう笑う小牧の心中は、穏やかではないだろう。預けられた機械がそれを示している。郁はもう壊れているというその機械を強く手に握りしめた。

　小牧が何を量ろうとしているか、その内心を思えば覚悟を完了したうえで餌になりにいく郁が重たい溜息など吐《つ》いている場合ではないのだ。

＊

「ちょいお嬢様風女子大生コンビって感じで攻めてみました、如何《いかが》でしょーか」

　髪を軽く巻いて清楚《せいそ》な小花模様のワンピースにボレロという柴崎は、当然美人なので置くとして、郁の仕立てが本人も含め班の全員の意表を衝いた。

　レイヤーのキャミソールに薄手のカーディガンを重ねて、タイトのミニスカートに柄入りの白いパンストである。しかもスカートの裾《すそ》にレースをあしらってあるというオンナノコっぷりだ。背の高さは逆にモデル風に映えていた。

「夏なら生足《なまあし》いけたんだけど惜しかった～」

「惜しくない！」

思わずその場にしゃがんで足を隠そうとした郁に「迂闊《うかつ》にしゃがむとパンツが見えるわよ、座るときは斜めに膝降ろす、これ鉄則ね。覚えなさい」と容赦のない指示が飛ぶ。キャーッと叫んで結局立っているしかない。学生御用達《ごようたし》のファイルケースで足を隠すくらいが精々だ。

「本番では隠すんじゃないわよ」

と柴崎の指示は鬼軍曹並みに厳しい。

「み、」と声に出しかけて手で口を押さえたのは手塚である。見違えたと言いかけたのは本人が意地でも認めたくない様子だった。

「あんたいっつもパンツだけどさ、その足武器にしようと思ったらすっごい武器よ、マジで。白の柄入りパンスト履いて足が膨れて見えない女なんて、素人じゃ滅多にいないんだからね。それにそんだけ鍛えてる割に筋肉の付き方もきれいだしラインも結構そそるし」

仲間の前で一体何ということを言ってくれるのか。郁は首を横に振った。

「いい！　そんな武器は要らないっ！　あたしの脚は速く走れたらそれでいいのっ！　そんで組んだ相手を跳ね上げられたらそれ以上の仕事はしなくていいっ！」

「こないだ俺を跳ね上げたみたいにか」

仏頂面で口を挟んだ堂上に郁のテンションはますます跳ね上がった。

「あれは教官だって気にしなくていいって言ったじゃないですか！　そもそも教官が人の私信を取り上げようとかするからっ」

言い募ろうとする郁の袖を軽く引いたのは柴崎である。

「あんたがあんまり化けたから照れてんのよ、察してあげなさい」

小声の指示に訝《いぶか》しく堂上を窺うが、堂上は郁のほうを見もしない。

二人とも綺麗《きれい》だよ、こんな役目のために申し訳ないくらいだね、と歯の浮くような誉め言葉をさらりと言ってくれたのは結局小牧だけだった。

「今日は堂上と手塚、それから他の班の数人が吉祥寺に館員応援の形で入って、俺も利用者の体裁で入るから」

玄田は「俺が出るまでもなかろう」と残った隊と留守を守り、男性陣が吉祥寺に入ってから郁と柴崎も現場に向かった。

犯人が現れるまで近くで待機し、やがて郁の携帯が鳴った。着信は堂上からだ。

「奴が来た。タイミング少しずらして来い」

素っ気ない指示はいつもならそこで切れる間合いだったが、今日は少しだけ長かった。

「入るとき他の利用者と紛れるな。お前と柴崎だけのタイミングで入館しろ。それだけ化けたんだ、精々目立て！」

「指示何て？」

訊いた柴崎に郁が覚えている限りで復唱すると、柴崎は意地悪く笑った。

「やっぱり見惚《みと》れてたんじゃない。ねえ？」

からかわれるともう顔が素直に赤くなるのを止められない。

「どっちがとは言わなかったよ」ようやく反駁《はんばく》すると「あんたへの電話だし元々美人なあたしに化けたなんて文法がおかしいでしょ」と更に追撃される。

「これから仕事ってときにからかわないでよ、慣れない餌になりに行くってのに！」

それもそうね、と笑った柴崎がぽんと郁の背中を叩いた。

「入館者が途切れたわ。行くわよ」

緊張感が出ないように昨日観たテレビの話などをしながら——心身は研ぎ澄ませて郁は柴崎と館内へ入った。


——見られた。

館内に立ち入った瞬間、それが分かった。

入ってすぐの読書席だ。郁たちが入ってくるまで何か物色するように辺りに視線を巡らせていた。

「じゃ、一時間後に入り口ね」

柴崎がその男まで聞こえる声で郁に告げた。手振りもつける。郁のほうは頷いただけである。

入り口からそれぞれ閲覧室の左右に分かれた。

郁も柴崎も利用者の少ないコーナーを探して動くよう指示されている。ガードは事が起こるまではつかない、相手も警戒しているだろうからだ。

仲間を信頼していないとこんな布陣には飛び込めない。

郁としては自分よりも柴崎が心配だったが、柴崎は魔女のように笑って「たまたま持ってた物で相手の手を刺そうが腕を突こうが正当防衛っていうのよ、相手が痴漢だった場合はね」と鞄に剝《む》き身で入れていた細身のシャープペンをくるりと回した。「過剰防衛って判決くらいは食らってやるわ、大盤振る舞いよ」

やる。この女はいざとなったら絶対にやる、と思ったら心配はかなり軽減された。

盗撮についても、「法に触れてまで触れもしない覗き映像集めなきゃいけないような哀れな男にパンツくらい撮られても痛くも痒《かゆ》くもないわよ、どうせすぐに押収物件に変わるんだし」と、こちらに関しても郁よりよほど肝が据わっていた。元々の肝の太さか、その容姿のせいで変質者慣れしているのか。郁よりはよほど狙われた回数も昔から多かっただろう。

男は今日動くのか、それとも様子見に徹するのか。

化けるための服は女子寮の隊員からの提供だが、郁の身長では借りられる相手が少ないのですぐに服が一巡してしまう。

後ろを向いて確認できないのが大変なストレスだ。男は席を立ったのか。立ったとすれば郁と柴崎のどちらを追ったのか。

ダメだ、気にしていたら堅くなる。郁は観念して人気の少なかった図書館分類学のコーナーへ行った。せっかくだから自習も兼ねて何か読んでいたほうがいい。柴崎のように自然に芝居もできないし、隅であまり一般利用者に人気のあるコーナーではないので待ち受けるにも恰好《かっこう》のポイントである。

分類学の入門書（という辺りが情けないが）に読み入ってどれくらい経っただろうか。

ふと近すぎる位置に影が差した。夏でもないのに酸っぱいような油っぽいような体臭が近くに湧く。そちらを振り向きそうになるのを寸前でこらえ、足元を見ると例のショルダーが郁の足に触れるギリギリのところに置いてあった。

かかった！　後はいつ引っこ抜くか、などと考えていたとき、ぞっとするような感触が太腿《ふともも》を撫《な》でた。

さすがに気づかない素振りを継続できず、読んでいた本で男の手を強く払う。キッと睨《にら》むが男は一向恐れ入る様子もなく、あろうことか薄笑いで両手を使ってスカートの中まで撫で回しはじめた。

「何してくれてんのよこの変態ッ！　顔の形変えるわよ！」

怒鳴った瞬間、男がぎょっとしたような顔をした。その棒立ちになった男の腕を、――うう触りたくない、と深刻に思いながらすかさず引き手に取り、片足を跳ね上げる寸前で――しまったあたしスカート！　足元には盗撮道具を仕込んだショルダーも置かれているというのに「すぐ押収物件に変わるだけだし」とは割り切れない。そうでなくとも履き慣れない華奢な靴で足首がよれて潰《つぶ》れた。

「何やってんだ貴様！」

聞き慣れた怒声に「すみません！」と謝ったが、郁のことではなかったらしく、不意に背中が軽くなった。潰れて上に乗っていた男が釣り上げられたのだ。

体を捻《ひね》って起こすと、堂上が改めて払い腰を極《き》め直したところで、無様に転げた男に控えていた手塚が手錠をかける。

大丈夫かと駆け寄られても自分のこととは思えなかったが、堂上が心配しに来たのはやはり郁だったらしい。

「さっき何か変なよれ方しただろ、挫《くじ》いてないか」

訊きながら勝手に靴を脱がせ、足首周りの動きを確かめる。

「あの、投げようとしたらスカートだったことに気がついて。タイトだから足もあまり上がらなくてバランスが」

「それは覚えとけアホウ！」

そこは遠慮なく怒鳴られたが、取り敢えず足に異常がなかったので離してもらう——というか堂上が慌てて離した。

「まったくそんなカッコしてるくせにいきなり投げる体勢に入りやがって、一体何のサービスをするつもりかと思ったわ！」

「サ、サービスとかそんなつもりじゃ……！　だって目の前に敵がいたら狩るでしょ普通⁉」

「得意技なの分かるけど、そのカッコで大外刈りとか充分サービスだろ。自覚しろよ」

堂上よりは百倍ほど冷静に突っ込んだのは手塚である。

堂上がしばらく訊きづらそうに逡巡《しゅんじゅん》してから訊いた。

「何かされたか」

「足を触られました。あとスカートの中に手を入れられました」

表情の険しくなった堂上の拳《こぶし》がきつく握られたような気がして、慌てて付け足す。

「それだけです。全然——大したこと」

「大したことじゃないとか言うな！」

怒ったような大声に郁が息を飲むと、堂上は怒った声とは裏腹に「よくやった」と誉めて郁から逃げるように立ち上がった。


「お、囮《おとり》捜査は法律違反だぞ！」

甲高い声で喚《わめ》いている男を柴崎がコケにする気満々でいなしている。

「それは警察の場合よね、図書隊ではオールオッケーなのよ。残念だったわねこの変態」

柴崎ほどの美人に面と向かって、しかも極上の笑顔で変態呼ばわりされることはきつかったらしい。どうやら妙な自尊心を持っているタイプの変態だ。

男は手錠をかけられたままがっくりと項垂《うなだ》れた。

「あんたに一つ質問があるんだけど、答えてもらうわよ」

既に選択権すらない物言いに男はすっかり飲まれている。

「どうしてあたしじゃなくてあっちを選んだの？　あたしを選んでもらえなかったことは結構ガッカリしたんだけど」

男は慄《おのの》いたように俯《うつむ》いたが、そのタイミングで質問者が交替した。——柴崎から小牧へ。

「これのせいだよね」

断定の口調で小牧が男の目の高さに見せつけたのは、郁に着けておいてくれと頼んだ小さな機械だ。耳に掛けて使うそれは、毬江の昔使っていた壊れた補聴器で、ショートの郁が着けると後ろからよく目立ったはずだった。

「これは、彼女に今日わざと着けてもらってたものだけど。あの子のことは知ってただろ？補聴器着けてるのも耳が悪いのも声をあまり出さないのも知っててやっただろ？」

あの子というのが今騒ぎになった郁ではなく、別の少女のことだと男は気づいたらしい。

「彼女も同じだと思ったんだろ？　同じように彼女も声を出すことに消極的な弱者だと思ったんだろ？　あの子と同じことをしても成功すると思ったんだろ？　あの子にはもっとひどいことをしたよな？」

出てくる代名詞は「あの子」と「彼女」のみで、だが小牧と男の間ではその使い分けが混乱せずに通用していた。

男の顔が青ざめ、小刻みに震えてくる。

激怒していることが分かるのに、完璧《かんぺき》すぎるほどフラットにコントロールされた小牧の口調はあまりにも異様だった。

「あの子を見つけたとき、どう思った？　自分の捌《は》け口にできると思っただろ？　助けを求められない女の子には勝手なことができると思っただろ？」

そして小牧の台詞はすべて問いかけの態《てい》を保っておりながら、男にいいえと否定させることを許していないのだ。

「死ねばいいよ、お前」

返事を一切求めていない長い長い追及の後にようやくそう糾弾されて、男はがくりと深く頭を垂れた。それまで目を逸らすことさえできなかったらしい。

と、その横で男の身分証を漁《あさ》っていた柴崎がはしゃいだ声を上げる。

「やったァ、二十六歳ですって！　実名報道ばっちりオッケー、最近は報道も警察も猥褻行為に厳しくなってるし、その汚い顔と親のせっかくつけてくれた名前で社会的に死に態さらしてくるがいいわ」

うふふ、と微笑む柴崎を男は懸命の虚勢でか睨みつけたが、途端に柴崎の微笑が凍《い》てついた。

「あたし選んでくれなかったことは結構本気でガッカリしてんのよ。あたし見てのとおり美人でしょ、変質者に正当防衛を行使することにはまったく躊躇しない習慣がついてんの」

言いつつ柴崎が鞄から出したのは——例の剝き身の細いシャープペンシルである。

「こんな文房具がどこまで護身道具に使えるかはご想像にお任せするけど、あたしはあんたのようなタイプには一切躊躇しない習慣もついてるの。あんまり女舐めてると腕に貫通痕《かんつうこん》がつくなんてこともあるかもしれないわよ。あたしのほうに来たらそうしてやるつもりだったしね」

よかったわね、スカートで大外刈りに入るような間抜けを選んでおいて。

柴崎ににっこり笑われて、今度こそ男は生気を根こそぎ吸われたらしい。

＊

「毬江、毬江！」

母親にいつもより早く起こされた毬江がベッドで見せられたのは家で取っている新聞だった。

主要な全国紙の一つである。

いわゆる三面記事の半ばにかなりのスペースを割かれて載っていたのは、あの変質者のことだった。

記事は実名と年齢入りで、その手口を説明したうえで余罪も厳しく追及する構えであることが書かれていた。書店や市内の図書館でも他に盗撮などのいたずらが流行《はや》っていることに触れ、女性に注意を促す文面で締めている。

「お隣で取ってる地方紙ではもっと大きく扱われてたって」

主婦の情報網は朝っぱらから凄《すさ》まじい。

絶対あの図書館を、もう一度君が安心して来られる場所にする。

小牧は約束を守ってくれたのだ。

「あんたの彼氏は頼りになるわねぇ」

母親の言葉に何気なく頷きかけ——はっと顔を上げると、母親はもう毬江の部屋を出ていくところだった。

どういう意味だろう今の、お母さん知ってるの、お父さんは。

焦ったように思考がぐるぐる頭を巡り、私から言っちゃおうかなと拗《す》ねたように言ったときに小牧が「やめて、気まずいから」と苦笑していたその苦笑の意味が初めて分かった。

……けっこう気まずいかも。どんな顔で階下に降りていけばいいのか悩む羽目になったのは、あのとき小牧に駄々を捏ねた罰かもしれない。


学校の帰り、珍しく——というよりむしろ初めて小牧に先触れのメールを入れた。

『今日、学校の帰りに行きます』

短い文面に小牧の返信も短かった。

『安心して来てください』

小牧には閲覧室に入る前のホールで行き会った。時間を見て待っていたのだろう。まだざわついているホールなので声を出す。

「新聞、見たから来ました」

「うん。遅くなってごめん」

毬江の耳にはこの音環境だと「……ん。くなっ……めん」くらいに間の音が落ちて聞こえる声だが、空白はまっすぐ見つめる唇で埋められる。小牧の言葉なら。

だから首を横に振った。いいえ、ありがとうという意味を籠《こ》めて。

「これ」

小牧が制服のポケットから出した銀色の鎖を毬江の首にかけた。鎖の先には銀色の細い笛がついている。

「普通にかけてておかしくないもの探したんだ、少し目立つかもしれないけど」

その先は聞き慣れない単語だからか携帯のメールに言葉を用意してあった。

『緊急用のホイッスル』

件名にそれが入っていて、本文も下に続いている。

『笠原さんや柴崎さんに聞いて初めて知ったけど、女の人ってああいうときでも声を出すのをためらう人が多いそうだね。君は声を出すこと自体にためらいがあるから、助けを求めることを二重に縛られてるんだな、と初めて気がつきました。今まで気づかなかったことが情けないです。ごめん。

だから、これからはこれを困ったときの君の声の代わりにしてください。図書館の中でも他の場所でも。俺に聞こえるように力一杯吹いてください。俺に聞こえたら必ず飛んでいくし、もし俺に聞こえなくても、きっと誰か君が困ってることに気づいてくれるから』

……同じクラスで男の子と付き合っている友達がたまに羨《うらや》ましかった。いつでも仲良く一緒にいて、左手の薬指に校則違反の指環《ゆびわ》は彼氏からのプレゼントだ。

小牧からはそういうお約束は何もない。でも、身に着けていておかしくないものを一生懸命探してくれて、いま毬江の首に下がっているホイッスルは、小牧が毬江を本気で守ろうとしてくれて、大事にしてくれている意志の固まりだ。

「絶対外さない。ずっと着けてる」

学校でも。緊急時に声が出せない毬江の防犯用だと言えば教師にも通るはずだ。

「本、見に行こうか？」

小牧の誘いに頷いて背中を追う。

外では手も繋《つな》げないし腕も組めない、クラスメイトみたいに大っぴらにくっついたりふざけたりもできない。

それでも、毬江が一番傷ついたときに一回だけきつく抱きしめてくれて、毬江に困ったときの「声」をくれる小牧で充分だった。

＊

取り敢えず、０に戻さなきゃ。

一件が落着して、落着していないのは郁と堂上のことだけである。といっても郁から一方的に落着させたいことがあるばかりだが。

事務室で脳震盪を起こさせた一件も、何だかんだできちんと謝らせてもらってはいない。言い逃げができるタイミングは堂上が残業で郁が定時のときだ。小牧もいたが、小牧は相談に乗ってもらったし事情を知っているのでいいものと（勝手に）して、手塚や他の班が引けるのを待って声をかけにいった。

「堂上教官」

「ん、何だ？」

顔を上げられて目が合うと赤くなってしまいそうだったので、入れ違いで大きく頭を下げる。

「こないだ、すみませんでした！」

いきなり大きく謝られて堂上は驚いたように肩を引いた。

「いきなり何だ！　こないだってどれだ⁉」

そんなに「どれだ」とか迷わなきゃいけないほどあたし毎日何かしてるのかなぁ——と内心傷ついたが、ひとまずは訊かれた種を明かす。

「この前、事務室で脳震盪起こさせちゃって……」

起こさせた理由については口に出すのがいたたまれないので伏せたが、聞いた堂上のほうもいたたまれなかったらしい。

不機嫌な顔で横を向いた堂上はその表情に相応《ふさわ》しい声で——聞きようによってはふて腐れた

ような声で吐き捨てた。

「その件については謝罪は要らん！」

向かいの席でくっくっくっと笑い出した小牧がからかうように堂上を窺った。

「とうとう捕まっちゃったな、堂上」

その口ぶりで、堂上がその件について郁から謝られるのを逃げ回っていたことが分かった。確かに最初謝ろうとしたときも「いやこのことはもう気にするな」などとやけに物分かりよく先手を打たれ、その後も謝ろうとするたびに話を逸らされたり逃げられたりしていたのは気のせいではなかったらしい。

「曖昧《あいまい》に終わらせたかったもの直球で捕まえに来られちゃね。堂上からも言うことあるんじゃないの？」

「俺が悪かった！」

堂上はもうふてているとしか思えない口調である。

「公私混同だった。手塚慧がお前宛てにどんな私信を入れてあろうと、お前が見せたがらなくて相談もしてこない以上は上官だからって俺が出る幕じゃなかった」

その口ぶりが突き放されているように感じて郁は鼻白んだ。

「相談するべき内容だったら堂上教官に真っ先に相談します！」

って、鼻白んで何であたしこんな噛みつき口調よ⁉　と自分で突っ込むが性格だから仕方がない。

「でもプライベートのことで、ほかの人から見たら些細《ささい》なことだけどあたしにとってはすごく恥ずかしくて人に知られたくないようなこと、行きがけの駄賃みたいにさらっとからかわれたメモなんか誰にも見られたくないじゃないですか！」

自分の恋を走り書きでからかってあるメモなんか。しかもそれを本人に見られるなんて絶対に耐えられない。

鼻の先で涙をずっとこらえていると、安い事務椅子が軋《きし》む音を立てて堂上の立つ気配がした。

「悪かった」

謝罪と一緒に頭を軽く撫でられた。

「子供じみた嫌がらせだったんです、ホントにそれだけで」

「お前は嫌だったんだろ、俺に言う必要もないけど大したことないみたいに言わんでいい」

――この人が王子様とか知りたくなかった。

王子様への憧《あこが》れを自然に卒業して、自然にこの人を好きになりたかった。

小牧が言っていたとおり、こうやって慰められてもそうされて落ち着くのが今の堂上だからなのか昔王子様だった堂上だからなのか分からない。

堂上ばかりかっこよくてそれが悔しくて追いかけたくて、認められたかったのはもしかすると堂上を好きになりそうな自分がいたからかもしれないのに。

慧は力尽くで両者が同じだと知らせて郁の恋を引《ひ》っ掻《か》き回した。郁はこの混乱が収まるまで、前にも後ろにも踏み出せない。他人の恋に遊び半分でそんなことができる人なんだと分かって、改めて手塚に同情する。これは質《たち》の悪いお兄ちゃんだ。せめて家族にはそんなことをしない人でありますように。

「用件終わったんならもう帰れ」

声と一緒に聞いてやっと優しいと分かる言葉に、郁はぐいっと顔を上げた。

「あたし、王子様からは卒業します！」

ものすごい勢いで吹き出したのは小牧である。未《いま》だかつてない規模の発作だった。

「な、何でそこで史上最大級の上戸ですか⁉」

「ごっ、ごめ、笠原さんが大真面目なのはすごい分かるんだけど、台詞としてすげえ破壊力」

堂上は凍りついて微動だにしない。堂上の分までというわけでもないだろうが小牧は何とか抑えようとしながら何度も発作を繰り返した。

「いやー、聞けない！　今どきその台詞は素で聞けない！　日本中を探しても笠原さんくらいしか素で言えねぇよ！」

「うううるさ――い‼　いくら上官とはいえここまで愚弄《ぐろう》される謂《いわ》れはありませんッ！」

そもそも今の堂上教官見ろって言ったのあんたでしょ⁉　とはさすがに言えない。

「だからごめんって、あはははは！」

「謝りながら爆笑するな笑い仮面――――！」

小牧にここまで噛みついたことは初だ。しかし、一度隙を見せたら一番くどく引っ張られるタイプだということも一度で学習した。

「あ、やべ横隔膜が痛い」

小牧がようやくその呟きで収まった。つまり、横隔膜が攣《つ》る寸前まで笑われたということである。噛みつく体力も尽きて床にしゃがんで丸まっていた郁に、ようやく爆笑が付いていない謝罪が来た。

「ごめんってば、笠原さん。そんで王子様卒業宣言には続きがあるんでしょ、そこでフリーズしてる人、解凍してから帰ってあげて」

話が自分に回ってきてから初めて堂上がびくっと肩を動かした。

「お、俺に何か関係があるのか」

「そもそもあんたに向かっての宣言でしょ。立たせてあげたら」

小牧の言を受けて、床で丸まっていた郁に堂上が恐る恐る手を差し出す。「一人で立てます」と意地を張って恐る恐るのその手を無視する。

「王子様のことではしゃいだり、正体探そうとしたり、そういうのは一切やめます」

正体を探す、のところで堂上の肩が一瞬動いた。

「あたしが六年前に会った三正は六年前の三正で、もしも会えたとしても今は同じ人じゃないはずだから。六年経って、あの三正もいろいろ苦労したり頑張ったりして、今は今の三正だか二正だかとにかく今の人になってるはずだから。今でも憧れてるし好きだけど、」

そこまで怒濤《どとう》の勢いで喋《しゃべ》ったが、そこから先が少し詰まった。考え考え言葉を繋げる。

「あたしは六年前のままの三正が好きなんじゃなくて、まだ辞めてなかったらきっと今も図書隊のどこかで頑張ってるその人を好きになりたいんです。六年前の王子様だったからじゃなくて。そのために、その人に恥じない自分になりたいんです。だからもう、」

王子様から卒業、というフレーズは使ったらまた小牧が発作を起こすだろうなぁ、とそこで言葉を切った。

「……そんなことは別に俺にわざわざ報告することじゃ、」

ややたじろいだような風情でそう呟いた堂上に、これくらいの牽制は許されるだろうか。

「教官、あたしが王子様の話をするのが一番イヤみたいだったので。安心してもらえるんじゃないかなって」

失礼しますと大きく頭を下げてその場を後にした。堂上が動揺しているのは、椅子をいつも以上に勢いよく引いて後ろの席へぶつけたらしいその破壊音で分かった。

「いやー、王子様から卒業しますはよかったね」

小牧は向かいでまだウケてたまに吹き出している。堂上は仏頂面で全部無視した。

「少しは報われた？」

誘導尋問には乗らなかったが思うところはある。

でもあたし、その本屋さんにいたのが堂上教官だったら図書隊員になりたいとは思いませんでした！

以前ぶつけられたその言葉に何も言い返せなかった。

今の自分なら郁は図書隊に入っていなかった。それが正しい、そうするべきだったとずっと思っていたのに、いざそれを言葉にしてぶつけられるとそれに傷ついている自分がいた。

その言葉をぶつけられたときは五年前、今なら六年前になるあの頃の自分から、多少は成長したと思っていた自分を真っ向から否定され、否定したのが郁だったことが自分でも意外な程にきつかった。

認めざるを得ない。あのとき助けたいと思ったかつての少女から、今の自分を全否定されたことが刺さった。

大人げないが郁が王子様のことで騒ぐたびに過去の自分と比べられているようで苛立った。郁が『王子様』の正体に気づいていないにも拘《かか》わらず。

ああそうか。あの六年前の、

検閲に立ち向かった凛《りん》とした背中に俺は今の俺を認めてほしかったのかと今さら気づく。だとしたら。

相談するべき内容だったら堂上教官に真っ先に相談します！

噛みつくような郁の言葉を思い出して、思わず小さな笑みが浮かんだ。

「今の王子様を好きになりたいそうですが」

からかい口調の小牧に動揺しない程度にはもう冷静になっていた。

「見つかるといいな」

しれっと返すと、小牧はつまらなさそうに「めんどくさい二人だね」と呟いた。

二、昇任試験、来たる

図書隊に入隊して一年十ヶ月が経つと昇任試験の資格が得られる。

大卒入隊者は一士から始まるので士長を目指す試験となり、高卒入隊者は一士を目指す試験となる。

春の休館前に行われるこの昇任試験は図書隊員を続けていくうえでは最初の関門となるもので、対象となる隊員はこの時期その話で持ちきりである。

＊

「で、笠原《かさはら》は試験資格は取れたわけ？」

部屋でしれっと尋ねた柴崎《しばさき》に郁《いく》は目を三角にした。

「失敬な！　どこをどう押したらあたしが試験資格もらえないなんて想定が出てくんのよ⁉」

「自分で思い当たらないなら怒る必要もないいんじゃなァい？」

またウナギのようにするりと逃げられ、郁はぶうたれてマグカップのお茶をすすった。

試験資格は勤務評定と直属の上官の推薦によって決定する。図書特殊部隊《ライブラリー・タスクフォース》の郁と手塚《てづか》の場合、直属の上官は堂上《どうじょう》になる。

試験前の夏に嫌疑をかけられた図書隠蔽《いんぺい》事件で、郁の試験資格に難色を示した行政派幹部もいたという話だが、それについては堂上が断固として嫌疑を退けてくれたという。

その話を思い出した流れで思わず夢見がちなことを考えそうになり、郁は強く頭を振った。

隣の柴崎が怪訝《けげん》な顔で見ている。

——カンケーないから！　あの人は誰が相手でも公正に部下を守る人であってあたしだから

とかそんなことは全然なくて、強いて言うならこんな策略に嵌《はま》るのがあたしくらいだから余計

なフォローが必要な場合があるけどってつまりそれはあたしが無能だということか！

冷静になろうとするあまり逆に自分に強烈なとどめが入った。ガツンという音はうなだれた

勢いのままにカップの縁に自分のデコを打った音だ。

「ちょっと大丈夫⁉」

「う、うん、ちょっと痛かった」

「いやカップが」

「そっちか！」

重力任せにカップの縁にデコ打って「ちょっと」で済むような女の心配するわけないでしょ、

と柴崎は非情だが道理だ。

「柴崎や手塚は余裕なんだろうなぁ試験〜〜〜〜」

いじけた隙に羨《うらや》みゴコロが顔を出す。昇任試験はもちろんそれなりの倍率があり、受験する

のは資格を得られるほぼ全員だが合格するのはその中の数割というところだ。

「ほとんど五割に近い合格率なら心配することもないでしょうよ」

「それはその倍率を倍率と見なさない環境で育ってきた人間の言い分よッ！　中学校のときに

英検四級を落ちたあたしにそれが言えるのかッ！」

「三……はよく聞くけど四はあんまり聞かないわねぇ」

柴崎が本気で感心の表情になった。

「だからあたしは受験とか試験の類《たぐい》は大概この足でやっつけてきたんだってば！」

郁は立《た》て膝《ひざ》にした締まった脚の腿《もも》を叩《たた》いた。パァンといい音が部屋に弾《はじ》ける。

「それ聞くと何だか霊験《れいげん》あらたかな脚に思えてくるわよねー、試験前に一撫《ひとな》で百円とかで商売してみたら？　競技用のショートパンツで生足だったら三日で片手は稼がせてやるけどどう？　儲《もう》けは六：四で。オプションでパンスト破りつけたら一財産できるわよ」

「待て！　儲ける手段が霊感商法からすごい勢いでかけ離れてないかソレ！」

「いや、あんたって脚に関してはけっこうマニアが多いし」

「ギャーッやなこと教えるなー！」

鳥肌の立った肩をさすって宥《なだ》める。この手の話に耐性の高い柴崎はにやにや笑いだ。

「ま、最初の昇任試験なんて筆記は図書手帳に書いてあること丸暗記できれば通るレベルだし、問題はむしろ実技だからあんたなら」

その先を続けようとした柴崎を郁はじろりと睨《にら》んで黙らせた。

＊

堂上班から手塚は確実というのが事前の下馬評で、その本命二重丸から柴崎が呼び出されたのは、昇任試験の一ヶ月ほど前の話である。

誘われたのは昼飯で、わざと郁とはシフトを外した周到ぶりだ。

「どうしたの、珍しいわね」

手塚の兄の件で微妙に互いの事情に踏み込んだものの馴《な》れ合う関係には至っていない。何かあれば話もするし協力もするが、プライベートで呼び出されることなどは滅多にない仕事仲間という位置づけをお互い保っていた。

「……相談があるんだ」

手塚は深刻な表情で絞り出すようにそう言ったが、その相談の内容が柴崎には思いつかない。人並み以上に聡《さと》いことを自負している柴崎には軽く不本意だ。

「……お兄さんのこと？」

一番の地雷を窺《うかが》ってみると、手塚は「そんなこと」と鼻で笑うやさぐれぶりである。

「どうせあの男は家族愛を手前勝手な解釈に引き寄せてこっちを振り回すだけで、こっちが何を悩もうが傷つこうが意にも介さないんだから考えたって無駄なんだよ」

だから兄貴のことはこっちからは考えない、と半ば吐き捨てるような口調である。

……これは大したやさぐれぶりだわ、と柴崎は思わず身を乗り出した。

郁のようにくだらないことでギャーギャー騒ぐタイプでないだけに、そして日頃一番の地雷である兄のことを訊《き》かれてこの捨て鉢な反応であるだけに、悩みの深刻さが知れた。手塚光《ひかる》をここまで悩ませる難問とはそれだけで興味がそそられる。

「何かよっぽどな話みたいだけど、あんただったらよしみもあるし聞くだけでよければ話聞くわよ」

この期に及んで相談に乗るとは言わない距離感が柴崎と手塚の距離感である。

「……実技が、」

低くて聞き取れない声に柴崎が顔を寄せると、手塚がいきなり噛みつくように顔を上げた。

「何で今年に限って実技が子供への読み聞かせなんだよッ！」

こらえるよりも吹き出すほうが先だった。

「あーあーあー、そういうことね！」

「笑うな！」

手塚には珍しく噛みつく表情が郁並みにコミカルに見え、言うと本人ますます傷つくだろうなと柴崎は感想を胸にしまった。

士長昇任試験の実技は毎年課目が替わり、カウンター作業から書架整理、書庫作業、架空のミニイベントの仕切りなどまで多岐にわたる。

防衛部の昇任試験の実技は格闘や射撃に限定されているが、図書特殊部隊は『あらゆる業務に精通し対応する』性質上、昇任試験は図書館員と同列の扱いだ。

そして、今年の図書館員側の昇任試験の実技は「子供への絵本の読み聞かせ」なのである。

「何でよりにもよって今年に限って……！　俺が子供の扱い苦手なことを見透かしたみたいに……！　俺に対する嫌がらせか⁉」

確かに手塚は生真面目な性格もあって子供のあしらいがあまり（控えめな表現だ）巧《うま》くない。中学生の花火事件のときも、反抗意欲を失った子供に容赦なく手錠をかけようとしたという。融通が利かないのは感情を切り離して物事に当たろうとする性格だろうが、これは相手が子供の場合は巧くない。

「そんなこと言ったって、子供の情操教育の一助として児童イベントは図書館にとって重大なものだし。何年かごとにローテーションで課目には入ってくるわよ」

おはなし会や読書会を始めとして視聴覚資料を使ったイベントもあるし、地元ボランティアと連携したお楽しみ会のようなものを企画することもある。季節がよければリズム遊びなどの野外イベントを取り入れることも珍しくない。図書館の仕事は意外と多岐にわたるのだ。

だが、手塚は「そういうものの重要性は分かってる！」と一喝し、

「けど、それが何も今年じゃなくてもいいだろう！」

要するに愚痴だ。柴崎もあっさり受け流すモードに入った。

「『あらゆる業務に精通し対応する』のが特殊部隊の信条でしょ」

「だけど職種としては明らかに戦闘側に寄ってる、今年は防衛部と合同にしたってよかったんじゃないか!?」

予想外の事態に投げ込まれたときの反応は意外とバカでかわいい、というのは手塚のファンの女子に売れる情報だろうかなどと柴崎が算盤《そろばん》を弾いている間にも、手塚はその明晰《めいせき》な頭脳で今年の昇任試験の課目がいかに特殊部隊にとって偏向しているかを糾弾していた。

「ま、決まっちゃったもんは仕方ないから頑張って」

適当に話を切り上げ食事を続けようとすると「待った」が入った。

ランチから顔を上げると、手塚は気まずそうに天井の隅っこのほうに視線を上げながら、

「あの……子供の相手のコツって教えてくれないか。業務部ってよく子供相手のイベントとかやってるだろ」

最初から素直にそう頼めばいいのに男は理屈が多いんだから、と思わず吹き出す。まあそこがかわいいと言えば言えなくもない。

柴崎は手塚ににっこり微笑みながら頷《うなず》いた。

「オッケー、いくらで？」

当然かつ爽《さわ》やかな口調に手塚がぎょっと目を剝《む》く。

「お前……俺に所有権のあった時計、質屋に叩き売って飲《の》み代《しろ》に換えただけじゃ飽き足りないのかよ！」

「えー、だってあれは二人の打ち上げみたいなもんじゃん。それにあたしに預けた時点で所有権は放棄したんでしょうが」

手塚はやけになったように喚《わめ》いた。

「分かったよ何でも指定しろ！」

郁ならデザート付きランチの相場だが、せっかく日頃弱味を見せない同期である。そろそろ互いに情報交換もしたいところだ。

「晩飯一回、飲み付きね。成功報酬でいいわよ」

「当たり前だ、バカ！　これで落ちたら――」

と手塚は多分、郁が受かって自分が落ちた光景を想像したらしい。呻《うめ》いて頭を抱え込んだ。

＊

「しっかしこれは意外な展開になってきたわね～」

業務の合間に柴崎は思わずにやついた。

筆記だけなら手塚の一人勝ちだ。郁は及第点のギリギリを低空飛行でクリアできれば上出来だろう。

しかし手塚も相当切羽詰まっている。普通、昇任試験の相談役は上官が相場としたものだが、そこを敢《あ》えて回避して柴崎だ。よほど班内に自分の弱点を知られたくないに違いない。

取り敢えず業務中の郁を観察してみたら、とアドバイスしてみたが、一体どうなることやら。

さっそく今日が同じシフトのはずの二人を思い浮かべて柴崎は忍び笑った。

「笠原さん！」

閲覧室の近くで駆け寄ってきたのは、木村悠馬《きむらゆうま》と吉川大河《よしかわたいが》である。もう去年になるか、図書規制のフォーラムで顔なじみになった中学生たちだ。

当時、三年になれば生徒会長は当選確実という話だった悠馬は、実際その座を射止めて先日引退したそうだ。四月からは二人とも高校生である。

「何ようるさいわね、ここ図書館よ静かにしなさい！」

と、注意する郁の声も地声がでかいのであまり注意になっていない。悠馬のほうがまあまあと郁を宥める。

二人は手塚にも一応会釈はしたが、すぐに郁のほうに向き直って話しはじめた。

「以前の『考える会』の横槍《よこやり》で閲覧禁止になってた図書が解放されたんですよ！」

「『荒野のカナ』とかも全シリーズ！」

はしゃいで付け加えたのは大河である。

あー、俺こいつに手錠かけたんだっけなぁ、と手塚は思い出したくない先走りを思い出した。学校図書の規制を訴えていた『子供の健全な成長を考える会』の集会に、この二人がロケット花火を撃ち込んで逃げたときの話である。

確かに今となってはあまりに融通が利かないうえに余裕のない処置だった。

こいつ俺のこと恨んでるかなぁ、などと弱気が胸をかすめる。

「えー、すごいやったじゃん！」

と、郁は自分が注意をした端から二人とはしゃいで飛び跳ねている。手塚はその輪の中には到底入れず、入ったところを想像してみたが、――あまりのあり得なさぶりに目眩《めまい》がした。

三人のテンションが落ち着いたが、今更「よかったな」などと祝辞めいたものを述べるのも白々しく、何となく手塚は無言を保った。

と、悠馬が手塚に話を振った。

「手塚さんて僕の公約ご存じなかったですか？」

「いや……」

その一言だけではどちらにでも取れることに途中で気づいて「知ってる」と付け足した。

生徒会長選に出馬したときの公約は、一部のPTAが結成した『子供の健全な成長を考える会』に没収された図書を取り返すというものだったはずだ。公約達成が任期一杯までかかったのは、それなりに長い戦いがあったのだろう。

「覚えててくれたんですね、ありがとうございます！」

「あ、いや……そっちこそ。おめでとう、よかったな」

ぎこちなく祝いを述べてふと気づく。これはもしかしてあれか、俺は今中学生に気遣われて話に入れてもらったか⁉

かなり情けない状況にまた一つ落ち込んだ。

話を終えて中学生二人が図書館を出て行き、手塚たちも巡回に戻った——が。

「悪い。ちょっと待ってて」

郁に一方的に言い残し、手塚は館を出て行った二人を追いかけた。

「吉川！」

君付けしたものかどうか分からないし、郁のように名前で呼び捨てるほど馴染《なじ》んでもいないので名字で呼ばわったが、吉川大河はびくっと大きく肩をすくめて手塚を振り向いた。明らかに怯《おび》えた表情で、ああ俺は中学生のガキを怯えさせる態《てい》の男なんだなぁとまた落ち込む。

「な、なんだよ、俺何も……」

「いや、別に叱るとか怒るとかじゃないから。ちょっと訊《き》きたいことがあって」

微妙に距離を取ろうとする大河に思い切って吐く。

「俺に手錠かけられたの嫌だったか」

大河がきょとんとしたのは、質問の内容があまりにも古くて意表を衝《つ》かれたためらしい。

「嫌っ……ちゃ嫌だったけど……誰でも嫌じゃんそんなの……」

ごめんと口走りかけた矢先、大河が珍しくまくし立てた。

「何だよ今さらもっかい説教かよ。俺だってあれはもう懲りてんだし反省してるし、もう勘弁してくれたっていいだろ！」

「いや、そういう意味じゃなくて！」

声量で大河を圧倒して、ああこれも脅してるかなとへこみながら付け加える。

「融通利かない処置で青少年むやみに傷つける処置っていうのもどうかって後で思って」

「えー、手塚さん言ってることわっかんねえよ」

投げた大河を悠馬が肘《ひじ》でつついた。

「ちゃんと答えてやんなよ、大河。大人でも迷うときがあるんだよ」

うわ、そのフォローは痛い！　と思いながらも文句を言えた筋合いではない。

大河は要領を得ない顔で口を開いた。

「すっごい恐かったけど別に逆恨みとかしてないよ。手錠外せって言ってくれた笠原さんには感謝してるけど、でも俺はオトナに手錠かけられるようなことしたんだって一瞬で思い知ったっていうか……俺たちは『考える会』にちょっと目に物くれてやるくらいのつもりだったけど、そんなことじゃ済まないことしちゃったんだって。警察連れて行かれるって本気で思ったし」

元々喋《しゃべ》るのがあまり得意でない大河はこの辺りで限界が来たらしい。

「懲りた！　すげー懲りた！　だから手塚さんはすっげー恐いし苦手！　手錠かけられたのが一番恐かったから！　でも嫌いじゃないよ、あのときあんだけ懲りてなかったら俺たちもっと悪くなってたし。オッケー納得⁉」

大河に訊かれて手塚も押されたように頷いた。と、悠馬が横から口を添えた。

「僕たちが笠原さんにまとわりつくのは、笠原さんがナチュラルに僕たちのレベルまで降りて来ちゃう人だからですよ。他の人は誉めてくれても僕たちと同じレベルではしゃいでくれないでしょう？」

取り敢えず一番身近な子供であるこの二人に嫌われているのではないか、という——延《ひ》いては自分が子供に好かれない性質なのではないかという悩みを見透かしたような執り成しである。

今確実に中学生に負けている自分がみっともなくて、顔が熱くなった。多分、頬も少し赤くなっている。

「昇任試験の実技、頑張ってくださいね」

それがとどめだ。その場で頭を抱え込みたくなったのを手塚は気力で何とか保《も》たせた。


「どうしたのー、あんたがあの二人に用事とか珍しくない？」

館内で待っていた郁には反射で「うるさい」と八つ当たりが飛び出した。

「お前が奴らと同レベルのガキだってことを確認してきただけだ！」

「いきなり何様かその暴言は！　ケンカ売ってんなら買うわよ！」

「お前にケンカなんか売ってる暇はない！」

結局郁が子供とうまく馴染めるのは郁個人の資質であって手塚にはまったく参考にならない。

業務中の笠原を観察してみたら、なんて。


「全然参考にならなかったぞ！」

閲覧室の柴崎を捕まえて手塚は盛大に愚痴を入れた。

「中学生コンビに朗報聞いて『やったじゃーん！』とか飛んだり跳ねたり俺にできるかっ！」

「その光景が生で拝めるなら二十万くらい出してもいいわね、デジカメ撮影付きで」

「リアルな数字を出してんじゃない！」

何倍にして元取る気だよ、と苦った手塚に柴崎が小首を傾げた。

「元々笠原が参考になるなんて言ってないでしょ。ガキと馴染むタイプの一例として観察しろってことじゃない。笠原が済んだら観察対象は同じ班に色々いるでしょうが。データを集めて応用すんのは得意でしょ、その性格なんだから」

「そんなこと言ったって……」

図書特殊部隊で子供向けのイベントに関わる機会はほとんどなく、昇任試験まで日が迫ったこの時期からではデータの収集も難しい。

正確には、今まであった機会を自らスルーしてきたともいう。子供向けの読書会やイベントに班で駆り出されたことも多少あったが、元々子供が苦手でどう扱ったらいいのか分からない手塚はわざと裏方仕事を選んで立ち回り、子供とはほとんど接触していない。

せっかくの機会だったのに、ちゃんと前に出て行けばよかった――とは後の祭りだ。小牧《こまき》は子供の世話はお手の物だったろうし、堂上がどう子供を扱うのか見ておかなかったのは痛恨の失敗である。郁がふざける子供を注意しているのか単にキレているのかやたらとギャーギャーうるさかったのは覚えているが（子供のほうはほとんどお化け屋敷の恐怖刺激の扱いで、郁が怒るほど興奮して収拾がつかなかったが）、そんなものは覚えていても何の足しにもならない。

「……薄っぺらくって嫌になる」

意識する前に弱音が漏れた。

苦手なものを回避して有能ぶっていたことを、この機会でとことん思い知らされた。こんなことでは、――遺恨のある兄にも到底及ばない。兄なら子供の読み聞かせもそつなくこなせる絵が思いつく。

「立場のなくなる奴山ほどいるからあんまり表だっては言わないほうがいいわよ、その愚痴」

「何それ、フォローか」

「僻《ひが》んでるわねー」

柴崎は苦笑しながら手塚の頭を軽く叩いた。柴崎の身長では背伸びが要るのかとそんなことに初めて気づく。

「次の日曜、近くの支所で『おはなし会』があってね、あたしも参加するんだけど手伝う？」

労《いたわ》られていることが分かりやすくて、却《かえ》ってプライドが折れそうになったが、それほど今の自分は僻んでいることが周囲に分かりやすいのだろう。相手が柴崎ならなおさらだ。

「……シフトに無理出ないのか」

微妙にひねた質問に柴崎も分かりやすく苦笑した。

「急な話だったから、元々シフトが巧《うま》く組めなかったのよ。だからあたしも休日返上。男手も足りてないから助かるわ。ギブ・アンド・テイクでよろしいことじゃなくってー？」

ふざけた柴崎に最後の僻みが訊いてしまう。

「笠原にも頼むのか？」

「向こうは必要ないでしょ、元々ガキと同レベルではしゃげる奴なんだから」

さっきの悠馬と同じ意見である。

「あたしとしては滅多に弱味見せないほうに恩売るほうが大事」

語尾にわざとらしいハートマークがつきそうな声音に、手塚もついに根負けして吹き出した。

＊

閲覧室に用があるから先に戻ってくれと手塚に放り出され、郁としては恐る恐る特殊部隊の事務室に戻った。班で戻っているのは堂上だけだ。日報でもつけているのか背筋の伸びた背中がてきぱきと書類を片付けている。

その背中が、——かっこいいとか思っちゃうのはどうかしちゃってるってばあたし！

高校生の頃に検閲から郁を助けてくれたのが堂上だったと図らずも暴露され、堂上に対する挙動を落ち着けるのにかなりの期間を必要とした。今でも一対一では落ち着いた応対ができるとは言えない。

唯一その事情を知っているのは打ち明ける羽目に陥った小牧だけだが、小牧もしばらく戻りそうにない。手塚が戻るまで待とうかと打算が浮かんだ瞬間に、堂上がこちらを振り向いた。

目が合って、

「た、ただいま帰りました、コーヒーでも飲もうかなぁ〜」

などと劇団ひまわり状態の聞こえよがしの独り言で給湯スペースへ。怪しい！　怪しいってあたし！　だがそれが今の郁の精一杯だ。

六年半も憧《あこが》れていた王子様とフラットに会話しろというほうがそもそも無理だ。

「あー、ついでに俺のも淹《い》れてくれ」

以前なら「自分の分は自分で淹れる規則ですよ」などと憎まれ口を叩いたものだが、素直にハイなどと頷いてしまう。

「……最近素直で気持ち悪いなお前は」

堂上も不審がっているのか挑発するような発言が最近増えたが、それに噛《か》みつく余力もない。

「具合でも悪いのか」

「全然っ？　元気ですよっ」

こっち見ないでぇー！　と内心悲鳴を上げながらコーヒーを淹れる手付きがぎこちなくなる。

お待たせしました、と堂上のカップを渡すと、堂上が受け取りながら窺うような表情をした。

「本当に大丈夫なのか、例えば……寮生活とか」

図書隠蔽の濡《ぬ》れ衣《ぎぬ》騒ぎでしばらく辛《つら》い期間を過ごしたことを、堂上は未《いま》だに気にかけすぎなほど気にかける。女子寮で自分の采配《さいはい》が行き届かないこともあってだろう。

……だっから、きゅんとか鳴るなAカップの分際で――――！　と内心自分をどやしつける。

胸きゅんは少女漫画のお約束だが一七〇cm戦闘職種女がどのツラ下げて！

だから堂上教官がトラブルのあった隊員を心配するのは性格的にも信条的にも当たり前の話で、あたしだから特別とかそーゆーのは一切、

ぶつぶつ呟きながら自分のコーヒーをかき回していると、先に一口すすった堂上が思い切り吹き出した。

「何だこりゃ！　砂糖いくつぶち込んだかお前は！」

「ええっ！」

慌てて自分のもすするとまるでコーヒー牛乳である。緊張しすぎたか、恐らく投入した砂糖は五杯は堅い。

「す、すみませんボーッとしてて！　淹れ直します！」

「もういいもったいない！」

堂上は意地になったかのようにカップを渡さず、薬でも飲み込むようにごくりごくりと飲み下していく。

それでも捨てろと言わずに飲んでくれるところが——とか考えてしまうのが完全にビョーキだ。

王子様の正体がいきなり分かっちゃって混乱してるんでしょ。

動揺を言い当てたときの小牧の台詞《せりふ》が思い浮かぶ。

頑張って少し落ち着いてごらん。笠原さんが王子様に憧れてたのも、本人に向かってさんざ王子様に熱上げてたのも動かない事実として、笠原さんはその六年前から一歩も動いてないんだから。今堂上が好きかどうかなんて考えても分かるわけないよ、実は憧れの王子様だったって上乗せが効き過ぎだもん。

王子様だったから、じゃなくて堂上を見てやって。笠原さんが入隊してから角突き合わせて喧嘩《けんか》三昧《ざんまい》で融通の利かない厳しい上官だった堂上を見てやって。

じゃないとあいつも浮かばれないよ、と付け足された独り言は郁には意味が分からなかった。

要するに！　要するに、教官が王子様じゃなかったとしてもあたしが教官を好きになってたかどうかって話よね⁉　そう解釈しての宣言は居合わせた小牧にかつてない発作を起こさせたが、大筋では間違っていないはずだ。

センブリでも飲んでいるような顔でコーヒーを飲みながら堂上がぼやいた。

「お前、よく平気でこんなベタ甘すすれるな。前世クワガタか何かじゃないのか」

「あ、今脳がオーバーヒート気味だからきっと糖分が欲しい状態で……ってちょっと待った！　いま虫って言いましたか人の前世捕まえて！」

「比喩《ひゆ》的表現だろうが、そこに過剰反応するな！」

逃げ腰になった堂上が最後の一口を呷《あお》ってカップを置いた。ああ、でも全部飲んでくれるんだ、とかだから乙女モード禁止ー！　と口に出して怒鳴れないぶん肩で息をする。

「まあどうせお前の悩み事なんかこの時期知れたもんだけどな」

堂上の台詞に心臓がぎくっと飛び跳ねる。知れたもんって、——何であんたが、

「昇任試験のことだろう、どうせ」

よく考えてみれば当然の帰結にほうっと溜息《ためいき》が出た。堂上はそれを言い当てられたしるしと

受け取ったようだ。

「筆記は空き時間で見てやるから気に病むな。実技はむしろお前の得意分野だしな。うちの班から新人一人だけ落とすような笑えることにはしないから安心しろ」

実技はむしろ手塚が心配なんだがな、と堂上は軽く顔をしかめた。

「今年の課題、子供の読み聞かせですよね？」

「まあ便宜上そう呼んでるが、要するに就学前のガキを二十人相手にして、何らかの演《だ》し物に最後まで注目させきったら合格、とかそんな感じだ。絵本の読み聞かせが一番手っ取り早いが、子供に人気のある絵本は早いもの勝ちで取られるからな。一回使われた本はもう使えないから、そのぶん演目に工夫する奴もいる。お前何番目だ」

試験資格者は大勢いるが子供はぶっ通しで付き合わせるわけにはいかないので、午前と午後で顔ぶれを入れ替えて二週間ほど実技試験の期間を取ってある。

「三日目の十二番です」

「キャラクター物は軒並み押さえられてる頃だな」

「大丈夫です、最初からキャラ物に頼る気ありませんから」

それより、と郁は首を傾げた。

「手塚のほうが心配って何でですか？」

「あいつの勤務態度を見てたら分かる。子供に慣れてない男の典型だ。就学児童ならまだマシだが、幼児だとからっきしだな。小さい子に何か話しかけられたりしたら親に返事してるし」

試験前に相談してくるかと思ったんだが、と難しい顔で首をひねった堂上に、郁は「分かるなぁ」と思わず呟《つぶや》いた。

「憧れてる人にカッコ悪いとこを見られたくないんですよ。手塚なんかあたしと違って日頃がちゃんとしてるし」

素朴な共感がつい口を滑らせた。

「あたしが手塚だったら堂上教官には訊きたくないもん」

言い終わると堂上が怪訝《けげん》と真顔の中間の表情でこちらを見ていて、口の滑ったことに気づく。

「手塚だったら！ あくまで手塚だったらって話ですよ！ あたしも堂上教官を尊敬してないとは言いませんけど！」

王子様のことで混乱しているときに憧れを口にしては駄目だ。それは小牧にも言われていたが自分でも分かった。憧れは今の状態だとすぐに好きまで横滑りする。

そうしたらあたしは、昔の王子様に憧れていた気持ちを引きずって今の堂上教官に重ねてるのか、純粋に今の堂上教官を好きなのか区別がつかなくなる。

そんな失礼な話ない。だってあたしは堂上教官が王子様って分かる前はあれほど噛みついて逆らって始まったのに。

やばい、話題変えよう！ そう思った矢先に目に飛び込んだのは、堂上が左胸に着けている階級章だった。二正のものは閉じた本で表された一本線の上に、小菊のような花が二つ並んだ意匠である。

「それいいですよね！　お花ついててカワイイの」

いきなり飛んだ話題についていけなかったらしい、堂上は戸惑いながら指された左胸に目を落とした。

「これ……って二正の階級章か？」

「あたしたち今回合格しても線一本増えるだけだもん、早くお花ほしいなー」

二士から士長までの階級章は、開いた本を意匠した線を一本ずつ増やすことで表現される。現在一士である郁たちの階級章は線二本、士長に合格したら三本に増えるが、「お花」がつくのは三正からだ。

「カミツレがつくのは三正からだ、今のお前が欲しがるなんて分不相応にも程があるわ！」

堂上の雷に拳骨《げんこつ》がついた。かなり図々《ずうずう》しい発言だったらしい。

いったぁ、とブツブツ文句を言いつつ拳骨の落ちたところを撫《な》でながら郁は尋ねた。

「カミツレって……カモミール？」

「そうとも言うのか」

そちらは堂上が知らなかったらしい。

「さすがに女だけあって詳しいな」

どんな分野であれ誉められることは珍しいので嬉《うれ》しく調子に乗っておく。

「ハーブティーやアロマオイルで定番ですよね、甘くて爽《さわ》やかな香りなの。あたし好きですよ。カミツレって言い方は少し古めかしい感じですけど」

「……俺も聞いた話だけど」

堂上が仕事の手を止めて郁のほうへ話し込む態勢になった。わあ、今その態勢ちょっと、と動揺を必死で抑える。

「稲嶺《いなみね》司令の奥さんが好きだった花なんだそうだ」

自分本位の動揺なんかどこかへすっ飛んだ。

背筋が無意識にすらりと伸びる。

司令の夫人がどのように亡くなったかは知っている。その話をするに足ると見込まれたことに精一杯応えたかった。

「階級章を決めるとき、意匠にカミツレを入れることを決めたのも司令だ。カミツレの花言葉って知ってるか」

「いえ」

郁の知っているカモミール——カミツレは、マーガレットに似たかわいい白い花で、ハーブやアロマの定番。リンゴに似た甘い香りでハーブティーにすると初心者向けの優しい味になる。効能は確かリラックス。

「恥じらいとか初恋とか？」

カミツレの持っている優しげな花姿で浮かんだ言葉を当てずっぽうに挙げてみた郁に、堂上は真顔で答えた。

「『苦難の中の力』」

胸を衝《つ》かれたように一瞬息が止まった。

それは——一体どれほど図書隊の決意にふさわしい言葉だろう。夫人はその花言葉を知っていたのだろうか、それともその可憐《かれん》な花姿や香りが純粋に好きだったのだろうか。

夫人がその花言葉を知っていたとしても知らなかったとしても、遺《のこ》された稲嶺にそれは導きの言葉と思えたに違いない。

郁はしばらく俯《うつむ》いたままその話を噛《か》みしめ、強く顔を上げた。

「あたしもいつか絶対取ります。カミツレ」

堂上は少しだけ笑って、「励め」と声をかけてまた書類に戻ったが、

「先に士長昇任試験からだけどな」

と郁を現実に引き戻し、郁は堂上の背中にべえっと小さく舌を出した。

＊

「そー言やさ、知ってる？　砂川《すながわ》、神奈川のどっかに配置転換になるんだってよ」

同室のやんちゃ者の片割れにそう言われ、手塚は柴崎から先に聞いていた情報なので知ってはいたが初耳の態《てい》を保った。

「へえ。査問の続きとかどうなるんだ、うちの隊も随分迷惑食らったんだけど」

「ああ、ねえ、笠原ちゃん。卑怯《ひきょう》だったよなー、女の子身代わりにして逃げようとかよー」

郁に嫌疑がかかったのは、砂川が査問を逃れるためにいかにもこうした事件に首を突っ込みそうな性格の郁を身代わりにしようとした——という事情は、柴崎や他に何人いるのか柴崎が決して口を割ろうとしない情報部候補生の情報操作によって基地の内外に浸透している。

「ま、武蔵野第一図書館《ウチ》には戻って来られないだろうけどなー」

神奈川のどっか、というのが図書館中央集権主義者である兄の慧《さとし》の勢力下にある図書館支所だということも手塚は知っている。ほとぼりが冷めるまでという措置だろう。

第一図書館長である江東《えとう》は兄の作った研究会『未来企画』の幹部のはずだが、図書隠蔽事件を世間に対して見事に収束させてからは砂川の一件に触れもしない。砂川の起こしたその事件が『未来企画』によって企図されたものだということはごく一部の人間しか知らないことだ。

「ま、俺らにはラッキーじゃね？　三人部屋になるとけっこ広いよなーこの部屋」

口を挟んできたのは三人目の同室である。

一般隊員の認識はこんなものか、と思いつつ、手塚は肩をすくめた。

「広くなったからって隣から苦情が来るほど暴れたりしてくれるなよ」

同室の二人はどこまで真面目か分からない口調で「分かってる分かってる」とへらへらした。あまり期待はできなさそうだ。

「なーなー、手塚も明日の日曜休みだったよな。一緒にカラオケ行かね？　女子も誘ってあんだけど」

「あー、俺はパス。仕事入った」

柴崎に誘われた支所のおはなし会である。昇任試験の特訓がてら柴崎に誘ってもらったことはこいつらには絶対言いたくなかった。

仕事、という単語は効果絶大だったようで「お前は真面目だよなぁいつも」と同室の二人はいかにも真似できないというニュアンスを言外に漂わせ、自分たちの予定を話しはじめた。

＊

おはなし会に使う部屋は徹底してカラフルで、なおかつ角の丸い低い家具で統一されていた。低いソファや丸椅子もいくつか置かれていたが、基本的には部屋の中央に敷かれている毛足の柔らかいラグに座らせる体裁らしい。普通ならリノリウム張りの床もカットカーペットで隅々まで埋められていた。

隅のほうに唯一あったスチールのキャビネットは大人の腰くらいの高さのもので、図書館員が到着するなり柴崎が手塚に撤去を命じた。

「大して邪魔にもなってないしこれくらいいいんじゃないのか」

「甘いわね、何にぶつかって怪我するか分からないのが幼児よ。奴ら、あたしたちに見えない何かが見えてるとしか思えないダッシュ力で壁とかに突進していくからね」

その場合はあんたが体を張って阻止すんのよ、と柴崎は勝手に命令して自分も使用する図書の荷ほどきに取りかかった。

「手塚くん、何か手伝おうか？」

はしゃいだ様子で声をかけてきた女子連中は、日頃手塚とは接点のあまりない業務部の女子である。あしらいに迷って柴崎のほうをちらりと見たが、柴崎は自分で捌《さば》けと言わんばかりの豪快な無視っぷりだ。

「いや、係長もいるし……非効率だから別の作業やって」

結局は愛想もクソもないあしらいで、彼女たちはつまらなそうに柴崎やほかの女子のやっている作業に向かった。

手塚のほかに一人だけ確保されていた男手である児童室の中年係長と棚の中身を段ボールに移し、それを隣室に移して最後に残ったのがキャビネットである。高さがなく、中身も抜いてあるので、一緒に抱えるつもりだったらしい小柄な係長を制した。

「いいですよ、一人で行けます。係長、確か腰を悪くされてるでしょう」

「お、そうかね悪いね」

日頃接点がないのに他部署の手塚が症状を覚えていたことが満更でもなかったらしく、係長は素直に手を引いた。一人でキャビネットを抱え上げると女子から「すごーい！」などと嬌声《きょうせい》が上がり、やっぱり係長に形だけ手伝ってもらえばよかったかとちらりと後悔がよぎる。派手な部署にいることと成績その他の問題で自分が女子に注目されやすいことは自覚しているが、それは手塚にはあまり「ラッキー」と思えることではなかった。

そもそもこれくらいなら郁でも一人で動かす。「……のにな」と後で柴崎に愚痴ったら柴崎には「あんな化け物とあたしたち比べんな」と素でどつかれた。

そして、いざおはなし会の始まりである。


真っ先に手塚が学習したのは「座る」ということだった。

カラフルな低い家具で統一されている幼児仕様のその部屋で手塚が立っていると、それだけで子供の注目独り占めだ。勝手に足元から上ろうとする子供までいて、それがあっという間に遊びとして他の子供に伝染していく。

上る子供を慌てて引っぺがし、自分もその場に胡座《あぐら》をかく。

「はーいみんな座ろうねー」

よく通る柴崎の声が子供たちを誘導したときは、手塚の膝《ひざ》には二、三人の子供が乗っていた。母親が引き取りにはくるものの、膝が空くとまた別の子供が乗りにくるというエンドレス状態で、最終的には膝に二人抱えるのがデフォルトになってしまった。上られるよりはまあマシである。目が合った柴崎が面白そうに笑っていたのが多少気に食わないが。子供が突発的な動きをしたら体を張って止めろと柴崎に命じられていたので、室内に油断なく目配りをする。

そうしながら会の流れを見ていると、絵本の読み役は何人かいて柴崎もその中に入っているようだった。

何だよ、詐欺だろこれ——というのが手塚の正直な感想である。いつもの皮肉の効いた柴崎とはまるで別人である。

絵本をめくりながら表情をくるくると変え、子供から動物、老人まで登場人物が変わるごとに声色を多彩に使い分け、子供たちの興味を引きつける。子供の注意力が薄れてきたら、本文にはない内容にも脱線して子供たちをまとめ上げるような荒技もお手の物だ。

何より、何のてらいもなく子供たちのために声の高低硬軟を使い分けて絵本を読み聞かせる様は見事というほかなかったし——柴崎の本性を思い知っている筈《はず》の手塚でさえ、柴崎の子供をあしらう姿に一瞬とはいえ見惚《みと》れた事実が異様に悔しかった。

柴崎と母性なんか一番結びつかないもののはずだったのに！

兄貴との確執の象徴だった時計を事もあろうに質屋に売っ払った女だぞ！　あまつさえ自分の容姿利用するのに一瞬たりとも躊躇《ちゅうちょ》しないし！　天使みたいな顔して子供あしらいやがって、どうせ裏じゃ聞き分けのない子供クソガキ呼ばわりで皮肉言い倒してるくせに！

そして最も悔しいことには、そんな柴崎を見ていると男たちが柴崎にしてやられている理由が少しだけ分かってしまった。

本性が見えるほど近くにいない奴は立ち居振る舞いでやられて、本性が見える距離にいる奴はギャップでやられるというわけだ。

柴崎が出番を終えてしばらくしてから手塚の隣にひょっこり現れた。

「どうよ」

詐欺師、と言ってやりたいところを敢《あ》えて今読み聞かせをしている館員に注目している振りで「やっぱり巧《うま》いな、みんな」と答えた。

「でも俺には真似できない」

お前巧すぎ、と小声で付け足したのは不本意ながらの敗北宣言だ。手塚は恥ずかしさや照れであんなふうに子供を引きつけて絵本を読むことはできない。

子供をあやすところもそうだ、柴崎もほかの業務部員も何のためらいもなく子供に合わせておどけて見せる。自分にはとても真似できない。

真似したって駄目よ、と柴崎はいつもより少しだけ優しく聞こえなくもない声で言った。

「あたしやみんなが『巧く』やってるように見えるんならまだまだね」

でも、と柴崎が手塚の膝を顎《あご》でしゃくる。

「ガキの目線はさっそく学習したじゃない」

手塚の膝に乗っている子供たちである。

「これは……俺が立ってたら上ってくるから」

不意打ちで誉められたようなそうでないような微妙な評価にそう逃げると、柴崎は皮肉だけでもなさそうににっこり笑ってみせた。

「だから、それがガキの目線よ」

ああ——そうか。上りたがったのは、

「見える高さが違うんだな……」

呟くと、柴崎は猫のようにするりとどこかへ消えていた。言いたいことだけ言ってさっさと立ち去るのはいかにもいつもの柴崎らしかった。

筆記は手塚と柴崎は余裕、郁はさんざっぱらの堂上の補習付きでクリア。

次に控えるのはいよいよ実技で試験を受ける隊員は準備に余念がない。子供に人気の手堅い絵本は使用申請の受付が始まってからあっという間に「売り切れた」。

＊

「……それでお前の準備ってのは一体どうなってるんだ」

怪訝な顔で訊く堂上に、ジャージ姿の郁は玄関でスニーカーの靴ひもを締めた。最近は業務が終わる度にその格好でどこかへ出て行く。別に遠くへ行くわけでもなく、図書館の敷地内の庭を歩き回っているらしい。

試験を受ける隊員が寄ると触ると読み聞かせの練習に入っている今日この頃、郁のその行動は若い隊員の中で明らかに浮いていた。堂上としては心配な挙動である。

「別に絵本の読み聞かせである必要はないいんでしょう？　ちゃんと自分なりに仕込みは考えてますから」

郁はいたずらっぽく笑って玄関を出て行った。

渋い顔でそれを見送った堂上の肩に、ふいと誰かの顎が乗った。軽い重みに振り向くと小牧である。

「過保護すぎだよ、班長」

同期同格の小牧がわざわざ堂上を班長呼ばわりするときはからかっているかたしなめているかどちらかだ。

今回は後者だろう。

「あの子、子供と相性いいからね。大丈夫だよ」

「大事なとこでドジ踏むからな」

「ていうか、今回は手塚のほうを心配してやるべきじゃないの？」

手塚が子供慣れしていないことは上官である堂上たちには筒抜けだ。

「あいつは自分なりに対策してるみたいだしな。上官が余計な口挟むこともないだろう」

そう答えると小牧は心底呆《あき》れた顔をして——六年前から一歩も動いてないのはこっちも同じだね、と謎の嘯《うそぶ》きを遺《のこ》して去った。


「柴崎って何番目なの？」

部屋で尋ねた郁に柴崎はこともなげに「最終日の最後よ」と答えた。

「えー、それすごい不利じゃない？　大丈夫？」

「自分で希望したんだから大丈夫よ」

希望してそんな不利な順番をわざわざ確保するという神経が郁には分からない。

「それよりそっちは大丈夫なの？　仕込みに余念がなさそうだけど」

「えっへっへー」

郁は楽しそうに『仕込み』の一環である作業を続けた。郁が机に広げ放題に広げた画用紙を柴崎が覗き込み、「意外と巧いじゃない」と誉める。

図工はけっこう上手だったんだよ、と得意そうに郁は下描きの上にマジックを滑らせていく。試験ということを忘れて半ば遊びになっている郁に比べ、

「優等生のほうは大丈夫かしらねえ」

柴崎はお茶をすすりながら大したことを思い出したでもなさそうに呟いた。

*

三人の中で実技を一番に受けるのは郁だった。

慣例というわけではないのだが、上官や親しい隊員は実技の様子を見に来るのが常だ。郁のときは班のメンバー全員と柴崎が来た。

「お前一体何やるつもりなんだ」

最後の最後まで班内に仕込みを明かさなかった郁に、不安そうなのはむしろ堂上だ。

郁は本を用意している様子もなく、ただ段ボールをおはなし室の中に次々と運び込んでいる。開けようとする子供に「まだ開けちゃ駄目よ」と最初は優しげだった声が、最後は「開けんなっってんでしょ！　しまいに目鼻抜くわよガキ！」になった。子供たちはそれでテンションが上がってキャーキャーと騒いでいる。

荷物を運び終えた郁は二十人の子供たちを五人ずつのグループに分け、段ボールを一つずつ配った。

「はいっ！　今からパズルをやります！　箱開けていいよ、中身全部出してね」

子供たちが箱から出した中身は落ち葉や木の実が合わせて二十個ほど、そしてどうやらそれの輪郭が描かれているらしい画用紙が何枚かだ。

「画用紙に描かれてる葉っぱや木の実とおんなじのはどれかな？　みんなで絵の上におんなじ葉っぱや木の実を置いていってね！　お友達と相談しても分かんなかったら、おねえちゃんに訊いてもいいよ！」

やるじゃん、とおはなし室の様子に口笛を吹いたのは小牧である。

もともと子供はゲーム性の高いイベント（例えばお楽しみ会の宝探し）には食いつきがいいし、学習にも繋《つな》がるということで企画自体も高く評価できる。

子供たちは夢中になって落ち葉や木の実を画用紙の輪郭に合わせては取り替えている。

「おねえちゃん、あたしたちの箱『くぬぎ』って入ってない！」

「入ってるよ、絶対入れたもん。よーく探してみてー」

「分かった、どんぐりと帽子が取れてるんだ！」

気づいた子供が得意げにくぬぎの実と帽子を組み合わせる。

子供たちが『パズル』を解き終えてから、郁は一冊の図鑑を持ち出してきた。判が大きく、絵や写真も大きくした子供向けのものである。

「ほら、このスズカケってこんな実がなるんだよ。こっちの葉っぱは色が変わっちゃったけどサクラ、春に図書館の入口のとこでみんな見てるでしょ」

ここまで来ると田舎育ちの独壇場だ。

「サクラの葉っぱ緑だったよ！」

「そうよー、こういうもみじ色になったら枝から落ち始めて枯れまーす」

この辺りで郁の持ち時間が尽き、最後に郁は子供たちに向かって話した。

「今日、パズルに使った葉っぱや木の実は全部図書館のお庭から拾ってきたものです。みんなもおもしろそうだったら季節ごとにお庭で葉っぱや木の実やお花を探してみてください。でもむやみにむしっちゃ駄目よ、図鑑なら持ち出してお庭で使っていいからね」

最後にパズルに使った箱がほしいと子供たちで一悶着《ひともんちゃく》があり、じゃんけんの争奪戦がついて郁の演目は終わった。文句なしの合格レベルだ。

「どうでしたか？」

おはなし室から出てきた郁が、堂上の前にすっ飛んできた。誉めてほしいのが分かりやすい得意満面の顔で、却って堂上は仏頂面になった。過保護を突っついていた友人が隣でにやにや笑いとくればなおさらだ。

「文句なしだ」

あれ、それだけ？　と横からわざわざ突っ込んだのは小牧である。

郁も微妙に物足りない顔で、その子供っぽい表情から微妙に視線をずらしながら付け足す。

「独創性もあったし、自分の得意分野をこうした企画に立ち上げるのも見事だし、子供のウケも申し分ない。だから文句なしだ」

他の受験生がウケやすいキャラクター物の絵本の争奪戦をやっていた中、一人ジャージで庭を駆け回っていた郁の狙いは実際大したものだった。

いつまでも危なっかしく考えなしなだけの部下ではないということを思い知らされ――それを思い知らされたことが悔しくもあり、

「大したもんだ！　これ以上何か要るのか貴様は！」

「ちょっ、誉めてるのに何で怒ってるんですか！　何かそれ誉められ損！」

いつもどおりにキャンキャン噛《か》みつく郁に少し安堵《あんど》したが、それをまたにやにや笑いで見ている小牧に気づいて堂上の機嫌は更に悪くなった。

＊

実技の二番目となったのは五日目の手塚である。

「題材は何にしたんだ？」

様子を見にきた上官二人と見物目当ての女二人に、手塚は絵本の表紙を見せた。『イソップ物語』のシリーズの一冊である。

「寓話《ぐうわ》物かぁ、らしいっつーか意外性のないとこ衝《つ》いてくるわね～」

さっそく茶化した柴崎に手塚はむっとして言い返した。

「そういうことじゃなくて……絵本探してるとき、久しぶりに読んだら話をほとんど忘れてて単純に面白かったんだよ。一話も短いから慣れてない俺でも読みやすいし」

「通し読みはしたのか」

尋ねた堂上に手塚は首を横に振った。

「適当なシリーズナンバー借りて中は読んでません。俺、子供慣れしてないし、巧《うま》くやろうとするより自分も興味持てるものを子供と一緒に楽しむ感覚で読んだほうがいいと思って」

わざと柴崎からは目を逸《そ》らした発言に、柴崎もしれっとよそを向いている。

堂上と小牧が顔を見合わせ、それから堂上が「大丈夫そうだな」と笑った。

「よかったら手でも繋いで験《げん》分けてあげよっか？」

と図々しいにもほどがある発言は珍しく先に合格を決めた郁で、手塚は目を三角にした。

「要るか、お前の験なんか！　調子に乗るな！」

何よ人が親切に言ってるのに、とブツブツ言っている郁を完全に無視して上官たちに敬礼し、手塚は子供たちがはしゃいでいるおはなし室のドアを開けた。

総じて言えば手塚の読み聞かせはつっかえつっかえだったし、到底滑らかとは言い難かった。子供たちに「どうして？」などと突っ込まれると受け答えもしどろもどろで、ただし子供たちとまとまって話をする態《てい》にはなっていた。

「……で、あんなにヘタなのにどうして子供たちあんなにおとなしく聞いてるわけ？」

子供たちは飽きて騒ぐでもなく一人遊びを始めるでもなく、部屋の中央に胡座をかいた手塚の周囲にそれぞれ集まって、手塚の下手な朗読に聞き入っている。

素朴な郁の疑問に、こともなげに答えたのは柴崎である。

「これが子供の摩訶《まか》不思議なところでね。下手に読み慣れた人がするする読むより、慣れない男性のヘタクソな読み聞かせのほうが却って集中したりするもんなのよ」

「堂上も昔はそれで随分助かってたよね」

横から意外な情報を入れたのはもちろん小牧で、郁がえぇっと声を上げるとまだ何も言っていないのに「うるさい」と発言を封じられた。

「下手なりに一生懸命だから、かなぁ」

手塚の様子を外から窺いながら郁は呟いた。

子供たちと目線を合わせ、つっかえつっかえ話す手塚は、いつものソツのなさからはとても想像のつかない不器用な懸命さがにじみ出ていた。

本の締めは『すっぱいぶどう』だったらしい。何でぶどうを取らなかったの、ハシゴ持ってきたらよかったのに、お友達連れてきて肩車すればよかったのに、とワアワア騒ぐ子供たちの中で、一際大きく「このきつねさんばかだったの？」と訊く声がした。

どうやらこの質問がまとめである。手塚は傍目《はため》にも冷や汗混じりが分かる様子で、迷いつつ話しはじめた。

「このきつねさんがばかだったんじゃなくて、みんながいい子でがんばりやさんなんだと思います。このきつねさんは、ぶどうを手に入れるために工夫したり、お友達を呼んできて一緒にがんばったりするより、どうせ手に入らないからって諦《あきら》めるほうがカッコいいと思っちゃったんじゃないかな。でもこのきつねさんは全然カッコよくなかっただろう？　みんなはぶどうを諦めないカッコいい人でいてください」

生真面目に子供たちに一礼してからおはなし室を出てきた手塚は、長い溜息《ためいき》を吐《つ》きながら壁にもたれた。

良かったぞ、と堂上に軽く肩を叩かれて、やっと課題を終えた実感が湧く。

「『みんなはぶどうを諦めないカッコいい人でいてください』」

明らかにからかう意図で声色を使った郁に、手塚は本気で拳骨を落とした。

「いった、目から火花散った、あんたちょっと手加減とか」

「人の素をからかうな！」

言いつつ自分の顔が紅潮しているのが分かる。子供たちと交わした言葉が全部素だったことを改めて思い知らされた。

ふと周囲を見回すと柴崎がいない。小牧が目敏《めざと》く気づいて言い添えた。

「柴崎さんなら業務に戻ったよ。あれなら心配ないってお墨付きでね」

はぁ、と曖昧《あいまい》に手塚は頷いた。

心配ないというのは柴崎としては最大級のお墨付きだろうが、それにしても一応は最後まで見て行けよなと微妙に不本意な気持ちが湧く。だがそれが柴崎なので文句の付けようもない。

＊

そして、身内の中でも受験生の中でも最終の受験になった柴崎は、昇任試験で伝説を作ってのけた。

「いやーそのうち目に物くれてやりたかったのよねえ」

と、後に柴崎は語る。

最終で柴崎が相手をすることになった子供たちは、いわゆる「札付き」の集団だったという。母親たちは児童室を無料の保育所としか思っておらず、子供を児童室に放り込むや喫茶室でだらだら喋《しゃべ》っているばかりという体たらくで、子供たちの躾《しつけ》などもちろん行き渡っているわけがなかった。

館員が注意してもまったく言うことを聞かず、走るわ騒ぐわほかの子供はいじめるわ、一台数十万する検索マシンを占領していたずらした挙句ぶち壊し、親が「館員の監視が行き届いていないせいだ」と弁償を拒否したときに柴崎は制裁を決意したという。

わざわざ最後の試験官役を札付きのグループに打診し、もちろん母親はほいほい乗ってきた。

「でも、なーんにもしてないわよ。絵本の読み聞かせ以外はなーんにもね」

「何が『なーんにも』か、お前は」

仏頂面で突っ込んだのは手塚である。

「わざわざ怪談選んで一番恐いところで照明落としただろ、事故を装って！」

「やーね、事故よ事故」

「人を使って細かい演出入れといてその言い草か！」

察するに片棒を担がされたのは手塚らしい、と郁は話の流れで納得した。郁はシフトの関係でどうしても観に行けなかったのである。

ちなみに本は何だったの？　と尋ねた郁に柴崎はにっこり笑って答えた。

「船ゆうれい」

「うっわ大人げねぇー！」

船縁《ふなべり》から幽霊の手がわらわら上ってきて柄杓《ひしゃく》で船の中に水を注いでいく絵ヅラは、郁が大人になって思い返してもちょっとしたトラウマである。

「しかもこいつ、柄杓の底抜いてないバージョンまで懇切丁寧に演じやがって、そのうえ神級に声色とか読み聞かせ巧いんだぞ！」

なまじ語りが見事なだけに子供たちは金縛り状態で話に聞き入り、手塚の仕込んだ『事故』で阿鼻《あび》叫喚の地獄絵図に陥ったという。

それでも誰一人としておはなし室の外には逃がさない話術だったのだから、これは文句なく実技合格である。

「小川未明の『赤いろうそくと人魚』とちょっと迷ったんだけどさぁ、あの不条理感の恐さってもうちょっと年上じゃないと通用しないじゃない？　だからダイレクトに恐い方向で」

後で母親から苦情が出なかったのかと質問しかけて郁は途中でやめた。どうせ柴崎が口八丁手八丁で丸め込んだに決まっている。

ちなみにその後、札付きの子供たちは少し行儀がよくなったという話で、特に「柴崎さんに来てもらうわよ」というのは館員たちの効果覿面《てきめん》の脅し文句になったという。

＊

線の一本増えた士長の階級章は、合格者にはすぐ支給された。

噂に聞いた傾向としては、子供にウケるキャラクター絵本に安易に走った隊員は落ちた者が多かったらしい。子供のほうが絵本を隅々まで熟知していて、読み手に口を挟ませなかったり、絵本の取り合いになって場が崩壊した例が続出したという。

今回落ちた者は半年後の試験に再挑戦することになる。

「やったねぇ」

三人で階級章を見せ合い、感慨に耽《ふけ》っているのは郁と手塚である。柴崎は最初から死角なし、手堅いとされていた手塚は苦手な子供をあてがわれたことでそれなりの感慨があるようだ。

郁はと言えば、——言うまでもなく致死級の死角だらけである。

「実技あんだけ見事にこなして筆記が合格ギリギリってのもわけ分かんないわよね、あんた」

「だって実技は課目が向いてたからさぁ」

筆記のほうは堂上がいなければ通っていない。

図書手帳の中身覚えてりゃ楽勝なもんを、何で貴様の頭の中には二割と入っていないんだ⁉

二年近く手帳持って歩いてただけか貴様！

怒鳴るだけ怒鳴られ丸めた書類で頭を遠慮なくはたかれたが、「うちの班から新人一人だけ落とすような笑えることにはしないから安心しろ」という約束は果たしてくれた鬼教官である。

でも、揃って上がれるのはここまでだよね。

僻《ひが》んだ呟きは胸の中にしまった。手塚も柴崎も優秀で郁など到底及ぶべくもない。然《しか》るべき時期が来ればその度に階級を着実に上げていくのだろう。

組織の中でそれは必然のヒエラルキーである。図書正で終わる人間もいれば、監まで上がる人間もいる。

自分は監まで行けない人間だ、ということはもう分かっている。

「ねえ」

僻みなのかいじけなのか自分でももうよく分からない。べそかき声で柴崎にすがりつく。

「あたしもカミツレ取るから、あたしが追いつけなくなっても二人とも友達でいてよねぇ」

「な……何いきなりべそかいてんだこいつ⁉」

動揺して引いた手塚に対し、柴崎は笑いながら猫背になってすがりついた郁の頭を叩いた。

「だーいじょうぶよぅ、あたしは図書隊初の女基地司令になってもあんたとは友達だから」

「ちょっと待て、お前今サラッと恐ろしい野望を口にしなかったか⁉」

手塚の突っ込みに柴崎が不本意そうに応じた。

「あたしには無理だとでも？」

「いや無理と一蹴《いっしゅう》できないところが逆に恐ろしいっちゃ恐ろしいんだが……」

ぶつぶつ呟きはじめた手塚にべそをかいていた郁も吹き出した。確かに柴崎ならそんな野望も一蹴できない。

「お前、堂上二正超えるんだろ」

いきなり手塚が言い放った。随分前に、手塚と試しに付き合う付き合わないの話が決着したときの郁の宣言だ。

「マジであの人追いかけてたらけっこういいとこ行けるぞ、たぶん。お前の憧れてるって奴がどれほどのもんか知らないけど」

その両者が重なったことを知らない手塚は純粋に励ましたのだろうが、郁は動揺をいいだけ煽《あお》られた。

と、柴崎がつま先立ちして郁の耳元に口を寄せた。

「あんた、好きな人追っかけてるとすっごいパワーが出るタイプだから、意外と追いすがれるかもよ」

かちんと固まった郁からするりと抜け出すように柴崎は身を離し、いつものとおりの軽快な足取りで立ち去った。

残された郁のフリーズは、不審に思った手塚が何度か揺するまで溶けなかった。

＊

事務室で堂上が眺めていたのは、受験生の上官にそれぞれ配られる昇任試験結果のデータ表である。

「印象に残るデータだね」

横から一緒に覗いていた小牧が笑った。

筆記では合格ラインのギリギリ上で申し訳なさそうに名を連ねているのが、実技では独創性や企画力、子供の反応などでぶっちぎりのトップである。

言うまでもなく郁のデータだ。

「実技は今まで例のない独創性だったらしいね。子供たちの庭での外遊びも増えたって後追いの評価も来てるよ」

「……分かってるよ」

不機嫌な声で返すと、小牧は肩をすくめながら立ち去った。

初めて会ったとき頼りない高校生だった、その過去に縛られているのはこちらかもしれない。

何の権限もなく検閲に立ち向かったあの背の高い凜《りん》とした背中に、規律を侵しても手を伸ばさずにはいられなかった。

だがいつまでも郁は高校生ではなく、そして今はもう六年前ではなく今だ。昇任試験にも見事に合格し、士長の権限を持った図書隊員が今の郁だ。そして、戦意に走り危なっかしくはあるが決して「使えない」部下ではない。

課目の幸運はあったとしても、昇任試験でこんな印象的なデータを出してのける——手塚と並ぶ自慢の部下だ。

図書隠蔽事件のときも辛かったであろう逆風を一人で耐え抜き、手塚の兄の誘いもその内容を聞いたうえで断っている。

日頃の迂闊《うかつ》は庇《かば》いようもないが、図書隊員としても部下としても上官が充分信頼できる個性である。——上官が、という言い方が逃げだと自分で分かって舌打ちした。

郁は堂上にとって信頼のおける部下だ。手塚と適性や使いどころは違うが、信頼できることに変わりはない。——あの手塚と比べて、だ。

今の郁は今の郁に見合う使い方をしなければ失礼だ。六年前から一歩も動いていないという小牧の揶揄《やゆ》はそこにあるのだろう。

それでも何かと過保護になってしまう自分の切り替えの悪さが忌々しく、急《せ》いて成長しようとする郁にも苛立《いらだ》つ。

急ぐな！　とたまに怒鳴りたくなる。

脚に任せて走りたがるくせに走る方向は目算任せの見当外れで、すぐ転んで傷だらけになる。

だからいつまで経っても心配せずにはいられないのだ。

俺が冷静になれないから無茶して走るな、といっそ言ってしまえたら楽になるのだろうかと思ったが、それは何かの一線を越える一言になりそうな気がして口に出せそうになかった。

「取《と》り敢《あ》えず誉めてやらなきゃならんだろうな」

言いつつ堂上は昇任試験の結果表にまた目を落とした。

＊

何でもないときなら堂上が一人のタイミングをよく捕まえるのに、いざ一人のときを狙うとこれがなかなか捕まらない。

結局その日、郁が堂上を捕まえたのは訓練を終えて事務室に戻る途中の廊下だった。事務室に入ってしまうとまた誰かいるかもしれない、その焦りが思わず背中から呼び止めさせた。

「堂上教官！」

堂上は怪訝な様子で立ち止まり、郁が追いつくのを待った。

大して走ったわけでもないのに心臓が跳ねて苦しい。

「あの……」

どうしよう何て切りだそう。

「筆記見てくださってありがとうございましたっ！」

一息に吐いて大きく頭を下げる。

堂上は郁の物覚えの悪さその他を思い出したのか、微妙に何か言いたそうな顔になったが、

「まあ、結果オーライだ」と収めた。

「教官が見てくれなかったらきっと筆記で落ちてたので」

「確実にな」

そこでとどめ刺さなくてもいいじゃん、人が殊勝になってんのに！　と膨れた瞬間、堂上が不意打ちのように言い足した。

「でも実技は高く評価されてたぞ。受験生中トップクラスだ。独創性があり、子供の学習意欲を自然に引き出す高度な企画だって評価員ベタ誉めだった。児童室の企画に取り入れることも検討したいって打診がうちの隊にも来てる」

鳩が豆鉄砲を食らったような、というのは今の自分の顔に違いない。

「許可は出してもいいな？」

訊いた堂上にこくこく機械仕掛けの人形のように頷く。すると、堂上が今まで数えられるほど珍しい優しい笑みを浮かべた。

「胸張れ。実技はお前がトップだったんだ。文句なしだ」

「でも筆記が」

「筆記はこの際気にするな。お前が一番取れる機会なんか滅多にないんだ、威張っとけ」

「……何でそう微妙に素直に頷けない言い方するかな……」

唇を尖《とが》らせた郁から堂上が目を逸《そ》らし、

「悪かった」

不意にそう言った。

「お前はお前でしっかり考えて立派な企画を作ってたのに、俺はお前がまたヘマをやるんじゃないかって心配ばかりしてた。心配なんて言ったら聞こえがいいけど、要するに見くびってたことになる。すまん」

「えっヤダ！」

郁は反射で悲鳴を上げた。堂上が郁に向かって頭を下げたからである。

「やめてください、堂上教官にそんなこと、調子狂う以前に気持ち悪いです！」

「……お前、人の誠意を言うに事欠いて気持ち悪いとかなぁ……」

堂上の気圧も急低下だ。

どうして！　どうしてこうなるの！　あたしはただ単に教官を呼び止めてごく普通に女の子らしいお礼の展開に持ち込みたいだけだったのに！

筆記見てくれてありがとうございましたって言って、それで、

――もういい！

「これっ！」

郁は制服のポケットの中でずっと握りしめていた包みを堂上に突き出した。

自意識過剰だと分かってはいたが、誰かに買い物中を見つかるのが恥ずかしかったので隊員がよく出る吉祥寺ではなく立川へ一人で行って、人目を忍ぶように駅ビルで売り場を探して。エスカレーターを数階上がって見つかった、女性の密度がやけに高いそのフロアで。何人もの女性がテスターを取っ替え引っ替え試していたが、迷わずその中の一つを手に取り、キャッシャーに持っていった。

自分用かプレゼント用か訊かれて、悩んだ挙句にプレゼント用の簡単な包装をしてもらった。凝った包装だと引かれるかも、と簡単な包みに青いリボンを結んでもらったが、そのリボンももうこのやり取りの間でぐちゃぐちゃだ。

「あげます、筆記のお礼です！」

本当だったらその場で「開けてみてください」なんて急かして、一緒に少しそのプレゼントについて話とかして——などと考えていたのが台無しだ。

「お先に失礼します！」

嫌味のように大きく頭を下げて、ロッカー室のほうへ駆け戻る。と、

「待て！」

命令のような大きな声がかかって体が反射で直立停止した。

「戻れ」

くそぅ命令口調に体が逆らえないのが悔しい。郁は渋々堂上のところまで戻った。

堂上はもう包みを開けていて、中身の小箱をつまんで耳元で軽く振った。

「何だ、これ。液体か？」

「……開けたらいいじゃないですか」

開けてみてください、と明るく急かす予定はぶっ潰《つぶ》れたのでふて腐れて促す。

その様子を見てはいなかったが、堂上が開けた箱の中身は濃いブルーの小瓶だったはずだ。

「カモミール……」

堂上はラベルをそのまま読んだらしい。

「今はカミツレってラベルしてある商品はなかったので」

「っていうかこれ何だ？」

怪訝な顔をした堂上が小瓶を開けて鼻を近づける。カモミールなら直接嗅《か》いでもきつい香りではないので放っておいた。

「アロマオイルです。本当はアロマポットとか専用の用具で一滴とか二滴温めて使うんだけど。嗅いでみるだけならオイルだけでいいかって。堂上教官、こないだカミツレの話教えてくれたとき、花自体のことは知らなそうだったから」

「要するにカミツレの匂いか？」

頷いた郁に、堂上はしばらく無言で小瓶の匂いを嗅いでいた。

「……いい匂いだな」

「あたし好きなんです」

「俺もだ」

堂上の同意はカミツレの香りのことだと分かっていたが思わず胸が高鳴った。鳴らないでよ、悔しいじゃないこんなドタバタの後で。

「飲めるって言ってたな、確か」

ええ——と頷きかけて、郁は慌てて手振りで差し止めた。

「お茶ですよ！　そのオイル直接飲んじゃ駄目ですよ！」

そうなのか、と残念そうな堂上はやはりアロマオイルを直接飲めるつもりでいたらしい。

「そのお茶は持ってないのか、お前」

「ティーバッグでも売ってると思うけど……ハーブティーってクセがあるからおいしく淹《い》れる自信がなくって、あたしはいつもはお店で飲んでます」

よかったらティーバッグ探してきましょうか、と言おうとしたら、堂上に先制された。

「今度どっか飲める店に連れてってくれないか。できれば直接咲いてるところも見たい」

え、それってまるでデートみたいなんですけど——というのは言わずに飲み込む。気づけば堂上は撤回するに決まっていて、——あたしがそれを回避しようとしてるってことは、

「胸にカミツレをつけてるだけで本物を知らなかったからな。草花に堪能《たんのう》な先生に教わっとくのもいいだろう」

それは堂上の側の言い訳だろうか。

「ありがとうな」

小瓶を振られて、郁は強《こわ》ばった肩で懸命に首を振った。「こちらこそ——お礼なので」

今度こそ堂上は事務室に入り、郁もロッカー室に向かった。訓練用のジャケットを抱きしめながら足がどんどん速まる。

王子様だったから、じゃなくて堂上を見てやって。笠原さんが入隊してから角突き合わせて喧嘩《けんか》三昧《ざんまい》で融通の利かない厳しい上官だった堂上を見てやって。


もう一人の上官のアドバイスが胸をよぎる。

王子様だったから、じゃなくて。

もし王子様じゃなかったとしても。

王子様という存在がそもそも最初からなかったとしても。

あたしは、もしかして、ことによると、多分――


堂上教官を尊敬してたし、好ましい上官だと思うようになってたと思う。


へたり、と膝がへたって廊下に座り込んだ。

「駄目だ、まだこれが限界だ」

これ以上考えたら心停止する、と郁はささやかなサイズの胸を押さえて深呼吸した。

三、ねじれたコトバ

＊

その日、折口《おりくち》マキの仕事は新進気鋭の俳優のインタビューだった。

一人だけ随行するサポートには男性の入り込む隙間はなく、部内女性で熱いジャンケン大会が繰り広げられたくらいだからその人気のほどが窺《うかが》える。

勝者が決まったらしくキャーッと黄色い悲鳴が上がる。

「はしゃいで抜かるようなことはなしにしてよ」

釘《くぎ》を刺しながら折口は決まったアシスタントに準備を指示した。どうも浮かれて忘れ物などのポカをしそうなので、いつもなら任せてあることも一応チェックする。

インタビュー場所は先方の事務所である。撮影場所も向こうの事務所内になるらしい。撮影も担当する折口としては屋外のほうが光線の加減もあって好きなのだが、インタビューの撮影程度で野次馬払いの人員までは確保できないので仕方がない。

山手線《やまのて》で数駅と離れていないが、取材用の機材が多いので社を出てからタクシーを使った。

隣でアシスタントは夢見心地だ。

「あ〜〜〜、まさか世相社《せそうしや》の仕事で香坂大地《こうさかだいち》に会えるなんて〜〜〜〜」

「今はいいけど取材対象の前でキャーキャー騒がないでね、社の沽券《こけん》に関わるから」

釘を刺すとアシスタントは不満そうに唇を尖《とが》らせた。

「えー、だって香坂大地ですよぅ、どうして折口さんそんなに冷静でいられるんですかぁ」

「私がキャーキャー言うにはちょっと相手が若すぎるしね」

「おばさんキラーでも有名ですよ、香坂くん」

アシスタントの悪気ない、そしてそれだけに凶悪な一言に折口は手首を返して腕時計を見た。

「上司をおばさん呼ばわりする小娘は交換しに戻っても充分間に合う時間ねぇ」

「キャーッ！　ごめんなさいごめんなさいごめんなさい交換しないでぇ！」

必死にすがりつく形相に免じて許してやると、アシスタントも少しクールダウンしたか雑談できるくらいのテンションには戻った。

「折口さんってどんな男の人がタイプなんですか？」

そんな話題を投げられたのは今のポストについてからめっきりなく、折口の思考はフリーズした。

「俳優とかに喩《たと》えたら」

ここで更に駄目押しだ。俳優!?　俳優に喩える!?　——あれを!?

と、動揺しながらも好きな男を訊《き》かれると未《いま》だにアレを思い浮かべてしまう自分に気づいて苦笑する。

そうよね、別に嫌い合って別れた訳じゃないものね。

二人で借りていた部屋を引き払い、先に図書基地の独身寮に戻ることになった玄田《げんだ》が最後に言った台詞《せりふ》を思い出す。

まぁあれだ、お前が還暦に一人で赤いちゃんちゃんこを着なきゃいかんようなことになってたらそのときは俺が引き受けてやる。

こっちの台詞よ、と笑いながら――泣きながら、クッションで分厚い胸板をばんばん叩《たた》いた。

さっさと出てけ、バーカ！

玄田は背中越しに手を振りながら部屋を出ていったが、そのとき心は笑っていたのか泣いていたのか。

「折口さんて美人なのに独身だからー」

回想を打ち切ったアシスタントの台詞は、さっきの失言の相殺を狙っているらしい。

「好きなタイプ、ねえ」

苦労しながら似ている俳優なり何なりを探してみるが、――どう頑張っても人間で探すより動物で喩える方が早い。

「干支《えと》で喩えると虎とか猪かな」

苦しい返答に、アシスタントはしばらく悩んだ様子で「……ワイルド系ってことですか？」と訊いてきて、折口は思わず吹き出した。

言葉の意味としては間違ってはいないのだが、イメージがかっこよすぎるのが間違っている。

ジャーナリズムを叫んでいても、資金がなければそのジャーナリズムもままならない。

そんなわけで『週刊新世相』編集部でもたまに売れることを当て込んだ増刊やムックを作る

ことがある。検閲で一番損害を出している部門でもあるので、他部署との兼ね合いという意味もある。

今回は若手で人気急上昇中の俳優として香坂大地の特集増刊である。十代の後半でデビューし、その爽《さわ》やかな容貌《ようぼう》で一気にアイドル的人気を博したが、ドラマ出演などでその堅実な演技力も評価されるようになり、今や押しも押されぬ実力派若手俳優の仲間入りである。

スポーツ選手の役を受けたとき、その競技にそぐった筋肉をつけるためトレーナーをつけたという話は有名で、役作りのためにはあらゆる努力を惜しまないと周囲からの評価も高い。

そんな香坂大地の増刊を企画するに当たって、複数の記者が各種の要素を深く掘り下げるというコンセプトになり、折口の受け持ちは彼の生い立ちだった。

「香坂クンって今までプロフィールあんまり公開してないんですよね～、何で今回生い立ち話なんかOKしてくれたんだろ」

所属事務所的にもそこは今までNGだったらしいが、今回は本人が『新世相』の企画を見てOKを出したという。

それだけに『新世相』としても慎重な対応を期すべく、ベテラン記者の中から折口の担当となった次第である。

「くれぐれも言っておくけど取材が始まったらあなたは機器の調整と筆記に徹しなさい。無難な相槌《あいづち》以外は発言も一切許可しないからそのつもりでね」

シャレで済まない声音に変わった折口に、アシスタントも若干顔色を青くして大きく頷《うなず》いた。

＊

港区に自社ビルを持つ香坂の所属事務所『オフィス・ターン』が芸能プロダクションとしてかなりの大手であるということは、芸能関係も扱う週刊誌記者としては基礎知識である。

受付にアポイントを告げると、会議室の一つに案内された。

相手がマネージャー付きで先に待っていたのは予想外だった。女の子が黄色い声で騒ぐのも無理はなく、更にはおばさんキラーでもあることを容易に納得させる香坂大地は、立って挨拶《あいさつ》するのがマネージャーより早いくらいだった。

「初めまして、香坂大地です」

「初めまして、『週刊新世相』の折口と申します」

名刺を出しつつ隣のアシスタントの足元に鋭く蹴《け》りを入れる。ぽーっと香坂に見惚《みと》れていたアシスタントは我に返って噛《か》み噛《か》みの自己紹介で名刺を出した。そんな反応にも慣れているのだろう、香坂は気を悪くした様子もなく微笑んでいる。

名刺のほうはといえば当然のことながらマネージャーに回収され、マネージャーのみと交換となった。

相手が多忙であることから、録音機や筆記具の準備に数分もらっただけで慌ただしく取材に入る。

「今日は生い立ちのお話を聞かせて頂けるとのことですが……」

香坂大地のプロフィールは無難な感じで伏せられており、テレビ番組などでも生い立ちの話をしたことは今までない。この談話が取れたらそれだけで部数が数万部は伸びるほどの特ダネである。それほどのネタを『新世相』に回した香坂もしくは事務所の真意も編集部には摑《つか》めていなかった。

香坂は録音を気遣ってかテーブルに肘《ひじ》を突いてやや前のめりになった姿勢で答えた。

「ホントはね、僕はずっと自分の育ってきた話はしたかったんですよ」

言いつつマネージャーのほうをちらりと見て、マネージャーは軽く肩をすくめた。

「イメージ的に望ましくないからってそういう話は一切させてもらえなかったんです」

その前振りで大体の当たりはついたが、表面的には興味深そうに待ち受ける。私生児、孤児、家庭内不和、もしかすると有名俳優のご落胤《らくいん》なんてオチもあるかもしれない。

「でももういいかげん稼いだし、そろそろ事務所も僕のワガママを一つくらい聞いてくれてもいいんじゃないかってことで。そこに『新世相』さんのお話もタイミングよく舞い込んできた。あ、こういう言い方したら失礼かな」

「いえいえ。むしろどうして弊社にそんな大事なお話を回して頂けたか興味津々ですね」

「残るでしょ、本」

当たり前のように、——本質を衝《つ》かれて折口は思わず言葉を失くした。

「それに世相社さんなら出版媒体として大きいし、世間への浸透力もある。仮にも二大週刊誌の一翼を担っている訳ですから、いい加減な取材はされないと思いました。企画書もしっかりしてましたしね」

頭いい、ステキ~とメロメロな呟《つぶや》きが隣のアシスタントから聞こえたが、確かにこれは。ただのアイドル上がりと思っていたら足元をすくわれる、と折口も姿勢を正した。

「ありがとうございます」

「いえ、お礼を言われるようなことじゃありません。僕は僕の勝手な都合で『新世相』の企画を選んだので」

他にもあったんですよ、色々と。言いつつ香坂は頭を掻《か》いて苦笑した。

「ゴーストライターをつけるから自伝を出さないかとか掃いて捨てるほど。確かに僕は文章は書けないけど、僕の人生を他人に書かれるのは嫌だったし、テレビとかで喋《しゃべ》るのも嫌だったんですね。基本的には放送ってエアチェックしない限り視聴者には残らないものでしょう」

「あ、ここはオフレコでお願いします。事務所的に問題がありますので」

マネージャーが口を挟んできたのは、同じ事務所にゴーストライターで本を出したタレントが少なくないのだろう。テレビで喋りたくなかったというのも仕事に差し障る。

その駄目出しを空気のように無視して香坂は話を続けた。それはもう取材時のものとして身につけた技能らしい。

「一般の人の手に残る媒体で話したかったんですよ。そんでその媒体が『週刊新世相』の系列だったら喜ぶ人が僕の家族にいるんです」

言いつつ香坂は嬉《うれ》しそうに笑った。ああ、ここでこの表情が撮りたかったと思ったのは写真も兼任して長い折口の習性である。

「僕のおじいちゃんがね、もう何十年だか『新世相』を読み続けてるんです」

祖父ではなくおじいちゃんと呼んだことが、今までの大人びた様子から一転して幼げな様子を垣間《かいま》見せた。

＊

僕は両親に捨てられた子供なんです。

意味分かります？　父に、とか母に、じゃないんです。

両親に、なんです。

小学校に上がる前のことです。

父も母も浮気していて、二人とも別れたがっていて、二人とも新しい生活に僕が邪魔だった。慰謝料でも家財の分配でもまったく揉《も》めなかったのに、どっちが僕を引き取るかって話になると途端に泥仕合になった。

全然悲しくなかったの覚えてます。物心ついた頃には両親の関係が壊れてたのは分かってたし、どっちも僕を要らないことも分かってた。

要らないんなら作らなきゃよかったのにと思いながらずーっと橋の欄干から川を見てたこともあります。あの人たち、今僕がここから落ちて死んだら喜ぶだろうなって。でも、死んだらちょっとは泣いたりするのかなって。

両親としては体よく相手に僕を押しつけて離婚して、両方の実家に何食わぬ顔で離婚したって報告したかったんでしょうけどね。そんな泥仕合してたから、それが近所で床屋をやってた父方の祖父の耳に入っちゃった。床屋さんってやっぱりお客さんと喋りながらの仕事だから、ご近所の話や世間話はよく入ってくるわけです。

そんで、激怒したじいちゃんが家に乗り込んできた。家も町内だったから、僕のこともよく気にしてくれてたんです。

で、父も母も両方ぶん殴って。

お前らが不仲なのは知ってた、離婚するのも仕方がない、だが罪もない子供の押し付け合いをするような情けない連中は今日から息子でもなければ嫁でもない。

大地は儂《わし》らがもらっていくからお前らはさっさと浮気相手のところへ行け！　とこうですよ。

両親はこれ幸いと離婚しました。

で、僕は床屋のじいちゃんに育てられることになったんです。

連れて帰られるとき別に何も悲しくなかった。じいちゃんちのほうが待遇よくなるだろうなとか考えてたくらいです。何しろそれまでは、母が夜に浮気しに行くときはカップラーメンが置いてあればいいほうって感じで、父も僕のことなんか構いもしませんでしたからね。

だから小さいときからおねしょの始末とか巧《うま》かったですよ。泣いてても誰もいない日のほうが多かったから、自分で始末しないと仕方がないの（笑）。

あと一ヶ月で入学式っていうのに、ランドセルのひとつもなかったですからね。じいちゃんのほうがきっとその辺は常識的に処理してくれるだろうから助かったなとか、そんな計算高いことばっかり考えてた。やな子供ですね（笑）。

祖父の家に行ってから友達も増えましたね。じいちゃん、地域密着型の床屋だったから。お客さんが自分の子供や孫を連れて髪を切りにくるんですよ。で、じいちゃんが僕と遊んでやってくれって。もう幼稚園は卒園しちゃってたし、幼稚園では僕、家庭環境を反映して暗い子供でしたから友達全然いませんでしたし。

遊び方とか喧嘩《けんか》の仕方とか、全部そこら辺で教わった気がする。

あ、そうそう。床屋さんには必ずお客さんの待ち時間用に雑誌や新聞が置いてあるんだけど、じいちゃんの床屋には必ず『新世相』もありましたよ。これサービストークですけどね（笑）。でね、僕は、じいちゃんに人間にしてもらいました。僕の両親はいつ頃からか知らないけど投げ出して、僕を人間にするための躾《しつけ》とか教育とかね、全然してなかったもんですから。

字を書くとか時計の読み方とか、そういうことは教えるんです。幼稚園で恥をかくのは自分たちだから。でも、たまたま僕がおとなしい質《たち》の子供だったから、そっちはずっとほっとかれましたね。人前でおとなしけりゃ自分たちは恥かきませんからね。

その代わり、僕の中には何にも入ってなかった。空っぽでした。人間らしいってことが何も入ってなかった。

じいちゃんの床屋に初めて連れて帰られて、ご飯を食べさせてもらったんです。ばあちゃんが用意してくれてた鰈《かれい》の煮付け。急なことだから子供が好きなおかずなんか用意できなくて、その日の残り物だったんですけどね。

当時は魚なんかあまり好きじゃなかったし、僕「魚キライ」ってぷいっとテレビのある居間に行こうとしたんですよ。

そしたら襟首摑まえられていきなりゴツーン！　ですよ。

びっくりしましたねえ。両親は僕に興味がなくて放置状態だったから叩かれたこともそんなになかったし、じいちゃんは今まで優しいとこしか見たことないわけですから。

びっくりしたし、痛いし、泣きましたねえ。そしたらそこにじいちゃんのカミナリみたいな声が被《かぶ》るんですよ。

ばあちゃんがせっかくお前のためにあっためてくれてあったもん、箸《はし》もつけんと要らんとは何ぞ！

僕はもう意地になってぎゃんぎゃん泣くし、ばあちゃんは止めに入るんだけど、じいちゃん昔気質《かたぎ》だから聞きやしませんよ。

今までは孫じゃから優しいだけにしてきたが今日からはそうはいかんぞ！

お前は今日からうちの子供じゃ！　悪いことをしたら叱るしゲンコツも飛ばすぞ、分かったか！

怒鳴りながらお膳《ぜん》まで引きずって来られて、正座から「いただきます」から全部叩き込まれましたねえ。「ごちそうさま」で食べ終わったお皿も下げさせられました。

びっくりするでしょ、僕、親から「いただきます」も「ごちそうさま」も教わってなかったんですよ。幼稚園ではみんなで言ってたんだけど、意味が分かんないから無言でみんなと一緒に頭下げるだけ。

べそ泣きながら食べる僕にじいちゃんの説教がまた長い（笑）。

ええか、その魚や米がお前の血となり肉となって、お前を生かしてくれとるんじゃ。お前が生きていくためにほかの命に死んでもろうとるんじゃ。お前が好きなハンバーグやコロッケも一緒じゃ。生きていくために他の命を頂くから「いただきます」で、「ごちそうさま」じゃ。分かったか。

当時はくどくど煩《うるさ》く感じましたけど、今となっては感謝してますねえ。

ただ、さすがにあの世代だと食品アレルギーの概念はイマイチ理解できなかったみたいで、本を買ってきて勉強した痕跡《こんせき》は後に見つけましたね（笑）。ばあちゃんが保健所に話を聞きに行ったり、近所の若いお母さんに話を聞いたりもしてたみたいです。

僕は幸いアレルギーはほとんどないんですが、二人とも頑張って僕を育ててくれたんだなぁと本当にありがたく思っています。

勉強もね、漢字の読み書きはよく教えてくれたんですけどね。惜しむらくは古い世代だから、たまに旧字が混じるんですよ（笑）。それで漢字テストの百点を逃したことが何度かあります。あ、でも僕いまでもよくドラマや映画の現場で誉められるんですよ。若いにしてはよく漢字が読めるって。

成績が下がったときは塾に行かせてくれましたね。さすがに還暦を過ぎて微積分とかはね、手に余ったみたいです（笑）。

じいちゃんとばあちゃんがいなかったらどうなってただろうと考えるとぞっとします。僕は、両親に育てられていた間はただおとなしくて、おとなしいがために見過ごされていた子供の形をした単なる袋でした。

もしも両親のどっちかに引き取られていたら、多分袋の中に人間らしくないことをいっぱい詰め込まれて、人の形をした人じゃないものになってしまっていたような気がします。

少なくとも今の僕はここにいなかった。もしかしたら、頭に上着を被せられるようなことをする人間になっていたかもしれません。大人になる前に死んでいたかもしれません。

じいちゃんとばあちゃんが僕を人間にしてくれた、と思っています。香坂大地が役者として評価して頂けるとしても、その香坂大地の基礎を作ったのはじいちゃんとばあちゃんです。

本当に感謝しています。

じいちゃんが数十年購読してる『新世相』で僕の特集本が出るってことが、少しは恩返しになるといいんですが（笑）。

＊

ずっ、と鼻をすする音は折口の隣のアシスタントだった。香坂大地に会えるというミーハー心だけでついてきた彼女には、折口が訊き出していった香坂の生い立ちがシビアすぎたらしい。

「ごめんなさい、お手洗いを拝借できますか」

アシスタントの代わりに尋ねるとマネージャーが答え、アシスタントは恐縮したように会釈しながら席を立った。

「お見苦しくて申し訳ありませんでした。何分若いスタッフなので香坂さんのお話に入り込みすぎてしまったようで」

「いえ、こちらこそ。事務所が今まで生い立ち話にNGかけてた理由が分かるでしょ？」

おどけたように香坂が言い「彼女には気にしないよう言ってあげてください」と付け足した。

その付け足せる余力の部分が、インタビューで彼の語った「じいちゃんとばあちゃん」のお陰なのだろう。

演劇を志した理由はまた別の記者の担当になるので、折口の仕事はここまでだ。

「一つご確認をお願いしたいんですが」

「はい？」

笑顔で答えた香坂に折口はすっぱり切り込んだ。

「今のインタビューを正確に起こすと、ご両親がかなり非道な人物に見えてしまいます。それは構わないんでしょうか？」

「構いません」

香坂の笑顔は小揺るぎもしなかった。

「お恥ずかしい話ですが、今さら僕の両親を名乗る男女が一名ずつうちの事務所や祖父母の店に連絡を取ろうとしているようですので」

制裁、という言葉が彼の笑顔と台詞から連想された。やはり見かけどおりの穏和な青年ではないらしい。かなりの強者《つわもの》だ。

彼らが香坂大地の両親として、それぞれ三流ゴシップ誌に勝手な談話を売ろうとすることを牽制《けんせい》する意味もあるのだろう。

香坂大地の両親はこんな人間だと後ろ指さされたくなくば出てくるな、という。

「いい記事を期待しています」

「はい、もちろん」

折口が受けたタイミングでアシスタントが戻ってきて、残っていた写真撮影に入った。

香坂はもちろんいい表情をいいタイミングで何回も出してはくれたが、折口としては最初に香坂が「おじいちゃん」と言ったときの笑顔を撮れなかったのが残念だった。

＊

「えっ、折口さん香坂大地の取材なんですか⁉」

大声を上げたのは例によって訳の分からない名目で特殊部隊事務室に来ていた柴崎《しばさき》である。

「何で事前に教えてくれなかったんですかぁー！」

心底残念がる柴崎を玄田は「何を言っとるか」と一蹴《いっしゅう》した。

「あいつが取材でどんだけ有名人に会うと思っとるんだ、そんなもんいちいち覚えててお前らに教えてられるか」

「今教えてくれたじゃないですか！」

「たまたまそれに出てたから思い出しただけだ！」

と玄田が指差したのは、休憩コーナーに置いてある型の古いテレビである。香坂大地の出ているCMが映り、玄田が「おお、折口がこいつと今日会ってるはずだ」と話題にしたのである。

「ああーん先に教えてくれてたらぁー！」

大袈裟《おおげさ》にテーブルに身を伏せた柴崎に、郁《いく》は思わず問いかけた。

「柴崎、そんなに香坂大地のファンだったの？　あたし初耳なんだけど」

と、柴崎ががばっと身を起こした。

「だって香坂大地よ⁉　色紙にサイン一枚頼んどけたらそれが一体いくらに化けたと思ってんのよ⁉　オークションかけたら秒単位で値の釣り上げ合いよ！」

「こういう奴だよ」

肩をすくめて揶揄《やゆ》したのは手塚《てづか》で、上官たちは笑ったが郁としては手塚の分かったような顔が訳もなく面白くなかった。

何よ、柴崎の一番のトモダチはあたしなんだからね。とは思いつつ、柴崎の性格でこのオチを読めなかったのは不覚である。

まあいいや、手塚もトモダチっちゃトモダチだしね。と溜飲《りゅういん》を下げる。

溜飲の下がったところで郁も玄田に質問を投げた。

「香坂大地、『新世相』に載るんですか?」

だとしたら大出世だなぁ、とこれは同世代の素直な感想である。あまり若い俳優やアイドルを取り上げる雑誌ではない。

「何だ、お前もファンか」

訊いてきたのは堂上《どうじょう》である。

「日頃鬼教官に絞られてたら観て楽しむのは優男《やさおとこ》になるよねぇ」

小牧《こまき》のからかい口調に堂上が噛《か》みついた。

「別に何か意図があって訊いた訳じゃなくてこいつも若い女並みにミーハーなところがあったんだなって意外だっただけだ!」

こうなると郁も黙ってはいられない。

「ミーハーってそんなんじゃなくて! 別にファンってほどじゃないし単に彼の出てるドラマとか映画とかあんまりハズレがないしっ! 実力派だなーってフツーに思ってるだけです!」

「いや俺はちゃんと若い女としての情操があるのか日頃の言動から心配してただけで」

「あ・ん・た・に・だ・け・は・言われたくありません初代クマ殺し石頭！」

「おい何か余計な一言増えてるぞ、二代目暴れ馬！」

それで、と激化した口論を止めたのは玄田である。

「折口の仕事を聞きたいのか聞きたくないのか、お前らどっちだ」

どちらからともなく姿勢が小さくなり、質問を投げていた郁が「どうぞ」と続きを促した。


「へえ、世相社で特集本を……」

意外そうに呟いたのは小牧である。

「売れるでしょうね、広い年代の女性層に人気ですから。学生でも頑張って買おうとする子がいるかもしれない」

という分析は先日高校を卒業したばかりの彼女がいる身ならではか。もっとも、小牧の彼女である毬江《まりえ》は中学のときの事情で卒業の満年齢は十九歳となる。

「買えない層が図書館からの持ち去りや切り取りに走るかもしれませんね、入荷と同時に警備を強化しないと」

手塚の指摘は何の気なしのものだったが郁は思わず肩を縮めた。もう二年前になる教育期間中の苦い記憶が蘇《よみがえ》る。雑誌を切り取ろうとした犯人の身柄を拘束せずに確保を報告し、堂上に怪我をさせたときのことだ。

記憶を反芻《はんすう》しながらしょげて俯《うつむ》いていると、横からこつんと頭を叩かれた。軽く折った指の節は堂上のもので、こちらは見ないままで内心言っているのは「気にするな」か「集中しろ」か、多分後者としたものだろうなと背筋を伸ばす。

「書店にも注意の回覧は回したほうがいいかもな」

堂上は郁との無言のやり取りがなかったことのように何気なく話し合いに加わっている。今のやり取りが優しいと思ってしまうのは自分がまだ混乱中だからだろうか。

「業務部でも対処を提案してみまーす」

言いつつ引き上げていったのは柴崎だ。あちこち出没して歩いている柴崎としては持ち時間の配分があるのだろう。

「その本はどういう形態になるんでしょうか」

まだ出ていない質問だったので郁が訊くと、玄田は思い出したように答えた。

「とにかく利益を出すのが第一目的らしい。あそこはしょっちゅう検閲で損害を出してるからな」

玄田の聞いた話では、検閲をかわして万引きなどの被害も軽減するために、違反語を徹底的に排除してムック形式で大部数を実現し、価格は一冊三千円以内に抑えたいとのことだ。

「それは随分抑えてきましたね、メディア良化法通過前の写真集並みだ」

即座に似た価格帯の本の種類を上げたのは小牧である。

「三千円なら学生の小遣いでも手が届くしな」

　堂上も頷く。図書館で警戒するとしてもそれほど神経質にならなくて済む価格帯だ。

「それに図書館の本だと絶対どっかに図書館の押印が入りますものね！」

　郁としては当然通じる話のつもりでいたが、男性陣には通じなかったらしい。一様に怪訝《けげん》な顔をされ、ちょっと姿勢が引き加減になる。

「あのー、本当に香坂大地のファンだったら図書館からは盗まないんじゃないかと思うんです。学生のときアイドルのファンの子とかいたけど、彼女たちって一種のコレクターなんですよね。グッズとか、傷や汚れのないのすっごい選んで買うんです」

　図書館印が傷や汚れってわけじゃないですけど、と慌てて言い訳しつつ、

「お小遣いで手が届くなら、図書館印が入っちゃってる本より新品がほしいんじゃないかなぁ。転売しようにも図書館印が入ってる時点でファンには売れないと思いますよ。だから、図書館から盗《と》っても意味ないんじゃないかなぁって」

「へえ。女の子ってそういうもんなの」

　訊いてきたのが小牧だったので、多少からかわれるのを警戒しながら頷く。

「ホントに好きだったらの話ですよ。ホントに好きだったら、好きな人の出すものはちゃんと手に入れたいと思うじゃないですか」

　と、堂上がふいと郁から目を逸《そ》らした。小牧のほうへ顔を逸らした態《てい》になる。小牧はちらりと堂上を見てからまた郁に向き直った。

「笠原《かさはら》さんって、たまに抱きしめたくなるほどいい子でかわいいよね」

「えぇっ!?」

いきなりの誉め言葉なのかからかい言葉なのか、手塚もぎょっとしているし玄田はにやにやと笑っている。

「ちょっ、駄目ですよ小牧教官ってば毬江ちゃんに怒られますよ！　つかこれ何の罠《わな》ですか!? あたしはどこへ陥れられるんですか!?」

「一般論だよ、一般論。世の中の人がみんな笠原さんみたいだったら書店さんも万引きなんかに苦労しないで済むのにね」

「別の意味で恐ろしい世の中になりそうなんですが」

揶揄した手塚に咳《せき》払いをしたのは堂上である。

「いくら『ホントに好き』でも手に入ればいいって奴が後を絶たないのも事実だ。そういう奴は『ホントに好き』じゃないのかもしれないけどな。書店側とは連絡を密にして万引きの実情を教えてもらう。激化するようなら図書館でもそれなりの警戒が必要だ」

堂上がくそ真面目な表情で締めて、雑談から会議っぽく発展した話し合いは終わった。

＊

香坂大地の特集本の企画が暗礁に乗り上げたのは、記事が次々と校了を迎えはじめたような時期だった。

香坂大地から事務所を通して出版延期の申し入れが来たのである。それも出版中止も視野に入れたものという狷介《けんかい》な申し入れだった。

すわ何事かと『新世相』編集部は大騒ぎになった。編集部側はとにかく事情が分からない、話がしたいと申し入れたが、それもしばらくは押し問答になった。

当座の措置として世相社側から出版延期の告知を出し、いざ話が潰《つぶ》れた場合の購読者や予約者への説明を法務が検討しはじめた頃、ようやく香坂大地の事務所から話し合いを受ける趣旨の返事が来た。

指名された相手は折口と、先日同行したアシスタント。おろおろするアシスタントを連れて、折口は香坂の事務所を再訪問することになった。


香坂から出版延期の申し入れがあってから、関わった記者たちは自分の記事のせいかと内心で不安を抱えていた。

久しぶりに大きな利益が見込める企画を自分の記事で潰すことになれば、当分の間冷や飯を食わされることは目に見えている。どの記事が香坂、もしくは事務所のタブーに触れたのか、編集部での検討はもちろん、記者たちも各自で目を皿のようにして自分といわず他人といわず記事の不備を探していた。

折口に呼び出しがかかった時点で、編集部内を満たしたのは同情より先に安堵《あんど》の空気だった。

自分でなくてよかった、という——

そして折口も、自分が俎上《そじょう》に上げられたことにプライドが傷つかなかったと言えば嘘になる。いい記事を書いたつもりだった。香坂の語るナイーブな部分を受け止め、受け止めきった記事を書いたつもりでいた。

先方の事務所、先日と同じ部屋で再会した香坂は、先日のような顔はしていなかった。先日の穏やかさは営業用ということだろう。

立って挨拶《あいさつ》を交わすようなこともなく、マネージャーがただ無言で椅子を勧める。その冷淡な素振りだけでアシスタントは半泣きだ。

折口は会釈して香坂の向かいに座り、アシスタントはマネージャーの向かいに座った。香坂が意向を他人の口から語らせて終わるタイプではないことは先日の取材で承知だ。だとすれば、マネージャーとアシスタントはあのときその場にいたというだけの証人に過ぎない。

「非常に残念です」

香坂が先に口を開いた。

「あなたの記事には一番期待していました」

「……ご期待に添えませんでしたでしょうか」

香坂は答えずテーブルの端に置いてあった紙束を折口に寄越した。記事のゲラである。

笑顔の写真をトップに置いて、見出しは「恩人は理容師のおじいちゃん」と付けた。自分の記事だから文面も隅々まで覚えている。

インタビュアの質問などは最少限に抑え、香坂が思い出話を読者に聞かせている独り語りの体裁で書いた。そのほうが香坂の語り口が生き生きとし、ひととなりも感じさせると判断したからだ。

　実際、独り語りで充分成立する談話でもあった。読者に分かりやすいように内容を砕いたり、補足説明を入れたところはあるが、基本的に余計な差し込みを入れた覚えは一切ない。そんなものを差し挟む余地などなかった。

　自分で言うのも何だがいい記事に仕上がったと思う。

「内容について不満はありません。ともすれば陰惨で露悪趣味になりがちな僕の生い立ちを、非常に巧《うま》く『昔語り』にしてくれていると思いますよ。そうした意味では期待以上でした」

　折口の狙いを完全に把握したうえでの評価だった。

　だとすれば、とふと思い浮かんだことが折口の眉《まゆ》をわずかにひそめさせた。香坂のクレームはもっと繊細で難しい。

　果たして香坂は、折口の予想通りの不満を述べた。

「この見出しの『理容師』って何ですか。本文中の『散髪屋さん』も」

　返しようがなく、折口は思わず俯いた。

　衝《つ》かれるとすればそこしか残っていない。

「僕は『床屋のおじいちゃん』と言いました。最初から最後までずっとです。『理容師』とか『散髪屋さん』とか言った覚えはありません」

「あのそれはっ」

横からアシスタントが口を挟んだ。

「黙ってなさい！」

とっさに叱りつけたが、アシスタントとしてはもともとファンである香坂の誤解を解きたいという思いもあったのだろう、折口の制止を振り切ってまくし立てた。

「『床屋』っていうのはメディア良化法の検閲に引っかかるんです！　違反語になるので放送や出版では『理容業』『理髪業』などの推奨語に置き換えないと、検閲で本が取り上げられてしまうんです！　『散髪屋さん』っていうのは校閲なりに考えた『理容』『理髪』の話し言葉としての代替語なんだと思います！」

「あのさぁ」

香坂の声が取り返しがつかないほどこじれた。アシスタントが息を飲む。

「うちのじいちゃんはもう引退間近だけど今年七十五で、修行も含めたら六十年以上『床屋』をやってて、その間ずっと自分のことを『床屋』って言ってたんだよね。六十年も自分のことを『床屋』って名乗ってきた人間に俺はこの本見せて何て説明するわけ？　『床屋』は違反語だから別の言葉に置き換わってるけど気にしないでとでも言うのかよ。『床屋のじいちゃん』であることに五十年間の職業意識やプライドや思い入れを持ってたうちのジジイにかよ！」

地雷を真上から踏みつけたアシスタントはそれ以上何も言い返せずに、ぶるぶる震えながら涙をぼろぼろこぼした。

しかし香坂は許さず言い募る。

「そもそもその違反語って決めたの誰だよ、うちのジジイに一言の断りもなく『床屋』は違反語ですなんて決めくさった奴をここに連れて来いよ！」

強くテーブルを叩かれて、アシスタントは子供のようにひぃひぃと声を上げて泣きはじめた。

「外に出てなさい」

折口に毅然《きぜん》と命じられ、アシスタントは逃げるように部屋を出た。編集者を志して入社してきた娘《こ》だが、向いていないと人事考課を付けることを折口は決意した。

「……違反語の基準についてですが」

折口は努めて冷静な口調で口を開いた。

「メディア良化法が通過する以前は、報道各社で放送禁止用語について暗黙の規定を持ちつつ、更に各社の基準を持ってそれに従っていました。ただし今ほど言論統制が厳しくない時代ですから、出版側ではタブー度が低い言葉に関しては問題になることはほとんどありませんでした。放送側はもっと厳しかったようですが」

折口が小学校の高学年の頃がメディア良化法が通過した年である。その数年前からもテレビのニュースなどでは「不適切な用語」を番組の終わりで謝罪する光景は増えていた。主に職業の呼び方に関するものである。

その謝罪が逆に子供たちには差別の正当な根拠としてあげつらわれ、例えば先々代から魚屋の看板を上げている家の子がいじめられたりからかわれたりなど、差別を規制しようとする側とはまったく正反対のねじれが発生することも多々あった。

三代続いた魚屋の女の子は折口の友達で、その看板は曾祖父《そうそふ》が達筆の親戚《しんせき》に書いてもらったという由緒正しいもので、それがあるとき鮮魚店と書かれたものに掛け替えられた。度重なる放送謝罪で彼女が学校でからかわれる度合いが増えたからである。店主の親心だった。うち、ひいじいちゃんの看板のほうが好きやったのに。

泣きながら膝《ひざ》を抱える彼女の隣で、折口も黙って膝を抱えていた。

それからしばらくしてメディア良化法が国会を通過し、折口は転勤の多かった父親の仕事の関係で転校し、その子の土地の訛《なま》りはもう残っていない。

香坂の『床屋』も同じねじれだ。そして、香坂の祖父よりも香坂自身がそのねじれに憤りを感じていたのだろう。

自慢の祖父の自称をどうして他人が勝手に卑称にするのか。そこへ持ってきて折口の記事に入った校閲は、香坂には許し難いものだったろう。

その校閲を通してしまった自分も結局はそのねじれを忘れ、メディア良化法に飼い慣らされているのだ。

その自戒を噛《か》みしめつつ、しかし社会人としては社の都合を説明しないわけにはいかない。

「弊社の都合になってしまいますが、聞いて頂けますか」

香坂は答えなかったが、それを了承の意として話しはじめた。

「『床屋』を違反語として狩る良化委員会の基準はバカバカしいと私も思います。私にも魚屋さんの幼なじみがいたのですが、三代続いた立派な看板が検閲の関係で推奨語の鮮魚店という看板に掛け替わりました。『さかなや』と書かれた前の看板のほうが好きだったと泣く友達のことは今でも覚えています」

香坂の表情がやや鎮まった。もう顔も思い出せないが古い幼なじみに感謝だ。切ない思い出でも何でも使う、相手の懐に切り込むためなら。

それが折口の仕事だ。

「しかし、現実問題として『床屋』は良化委員会の違反語に入ってしまっています。優先度は高くありませんが、我々は世相社です。メディア良化委員会とメディアで戦う尖兵《せんぺい》を以《もっ》て任じ、またメディア良化委員会も我々に対しては見せしめのように検閲が厳しいのです」

特集本のコンセプトは大部数、低価格だった。それは世相社の利益の問題でもあるが、香坂の広いファン層が手に取りやすい価格帯を実現するためのものでもある。これには香坂も納得していたはずだ。

「香坂さんの特集本に、たとえどれだけ優先度が低いものでも違反語を入れれば、必ずそれは的になります。良化特務機関は必ず香坂さんの本を狩りに来ます。それは香坂さんの責任ではなく、我々世相社への見せしめとしてです。そうなれば、大部数・低価格のコンセプトは崩壊します。我々は社の利益を守るために、少部数高価格の路線へ切り替えざるを得ません。香坂さんのファンに広く届けるという目的は達せられなくなってしまいます」

違反語が入った場合の試算は一冊一万円以上となる。もはやムック形式で購買層が納得する価格ではなく、表装を整えた写真集の体裁にでもして出すしかなくなるだろう。

これは言いたくなかったが、

「……手の届かない若いファンがあってはならない行動に出ることも考えられます」

香坂は一瞬苦しそうに目を眇《すが》めた。ファンを大事にしている香坂には痛いはずだ。

だが、

「――それでも、これだけは譲れないんだ」

マネージャーがここで割って入った。

「お互い、社の都合もあるでしょうし今日はここで……告知が出ている以上、出版中止は香坂のイメージにも影響しますから、折り合うための話し合いを世相社さんとうちとでまた持つということで」

今日はここまでだ、とはっきり線を引かれて折口も立ち上がる。挨拶を残して帰ろうとした折口に、香坂が迷いながらのように声をかけた。

「僕は、祖父に引き取られてからいじめられたこともありますが、それは『床屋』の子だからじゃありません。匂いが違うんです。普通の家の子と床屋の子は。シャンプーとかリンスとか髭《ひげ》剃《そ》りのクリームとか。独特の清潔な匂いです。そんな些細《ささい》な差が気になってつつく。子供の理由なんて単純なものです。それにお墨付きを与えてるようなものなんです、『床屋』が差別用語なんて」

「分かります」

「『新世相』が僕の特集本を出してくれるって話を聞いて祖父は大喜びしてくれました。僕がいくらドラマや映画で知名度を上げても、自分のよく知っている媒体で取り上げられることは格別らしいです。——だから、折り合うラインは見つけたいんです」

「もちろん、それはこちらもそう願っております」

折口は笑顔で会釈して退室した。

＊

折口が玄田を訪ねてきたのは図書館に植えてある桜が葉桜になりかけた季節である。

「あー、折口さん！」

事務室に入ってきた折口を一番に見つけた郁ははしゃいだ声を上げた。

「聞いてますよー、香坂大地の本作ってるんですってね！　いつ出るんですか？」

「さぁいつになるやらねえ」

投げやりに答えた折口は「郁ちゃん、お茶ちょうだい。渋～いの。甘い物もあるといいな」などと甘えながらまっすぐ玄田のいる隊長室に向かった。

お茶を淹《い》れに立ちながら、郁は声を潜めて上官たちに声をかけた。

「どうしたんでしょうね？」

「取材の予定は入ってなかったからな」

そこで言葉を濁した堂上に、小牧が付け加えてくれたのは分からなかろうという配慮らしい。

「甘えに来たのか暇つぶしか、今日は前者っぽいけどね」

甘えに来た、という言い方が郁にはまだ読み取れない独特の二人の関係を思わせる。ふうん、と頷きながら郁は給湯コーナーへ向かった。

渋いお茶なら和菓子がいいかと思ったが、缶に残ったクッキーしかなかった。せめて菓子鉢に山盛りにしてサービスしてみる。

隊長室はドアが開けっ放しだったので「失礼します」と声だけかけて室内へ入るが、ソファにしなだれかかるようにだらだらくつろいでいる折口に思わず「わっ」と声が上がった。

「折口さん、ちょっと、何か、あられもないですよそれ……うち若いのもいますから」

「年も年なのに動揺してくれる子がいるならありがたいわねえ」

と、折口のやさぐれぶりもただごとではない。

いやーどうしたもんだろこれ、と郁はお茶のお盆をテーブルに置いた。ドア閉めといたほうがいいのかなぁ。

と、部下が判を押すだけの状態にしてある書類にばんばん印を押していた玄田が最後の一枚に押印を完了した。

「笠原、堂上たちを呼んでこい。休憩がてら愚痴に付き合わんとこいつダラダラここに居座るからな」

隊長室に各自カップを持ち寄って始まった休憩は、当然のように折口の愚痴から始まった。

「……そんなわけで、ぜーんぜん落としどころが見つからないのよ」

「それはまた……」

　小牧が言葉を選びながら相槌を打った。

「複雑な問題ですね」

　香坂大地はインタビューで使った『床屋』という言葉の置き換えを改竄《かいざん》として譲らず、世相社としては大部数低価格で利益を出すことを譲ると企画の意味がなくなる。折り合うポイントは難しい。

「でもいい人ですね、香坂大地って」

　折口たちには頭痛の種だろうが、郁は思わず顔をほころばせた。

「おじいちゃんとおばあちゃんのことホントに大事なんだろうなぁ。その話でちょっとファンになりそう」

　と、横から手塚が呆《あき》れたように突っ込んだ。

「空気読まない奴だよな、お前って。今だれの愚痴聞くタイムだよ」

「えー、だって」

　郁が唇を尖《とが》らすより先に折口が止めた。

「いいのよ、私だって社の利益とぶつかっていなければ香坂くんを支持するわ。私の立場じゃ無理だけどね」

　その折口の表情で分かる。いい取材ができたのだろう。

「検閲をかわすために違反語を一切排除するとは言っても、一般の人に違反語を把握してろっていうのも無理な話だしね。香坂くんのほうは『床屋』が違反語ってことも今回初めて知ったんでしょうし。それは憤ったと思うわ」

メディア良化委員会の指定する違反語は、ランクを重度から軽度まで分けて数百語にも及ぶ。それも年々付け加えられて、毎年新しいガイドラインが出るほどだ。出版や放送に何かしらの意味で難癖をつける余地を広く取るためにガイドラインの幅を厚くしているとしか思えない。実際、違反語の摘発もかなり恣意《しい》的だ。

その身勝手で不条理な独善をいきなり投げつけられた香坂が、床屋を自称し続けてきた祖父のために怒ることは当然だった。

「でも私も偉そうなことは言えないわ」

折口がテーブルに両肘《りょうひじ》をついて、重ねた手首の上に額を落とす。

「彼から話を聞くまで彼がどうして怒っているのか分からなかった。床屋を理容師や散髪屋に替えるくらい大した問題じゃないと思ってたのよ、私は。だから校閲もそのまま通したの」

「それは……仕方がないでしょう」

堂上が労《いたわ》る口調で言った。

「いつも良化委員会に揚げ足を取られながら、多くを訴えようとしてるんです。言葉尻だけの問題で少しでも検閲をかわせるなら誰しもそうするでしょうし、今のメディアはそうせざるを得ない状況です」

「ありがとう、でも」

折口は今まで見たこともないような寂しそうな笑みを浮かべた。

「良化委員会と丁々発止でやり合ってるうちに、人の取材の仕方も忘れたのかなってちょっと自分でへこんだのよ。あの子はあのときすごくいい表情で喋《しゃべ》ってくれてたのに」

「折口さん……」

郁が思わず折口の肩に手を添えようとしたときだった。

それまで無言だった玄田が叱りつけるような声を出した。

「人のヤサまで来てへにゃへにゃするな、お前らしくもない！」

「関東図書基地です、ヤサとか人聞きの悪い呼称はやめてください」

即座に突っ込む堂上を無視し、玄田は太い声を張り上げた。

「そこまでずるずる話がこじれてるってことは双方企画を引き上げる気はないんだろうが！　だとしたら、まだ勝負は終わっとらん。どっかにねじ込む隙間があるはずだ！　良化委員会の天敵である俺たちのところへわざわざ時間を割いて来たのは愚痴をこぼして慰めてもらうためだけか!?　ならとっとと帰れ！」

「隊長そんな言い方っ……！」

立場上、同性の郁が庇《かば》う態《てい》に入ると、折口はその郁から身を乗り出すようにして玄田のほうを向いた。

「……何かあるの」

食らいつくようなその声は、他人の仲裁や慰めなど何も必要としていなかった。

そぅっと折口を庇った腕を外し、郁が席につくと堂上が「空気を読んだな」と笑みを含んだ口調で誉めてくれた。

その晩、部屋で話を聞いた柴崎は、

「また、あんたんとこの隊長は……他人事《ひとごと》だったら余計ムチャクチャひねり出すわね」

と、沈痛な面持ちでこめかみを押さえた。

自分の縄張りでも帳尻は力尽くで合わせればいいとばかりやりたい放題の玄田である。責任のない他人事ならその提案の奔放さに歯止めなど利くわけがなかった。

＊

どちらが引くか、あるいは妥協点をどこにするか。

毎度そこから始まる争点に世相社側も香坂の所属事務所側もうんざりしはじめており、その日も打ち合わせが始まる前から倦怠感《けんたい》が会議室を覆っていた。今回の議場提供は世相社だ。

「提案があります」

事務所側は突っ張り、世相社側は宥《なだ》めつつのいつもの構図が始まる前に、折口は手を挙げた。

「折口デスク、どうぞ」

発言を許可されてから、折口は事務所側のメンバーを順番に見据えた。最後に見据えたのは香坂だ。

「貴事務所側から、世相社を民事で訴えて頂けないでしょうか」

これは爆弾だ、ちょろちょろ手の内説明してたら常識を鑑《かんが》みて潰される。一気に投げ込んで混乱しているうちに押し切れ。

玄田の予想どおり、議場は蜂の巣をつついたような混乱に陥った。無論折口は自陣営である世相社側にも手の内は明かしていない。

「インタビューを本人の望まない表現に改竄された、本来使用した表現——つまり『床屋』に戻してほしいという訴訟です」

「ちょっと待ちたまえ折口くん！」「いきなり何を突飛な……」

周囲の喧噪《けんそう》の中、折口は香坂しか見ていなかった。そして香坂は、

——釣れた！

投げやりだった眼にみるみる強い光が宿り、続きを促している。

「世相社側からも受けて立ちます。『床屋』はメディア良化委員会の定めた違反語なので校閲で推奨語に置き換えたのは正当行為だと」

「そんなことしてみろ、各種メディアの餌食《えじき》だぞ！」

「それこそが狙いです」

折口は断言した。

「香坂さん側にはあらゆるメディアから取材が殺到するでしょう。若手トップクラスの好感度を誇る香坂さんの談話をねじ曲げるメディアも、攻撃するメディアもありません。むしろ、対世相社とはいえ実態はいつも煮え湯を飲まされているメディア良化法の批判です。香坂さんに同情する形で存分に良化法批判ができます。世相社から出す談話もメディア良化法に従おうとすればやむを得ない措置という内容にすれば、メディア良化法に対する側面攻撃になります。世間の共感も充分得られるはずです」

「最終的な和解のラインはどう考えておられます」

事務所の社長からその問いが出た。

「できれば賠償金などによる違反語の処置から逃げた和解より、香坂さんの要求を受け入れた形で、香坂さんの本に関しては『床屋』の記述を法的に認めるという判決なり和解案を取ったほうが双方の利益に繋がると思います」

世相社の本となれば鬼の首を取ったように些細《ささい》な違反語ですら狩りに来る良化特務機関だが、その判決が出れば香坂の本に関しては検閲対象外になる。『床屋』のほかに問題になる文言がなく、実際に床屋の家族を持っている人間の訴えであればその判決も可能性がないではない。別の文言で先例もいくつかある。

「違反語を含む出版を認めさせる、これが大前提での訴訟になります」

経営陣は腹を括った様子を双方共に見せた。

問題は――

折口は香坂を見つめた。『床屋』がメディア良化委員会の違反語となっていることを大々的にキャンペーンするような提案に香坂が乗るかどうかである。提案自体には興味を持ったようだが、自分の祖父にそれを敢えて知らせることを香坂が望むかどうか。

議場の全員に静かに待たれ、香坂はやがて頷いた。

「……やりましょう。ごまかしの妥協ラインを探り合うより潔くて僕は気に入りました。祖父もきっと気に入ると思います」

これで決まりである。

世相社と事務所の両社長が握手を交わし、

「お互い法務の腕の見せ所になりそうですな」

と、互いに自信ありげな笑みを浮かべた。

訴訟案を練り上げるのは法務の仕事になるので打ち合わせはそこでお開きとなったが、帰りがけに香坂が折口のところへ声をかけにきた。

「どなたですか」

いきなりの問いに怪訝な顔をすると、香坂は食えない笑みになった。

「発案。あなたじゃないですよね」

返事に迷っていると、香坂はまた続けた。

「こう見えても役者ですから。提案してる間中、あなたはずっと誰かを信じてる眼をしてた」

自分がどれほどその男に支えられているか不意打ちで思い知り、やはり言葉は出なかった。

「その人に会わせてください。これも条件です」

「……何故ですか」

決まり悪さで紋切り口調になったが、香坂は気を悪くした様子はなかった。

「純粋な興味です。あんな無茶を思いつけるその人物像に興味がある。あなたほどの人が頼る相手だということにも興味がある」

職業柄、人間観察が性《さが》のようなところもあるのだろう。

「構いませんが……香坂さんの芸風の参考になるような男じゃないと思いますよ」

＊

香坂大地の所属事務所、オフィス・ターンが世相社を東京地裁に提訴したその事件には、全マスコミが食いついた。

『インタビューで身内のことを訊かれて実家の床屋のことを話したんですね。そうしたら「床屋」と話してた部分が僕に無断で全部「理容師」とか「散髪屋さん」に書き換えられてた。

理由を訊くと「メディア良化委員会の指定する違反語だから」とのことで……

「使用に注意を要する軽度の差別用語」なんだそうです。魚屋とか八百屋なんかも同列の扱いだそうで。

普通に「失礼な」と思いましたよ。その職業者にとっては馴染《なじ》みの呼称ですから。どこの誰が勝手にそんなもん決めやがったってかなり怒ったんですよ、珍しく』

(穏やかな印象で知られる香坂さんにしては珍しいですね)

『でしょう。確かに古い言い方になってきてはいますが未《いま》だに床屋で看板を上げているお店はたくさんあるし、うちの実家ももちろんその一つです。組合なんかでも普通に「床屋の組合で〜」なんて会話は出てきますよ。それが「差別用語だから」とか「違反語だから」とかで否定されるっていうのはね、逆にそれが無礼ですよね。差別ですよね。

理髪師だろうが理容師だろうが散髪屋だろうが、仕事としてやることは一つです。お客さんの髪切って顔を当たってさっぱりして帰ってもらう。うちの実家はそれに職業的な誇りを持ってずっとやってきたわけで。理髪・理容ならマル、床屋はペケとか意味分かんないですよね。

実家が床屋である身から言わせてもらえば、床屋って言葉に差別的な意味合いをわざわざ見出《みいだ》して防御線を引いているとしか思えない。

決めた人たちはありがたい気遣いのつもりかもしれません、でもこっちにすれば「何様だ」って話ですよね。差別してるのはむしろお前らじゃないかって言いたい。お前らって誰を指したらいいのか分かりませんけど（苦笑）』

（違反語はメディア良化委員会と招聘《しょうへい》された識者が決めているという話ですね）

『当事者に何の断りもなく「床屋」を卑賤《ひせん》な言葉だって決め打ちしてくれるなんてありがたい識者ですね。

僕は自分の実家が長年「床屋」で看板を上げてることを否定したくないし、家族に否定させたくもない。

ですが、世相社さんとしても検閲の関係でどうしてもそこは譲れないとのお話で。でもこの特集本のお話を頂いたときに、こちらとしては「発言内容を改竄《かいざん》しないこと」というのは契約条件として入れてあるんです。

何度か話し合いを持ちましたが結局合意に至らなくて。残念ながらこんな次第になってしまいました』（談話：香坂大地）

世相社側もオフィス・ターン（むしろ香坂大地）に対抗する談話を出した。

『大変遺憾です。

オフィス・ターンさんとは特集本を出すときにかなり企画を詰めてまして。香坂さんの生の姿をファンの方に広くお伝えしたいということでは強い合意があったんです。香坂さんのファン層は幅広いですから、できるだけ手にとってもらいやすい価格帯を実現するために、大部数を刷ることは最初からのコンセプトとしてあった。

そのためには、メディア良化委員会の検閲を通過できる内容である必要があるということも当然理解して頂ける話だと思ってたんですが……』


（しかし、香坂さん側では契約時に談話内容を改竄しないという条項を盛り込んであったとのお話ですが）


『確かに契約時にすり合わせを見落としていたことはミスと言えますが……それはお互い様というものでしょう。マスコミ関係の皆様なら分かって頂けると思いますが、部数を刷りたいときに違反語を推奨語に置き換えるのは、ごく当たり前の措置です。香坂さん個人はともかくオフィス・ターンさんがその事実をご存じないとは思われない。タレント本の出版はこれが初めてというわけではないんですから。

だとすればオフィス・ターンさんにも「大人の対応」を検討して頂きたいところですね。もちろん、香坂さんの主張は非常に清廉なものだと思いますが……』

（それで現実は回らない？）

『端的に言ってしまえばそうです。特にうちは検閲には目の敵にされているような出版社ですから。うちで本を出すからには相応の覚悟はしておいて頂きたかった、というのが正直なところです』

（出版契約自体を破棄するということはあり得るのでしょうか）

『できればそうはしたくないですね。その点は香坂さんともオフィス・ターンさんとも意見が合ってるんです。本の内容としては非常に密度の濃い良いものができた。これを破棄することは誰よりもこの本を待って下さっている読者の方に申し訳ない。訴訟という形にはなってしまいましたが、どうにかしてお互い納得して折り合える妥協点を見つけたいと願っています』（談話：世相社社長・久木《ひさき》辰男《たつお》）

＊

「すっごいわね～、領海問題より先に扱われてるわよ。いくらニュースがなかったとはいえ」

柴崎がテレビに乗り出しながらお茶をすすった。夜のＮＨＫニュースの話である。

「香坂くんって確か再来年の大河ドラマで主役決まってたよね、だからじゃない？」

しかし世間の注目度が高いことは事実で、本日のトップニュースに持ってきた局もあったし、夕刊でも扱いは大きかった。

尻馬《しりうま》に乗って良化法批判ができることもおいしかったのだろう、いつもは良化法のことなど忘れ去ったような顔をしている各マスコミがこぞって皮肉めいた批判をしているのも図書隊や書店などからすれば笑止である（二大週刊誌の一翼を張る『週刊明解《めいかい》』は別格だが）。

「でもまあ、香坂くん効果で良化法反対の意識が高まってくれるといいよね」

郁がお代わりのお茶を注ぐと柴崎がちゃっかりそのマグカップに自分のカップをくっつけた。はいはいと続けて注いでやる。

「図らずも人気俳優を使った良化法のネガティブキャンペーンになってるものねぇ。こういうのはありがたいのよ、やっぱこういうキャンペーンは自前でやろうとするとお金かかるし」

と、柴崎はまるでそんな企画を考えたことがあるようなことを言った。

「ネガティブキャンペーンってあれだよね、前に良化特務機関が査問委員会仕立てて小牧教官を巻き込もうとした……」

「そうそう」

小牧と親しい毬江の障害を利用しようとした卑劣な手段だったが、その目論見《もくろみ》は毅然《きぜん》とした毬江の反発で潰れている。

「人を呪わば穴二つって正にこのことよねー、しかも良化法の違反語巡って争うのが香坂大地と世相社って言ったら世間の注目度も段違いだし。玄田隊長、実はその辺りも狙ってたんじゃないの？」

まさか——と言おうとして郁の言葉は途中で止まった。容貌はああ見えて玄田はなかなかの策士だし、反撃権を行使するのに時と場所は選ぶが躊躇《ちゅうちょ》はしないタイプである。

もちろん折口の窮状を見て玄田流の無茶を伝授したことは疑いないが、当時の報復もしかと織り込んである可能性は濃厚である。

翌日が堂上と巡回だったのでこれ幸いとその辺を訊いてみた。もし相手が小牧だったら俎上に上げられた本人に報復の可能性は訊きづらいのでちょうどよかった。

「ああ、それは織り込み済みだろうな」

堂上はあっさりと頷いた。

「わー、けっこう玄田隊長ってこの恨み許すまじなタイプの人ですか？」

「アホか貴様」

堂上が軽く郁の頭をはたいた。背丈のハンデがあるにも関わらず必ずはたくのが頭なのは、叱るときは頭というマイルールか何かがあるらしい。ということに気づいたのは、先日珍しく手塚がポカをやったときも丸めた書類で頭をはたいていたからだ。

「あの人がそういうタイプか、遺恨なんざその場で実力行使して終わりに決まってるだろう。

戦略的措置だ、戦略的措置」

　首を傾げた郁に堂上が説明口調になった。

「メディア良化法が何で通過したかは分かるか？」

「えーと……」

　以前、手塚慧《さとし》と話したときに関連した話題が上ったような気がする。

「興味を持つ人が少なかったから？」

　堂上は郁が分からないことを想定していたらしく、説明に入りかけていたので、意外そうな様子である。慧から聞いたと言うと機嫌が悪くなりそうなので、郁はいかにもいい子の風情を取り繕って堂上の話の続きを待った。

　堂上は誉めるか誉めないか微妙な様子で、結局その辺はうやむやに話を続けた。

「……まぁそうだ。メディアが規制される結果に興味を持たない人間が多かった。現状良化法が撤廃されてないこともそうだ。言葉が規制されるということに問題意識を持つ国民が少ないから良化法は成立したままでいられるんだ」

　ドラマの台詞《せりふ》が『床屋さん』だろうが『散髪屋さん』だろうが観る側は大して気にしないし、観る側が気にしないならメディアは良化法の監視が厳しくなる違反語を脚本に敢《あ》えて取り入れはしない。

　視聴者や読者に自覚させないように違反語をこっそり狩っていき、気がついたら一語一語で済まないもっと大きな何かが狩られている。

成立して三十余年が経つメディア良化法は、すでにその「もっと大きな何か」を狩る力を手に入れている。主には『メディア良化法に反対する思想』と『検閲に反対する思想』。それでもまだ対岸の火事を信じている人々は多いのだ。狩られる思想がそこまでなら自分に関係ない、そういう人も多いのだろう。良化法が狩る思想がそこで止まるなど希望的観測でしかないのに。

唯一メディア良化法の検閲権に対抗できる権限を持っている図書隊は、検閲そのものの違法性を長く訴えてきたが、それも「図書館を利用しない人」にまで広く届くものではない。図書隊の弱点は、良化特務機関との抗争がない限り注目されない広報力のなさだ。

人々が漠然とではあるがメディア良化法と検閲に対して危機感を持っているのは、メディア良化法成立以前の司法に目の敵にされた週刊誌、ことにその二大誌や周辺の討論誌の力である。

しかし、それらの力を以《もっ》てしても現状が精々なのだ。

自分の苛立《いらだ》ちも混じっているのだろう、難しい顔で話す堂上の横顔を見ながら、郁は手塚慧の言葉を思い出した。

愚痴をこぼしながら順応したほうが楽。

それは知ろうとしないほうが楽ということでもあるのだろうか。

「……だから、今回のようなのはありがたいんだ」

急に結論が来て声が引っくり返った。

「はっ、はいっ!?」

「お前、話聞いてたか？」

俄《にわか》に疑《うたぐ》り深そうな眼差《まなざ》しになった堂上にこくこく頷く。ちょっと余計なことは考えていたが、話はちゃんと聞いていた。だからこそ余計なことを考えたとも言える。

「香坂大地みたいに世間的な好感度や注目度の高い人間が、良化法に疑問を投げかけるようなアクションを起こしてくれたら、それだけ多くの人がこの問題を考えてくれる。しかも世相社相手の提訴だからな、問題が長引いてる間はマスコミも注目してくれる。まあ、業界ぐるみで問題提起のための狂言みたいなもんだ。形式的には香坂大地と世相社の争いでも批判は良化法が独り占めしてくれるしな」

「……玄田隊長、最初からそれ狙って⁉」

狙った範囲が大きすぎる。驚きのあまり郁の声も大きくなった。

「まあ、これに近い範囲は狙ってただろうな。折口さんに策を授けてから話の推移は随分気にしてたし。香坂大地が話を受けたって聞いて、なかなか器のでかい男だって誉めてたぞ」

しばらく言葉も見つからなかったが、やがて郁は溜息《ためいき》を吐《つ》いた。

「玄田隊長ってすごい人ですね……」

冗談や皮肉ではなく、心底から声が出た。

と、「まだ甘いな」と堂上がからかうように笑った。

「本当にすごいのは、あの人を勝手に泳がせてる稲嶺《いなみね》司令だぞ」

言われて初めて気がついた。

その足を図書館最大の災厄と呼ばれる『日野の悪夢』で妻とともに失った車椅子の司令。

郁にとっては温厚なイメージの強い上品な老人だった。

しかし、温厚で上品なだけの人間が玄田を組織の中で勝手に泳がせておけるわけはないのだ。無茶を思いつくことにかけては右に出る者はなく、そのやみくもな突貫力にかけては左に出る者がない。そもそも組織の中で最も煙たがられるタイプの男である。それを気ままに泳がせるなど――

できない、あたしだったらできない！　と自分がそんな立場へ行く可能性もないのに思わず身震いした。

「原則派としては今の配置がベストなんだがな……」

堂上は口に出す気はなかったのだろう、郁が訊き返しても「何でもない」と答えなかった。

＊

香坂大地の提訴で良化法批判は若い女性を中心に一気に広がりを見せた。

東京地裁はオフィス・ターンと世相社が香坂大地の本を出版したいというところでは意向が一致しているということから和解を勧めてきたが、その和解内容は両者が落としどころとして目指していたところではなかった。

東京地裁は世相社から香坂大地とオフィス・ターンに賠償金を支払うことを提案してきたのである。訴訟中、『床屋』の文言を認めてほしいと香坂側が強く主張しており、他社での事例ではそうした和解が提案されたことがあったにも拘《かか》わらずである。

世相社から出版される本に、あくまで良化法違反語を認めさせたくない意志が何らか働いているとしか思えなかった。恐らくはメディア良化委員会の意志だろう。

もちろん司法機関である裁判所にそんな意志が働いているとすれば大問題である。週刊誌側は『新世相』も含めその可能性を論じ、激しく批判を展開したが、テレビや新聞がぽつぽつと降りはじめた。

そろそろ和解してもいいのではないか。

お互い我を張りすぎているのではないか。

最も影響力のあるメディアに日和《ひよ》られては週刊誌界だけで論陣は張れないし、張っても世間の共感が得られない。

違反語を残したままではメディア良化委員会にはっきりと眼をつけられている世相社の本は出回る前に狩られる可能性が高い。そこを砦《とりで》に世相社側が地裁の和解案には応じられないとし、控訴に踏み切ることになった。

「でも、できるだけたくさんのファンに届いてほしいですから。世相社さんが折り合えないのも分かります。控訴もやむを得ないところだと思いますし、争いということよりも、よりよい本を出す環境の整備としてオフィス・ターンも徹底的に付き合いたいと思います」

香坂もマスコミからフォローを入れてはいたが、状況は苦しかった。

そんな折に、思いも寄らぬところから援軍が現れたのは梅雨の頃である。

『いやぁ、大地くんがずっと頑張ってくれとったわけですから。大地くんの実家の店主さんもいい方で今まで組合でも懇意でしたし。何しろ我々は「床屋」ちゅう我々にとって当たり前の言葉が何ですか、差別用語？　に勝手に指定されとったのも知らんかったわけですから。それは気分もよくないですわ』

＊

カメラを向けられ慣れない様子で汗を拭《ふ》き拭《ふ》き喋っている男性は、東京都理容生活衛生同業組合の理事長ということだった。

『大地くんも言ってくれとりましたが、確かに床屋という言い方自体は新しくないかもしれません。しかし、古い職人から若い職人まで、まだまだ現役で使う生きた言葉です。大地くんの実家は長年「床屋」で看板も上げとりましたし、それを勝手に差別用語？　違反語？　にされたらそりゃあ不愉快でしょう。
むしろ大地くんは我々のために怒ってくれたと思っております。その心意気に皆胸を打たれました。だとすれば、ここで我々が立たずにどうするか、と。大地くんのおじいさんは組合でも長いこと尽力してくださった方ですし……』

（なるほど、そういうことで……）

『はい。我々、東京都理容生活衛生同業組合は、メディア良化委員会に対し「床屋」という文言を違反語の中から削除することを、東京地裁に提訴致します』

＊

そのインタビューのビデオは即座にダビングされ、図書隊の全部署に回された。時間としてはわずか五分、しかしそれだけの扱いを受けるだけの価値があるニュースだった。ことに図書隊にとっては。

メディア良化法が成立してから初の事例である。違反語として収集した言葉の職業者自身がその撤回を求めて良化委員会を訴えるなどということは。

郁は班員と玄田、そしてやっぱり混じっている柴崎と一緒に隊長室で観た。

「これで風向きが変わるな！」

玄田が清々したように言い放った。

メディア良化委員会にとっては、世相社に嫌がらせをしている隙に土手っ腹を刺されたようなものである。

この訴訟に勝つか負けるかで、今後の趨勢《すうせい》が変わるのだ。削除しようのない文言もあるが、報道を締め付けるために収集したような言葉にその当事者たちから撤回を求められたら。

良化法の権威は地に落ちる——とまでは行かずとも、揺らぐだろう。

「近いうちにオフィス・ターンと世相社に高裁からの和解案が出るでしょうね。地裁とは内容を変えてくるはずだ」

堂上が既定の事実のように言った。和解内容は、香坂と世相社、双方の意向を完全に呑んだものになるだろう。

小牧も頷く。

「小さい嫌がらせしてる場合じゃなくなったからね。判決に圧力かける余力はないでしょう。何しろ実務部隊の良化特務機関をすっ飛ばして、良化委員会本体を能動的に刺したのは、このおじさんたちが初めてなんだから」

「ねえねえ、勝てると思います？」

柴崎は完全に賭《か》けを持ちかける口調だ。

「勝ち負けはさておき、時間は年単位でかかるだろうね。途中であの人たちが志を折られないかどうかが心配だけど」

懸念する小牧の声に柴崎はやっだぁとその背中をばしんと叩いた。

「心配ならこの場合は勝てるほうに賭けるんですよ、縁起は担ぐもんですよ」

「柴崎が道理だ！」

玄田が膝を叩いた。

「俺はこのおっさんたちが勝つほうに賭けるぞ！」

「勝つか負けるかはともかくとして、さぞや手痛いでしょうね」

手塚の皮肉な口調の意図は全員が理解していた。

検閲の実行には良化特務機関を使い、その奥に控えていたメディア良化委員会は、自分たちに興味など持たれたくないのだ。

委員会が何を違反語として何を狩っているかなど、世間の人々には無関心でいてほしいのだ。メディア良化法と戦っている人間にはそれが分かる。なまじ興味など持たれてしまうと彼らの検閲が不当であることが世間に知れ渡ってしまうからだ。

「……ねえ、ちょっと」

と、柴崎が肩を揺すったのは郁である。

「こういうとき一番キャーキャーはしゃぎそうなあんたが黙りこくってるなんて、かなり異様なんだけど」

そんなことを言われても俯いたまま顔が上げられない。郁はいきなり席を立ち上がった。

「喉《のど》渇いたから飲み物買ってきます！」

そのまま呆気《あっけ》に取られている仲間をほったらかして外へ逃げ出した。

郁が部屋を飛び出していってから、柴崎が呆れた調子で呟いた。

「あんたの目の前にあるお茶は何だってぇのよ、一体」

何なんだアレ、と率直に訊いたのは手塚で、柴崎は肩をすくめながら答えた。

「泣きたいときの言い訳はいっつもバレバレなのよ、あのバカ」

「え、泣くの？　何で？　そんな話題じゃなかったよね？」

小牧も不可解そうに問いかける。

「いやー、あたしに問い詰められてもあたし笠原じゃないし？　それより」

柴崎はしれっと郁の分のお茶菓子を徴収しながら言った。

「こういうときはチームの誰かがフォローしに行くとしたもんじゃありません？」

全員の一瞬の視線を受けて、しばらくしてから——堂上がふて腐れたように立ち上がった。

「責任者の仕事としたもんだろうからな」

言わずもがなの独り言を残して堂上が部屋を出た後、手塚以外の三人が吹き出した。手塚は置いてけぼりでぽかんとしている。

「もーっ、バカ！　二人揃ってバレバレよ！」

「あいつも余計なこと言って自爆するのは昔からのことでさぁ」

「言うな言うな、そこが奴らのかわいいとこだろうが」

あ、え、と戸惑っている手塚の背中を柴崎が軽く叩いた。

「いいのよ、あんたはその鈍いところが辛うじてかわいいポイントなんだから」

あからさまにあしらわれて手塚も不機嫌そうに黙り込み、それがまた他の三人を笑わせた。

「……だからお前はもう少し泣いてる女がいそうな場所にいろと」

堂上が眉間《みけん》に皺《しわ》を寄せてしゃがんだ郁を見下ろした。

「植え込みだの倉庫の裏だの、猫かお前は！」

今度は前回の植え込みとは違い、公共棟の外倉庫の裏側である。季節が暖かいのでお尻《しり》の下がコンクリでも体温が取られない、ぐずついた天気が崩れても庇《ひさし》で雨が凌《しの》げることが決め手だ。

堂上は一くさり愚痴を言ってから郁の隣に腰を下ろした。

「そんで、どうしたんだ」

そんなことは訊かれてもすぐには巧《うま》く説明できない。

「……あの、人たち、」

勝てると思いますか？　と切れ切れに訊くと、堂上は難しい顔をした。慰めるときでも堂上はいい加減なことは言わない。

「勝てたらいいなと思う」

希望しか述べなかった堂上に、郁は確かめた。

「難しいんですね」

「現実的に考えればな。国を相手取った訴訟はそれ自体が難しいし、それこそ何十年と争った事例もある。あの人たちにそこまで覚悟があるかどうか、覚悟があったとしても圧力に耐えることは難しいだろうしな。準備もどこまでできてるか……」

苦しい戦いが長引けば恐らく香坂自身からも止めに入るだろう。談話を見る限り、香坂への心意気で始めてしまった部分が大きいようだし、図らずも香坂の訴訟の援護は見事に果たしたが、それ以上の成果は摑《つか》めるかどうか。

「引き際は当人たちが考えることだ」

そう言ってから堂上は慌てたように付け加えた。

「でも、だからこれが無駄って話じゃないぞ！　あの人たちが初めて声を上げたことには大変な意味があるんだ。多分、正化史《せいか》に残るくらいの。もし、いつか良化法が瓦解《がかい》するとしたら、最初のターニングポイントは初めて法的な手続きを踏んで良化法に異を突きつけたあの人たちなんだ」

慰めのつもりか珍しく熱弁を繰り広げる堂上に、郁も膝を抱えたまま頷いた。

「それが、嬉《うれ》しいんです」

「……泣くほどか？」

やや怪訝な声に、郁は嗚咽《おえつ》にならないように小さく少しずつ声を出した。

「手塚慧に言われたんです。あたしたちの存在は、検閲を根本的に抹消するには意味がないって。図書隊は、検閲があることを前提に作られた組織で、検閲抗争は対症療法でしかなくて、検閲を根絶する意味は持たないって。この社会は歪《ゆが》んでいて、あたしたちの戦いも歪んでるって……」

そこで一つ嗚咽の堰《せき》が来たのでしばらく休んでやりすごす。

「このままじゃ検閲はなくならないって――みんな検閲のある社会に慣れてやり過ごすって。そのほうが楽だから。誰も検閲をなくすために何かしようとしたりしないって」

郁はようやく涙を拭《ぬぐ》いながら顔を上げた。

「だからあの人たちが嬉しいんです。たとえ、香坂くんへの気持ちだけで突っ走っちゃったんだとしても、小さくてもたった一語でも、検閲に反対するために動いてくれる人たちがいたって。あの人の言ってることが絶対じゃなかったって」

何でお前は、と堂上が小さく呟いて郁に向き直った。

「そんな失敬な言い分で奴に傷つけられたことを今まで黙っとくんだっ！」

真っ向から怒鳴られて郁は思わずお尻で後じさった。

ちょっと待ってここあたし怒られるとこなの⁉　別にナニかを期待したりまではしないけど、普通はここで上官が部下を慰めるのが定石ってもんじゃないの⁉

と、堂上が不意に腕を伸ばし、――反射で首をすくめると、がしっと真上から頭を摑まれた。そのまま堂上のほうに首を向けられる。

「どれだけもっともらしく聞こえてもそれは自分だけはその歪みの外にいるという高慢な理屈だ。この時代に生きてる以上、誰もその歪みから自由にはなれない。手塚慧もそうだ。歪みの中から歪みを超えたような気分になってるような奴の理屈でお前が傷つくな！」

傷つく謂《いわ》れなんかない。そう思っていても、自信に溢《あふ》れた手塚慧の声に傷ついていた。不安なところを不安になるように衝《つ》くあの声に。

「あたしたちに意味はありますよね？」

すがるように尋ねた郁に、

「当たり前だろうが、アホウ！」

堂上が歯切れ良く怒鳴った。

「口先だけの山師にいいだけ振り回されてべそべそしやがって！　そんな言い草に惑わされるくらいならぶっ倒れるまで腕立てでもしておけ！」

怒鳴られて——やっと安心する。そうやって怒鳴られたかった、何バカなことを真に受けてるんだと堂上に。

そう思っていた自分を自覚して女の子みたいな泣き声が漏れた。やだ、こんな声。あたしの声じゃない。でも止まらない。

何かの発作のような引きつった泣き声が収まるまで、堂上は微妙に肩の温《ぬく》みが触れる距離に座って待ってくれていた。

やがて郁の泣き声が止んで、

「ほら、立て」

先に腰を上げた堂上が郁に向かって手を差し出した。

「えっまさか今すぐ腕立て」

思わず逃げ腰になった郁に、

「そのコースがいいならそれでもいいけどな」

堂上は渋い顔で種を明かした。

「飲み物買ってくるって席外したんだろうが、お前は。手ぶらで帰って格好がつくのか」

実際格好がつかなかった教育期間中の柴崎との経緯《いきさつ》を思い出し、郁は素直に差し出された手に摑まって立ち上がった。

歩き出してからしばらく、気がついたように事務的に堂上から離された手は少し寂しいようで、もう少しだけつないでていいですかと自分から言ったらどうなるだろうと一瞬思ったが、それは考えただけで顔が赤くなって到底実行には移せなかった。

*

大方の予想通り、高裁の和解内容は香坂大地と世相社の希望そのままのものだった。

これで香坂大地の特集本については『床屋』の文言は検閲対象から外れることになる。

「ありがとう、裏技に感謝するわ」

特殊部隊事務室を訪れて礼を述べた折口に、玄田はふんと鼻を鳴らして笑った。

「自分で思いつかないところがまだまだだな、お前も」

そして、そんなやり取りをかき消す勢いで黄色い声を上げているのは柴崎である。

「『さえないキミ』の主演をやってらしたときからファンなんですー！　お会いできてすごく感激ですー！」

両手でしっかと握りしめているのは、――どういう経緯でか折口と一緒に来た香坂大地の手だ。事務室の隅のほうではマネージャーらしき人物が時計を気にしながら立っており、恐らくあまり余裕のある訪問ではないのだろう。

香坂は慣れた様子で「ありがとう」と無難な会話を柴崎と交わしている。

「よく言うわよねー、あいつも」

郁はキャーキャー騒いでいる柴崎の様子を遠目に眺めながら手塚に囁《ささや》いた。

「サイン色紙で一財産狙ってた女の演技とは思われないわー」

「……そうだな」

手塚が頷いたとき、よその班の隊員がばつが悪そうに香坂と柴崎の間に割って入った。

「あのぅ、すみません、うちの嫁がファンで。サイン頂けませんでしょうか」

差し出したのは色紙である。それを皮切りに「娘が」「妹が」と隊員たちが香坂を囲んだ。香坂が来るというのを急遽《きゅうきょ》知らされて、近所の文具屋に走ったらしい。

「堂上教官はいいんですか？　妹さんいるんですよね？　小牧教官も毬江ちゃんとか」

郁が声をかけると、堂上は「なんで俺が奴のために色紙を買いに走ってやらなきゃならないんだ」と笠原家の兄のような言い分で、小牧は「メールで訊いてみたけどいいってさ。好きな作家さんのサインのほうが興味あるみたいだね」とのことだった。

快くサインに応じる香坂の周囲に人垣ができて、柴崎がその中からするりと抜け出して郁と手塚のほうに来た。

「何、サインはどうしたのよ」

手ぶらの柴崎を郁がつつくと、柴崎は軽く肩をすくめた。

「話が急だったから色紙用意すんの忘れた。まあ、あたしもたまにはそんなことがあるわよ」

「せっかくメールでこっそり教えてあげたのに、ドジねー」

何気なく突っ込むと、柴崎がシリアスな顔で胸（業腹なことに郁より大きい）を押さえた。

「あんたにそこ突っ込まれるのすっごい屈辱……！　ショックで心臓止まるかと思った」

「あんたという女は！　人には言いたい放題のくせに何様かと問いたい、問い詰めたい！」

「いや、それは普通にショックだろ」

「うるせえ黙れプチ堂上！」

詰《なじ》った声が届いたのか、気圧の下がった堂上の声が「俺がどうかしたか」と問いかけてきた。

「いえ、決して堂上教官の悪口とかそういうことではなく……！」

と、何であたしが結局あたふた言い訳をする図式になっているのかと柴崎と手塚を睨《にら》むが、二人ともしれっと無関係を決め込んでいる。

そうこうしているうちに香坂にサインを求めていた人垣が捌《は》け、香坂は折口に呼ばれて隊長室へ入っていった。

「お会いできて光栄です」

挨拶の後、香坂から差し出された手を玄田は複雑そうな表情で握った。

折口から香坂が会いたがっていると聞いていたが、その理由ははぐらかされるばかりだったのである。

「意外と鍛えておられる手ですな」

握っただけでいくつか分かるタコやマメに加え、思ったより指の節も太く握力も強かった。

「殺陣《たて》のある役が来ることもありますから体は作るようにしてます。実戦の方には及びませんが、あんまり貧相なのもアレですし」

「意外とって失礼よ、玄田くん」

折口が横から執り成す。

「役に合わせて下準備することでは有名な方よ。陸上自衛官の役が来たときは、実際に訓練に参加したそうよ」

「たった二週間じゃ雰囲気を掴むのが精一杯でしたけどね。最後なんか体ひきずって動いてたようなもんだし」

「ははぁ、あそこに二週間も叩き込まれて保《も》つなら大したもんだ。何ならうちでもやっていきますか」

玄田としては冗談口を叩いたつもりが、香坂は真面目な顔で頷いた。

「図書防衛員の役が来たらそうします」

その心意気は嬉《うれ》しいが、どこのテレビ局にしろ映画会社にしろ放映・上映できないと端から分かっている作品を作ってくれるわけはない。

「というわけでそれは残念ながら完全な冗談になりますな。ところで……」

言いつつ玄田はちらりと折口を見やった。

「私に用件というのは何ですか」

自分だけ事情が分かっていないという状況は玄田の苦手とするところである。

「用件ってほど堅苦しいものじゃありません。単に僕があなたに会いたかっただけです」

「は？」

「うちの事務所と世相社で煮詰まってたときに、折口さんが鮮やかというしかない裏技――っていうか反則技かな。とにかくその案を持ってきたんです。折口さんの自前じゃないってことはすぐ分かりましたから」

「そりゃまたどうして。これはこれなりに機転の利く女ですし、こいつのアイデアだとしても別に不思議じゃないと思いますが」

玄田が訊こうとすると折口が慌てて止めた。「いいでしょ、そんなこと。香坂さんには私の案じゃないって分かっただけの話よ、ハイ終了！」

強引な押し切りは玄田には不満だったが、香坂は応じてしまった。さすがに話を続けられてしまっては腰を折るわけにはいかない。

「会ってみたくなったんです。大の大人が、しかもメディアのプロが何人も額を突き合わせて煮詰まってた状況、横から話を聞いただけでそんなムチャクチャ思いつけるって人がどんな人なのか、どうしても会ってみたくなった。これは僕の役者としての興味です」

はあ、と玄田は相槌を打った。

「会ってみてどうでしたか。わざわざ見に来るほどのもんでもなかったでしょう」

「わざわざ見に来るほどのものでしたねえ」

香坂はいたずらっぽく玄田の台詞をそのまま返した。

「折口さんに言われました。僕の芸風の参考にはならないって。確かに今はそのとおりです」

でも、と引っくり返した声は強かった。

「いつか必ずあなたのような役柄を演じられるようになります」

香坂が隊長室を出てきたときは、見送りに堂上班が残っているだけになっていた。図書基地に香坂大地が来ていることが分かれば基地から図書館からパニック状態になるのは目に見えているので、訪問はもちろんお忍びである。特殊部隊の隊員も口外無用は承知のうえで柴崎だけが例外だった。

帰る前に変装用の眼鏡をかけた香坂に、郁は思わず尋ねた。

「それだけで大丈夫ですか？」

「駐車場までだし、それくらいなら却ってこの程度のほうがばれないんですよ」

声を交わすとちょっと欲が出た。相手は恐らく二度と会う機会のない人だ。

「あの、すみません、私も握手してもらっていいですか」

「いいですよ」

気さくに握手してくれた手が意外とごついことにびっくりしている間に手は離れた。

見送ってから堂上が珍しくからかうように言った。

「やっぱりミーハーじゃないか」

少し勝ち誇った様子もあるその声に、照れ笑いで頭を掻《か》く。

「本来会う機会のない人だなーって思ったらもったいなくなっちゃって」

と、突然手塚が部屋を飛び出した。大きく開けたドアが閉まる間に、折口たちを追う方向へ走っていったことが窺えた。

「……え、まさかあんたも⁉」

もう届かない問いかけだが、思わず大声を上げてしまう。堂上も小牧も、そして玄田も呆気に取られてゆっくりと閉まったドアを見つめるばかりだった。


「すみません、ちょっとだけお時間頂けませんかっ！」

香坂たち一行の背中に呼びかけると、折口が窘《たしな》めるような表情で振り向いた。

「どうしたの、手塚くんが。郁ちゃんじゃあるまいし」

「すみません、本当にすみません」

手塚は腰から折って頭を下げた。

「帰り際にご迷惑だということは分かっています、でもあの、俺にもサインを頂けませんか」

折口が目を丸くした。手塚から出てくる頼みだとは思えなかったのだろう。

「いいよ」

マネージャーが口を挟む前に香坂が答えた。

「君、玄田さんの部下でしょう」

だからいい、と言っているかのような口ぶりだった。

「でも何に？　さすがに色紙買いに行ってるの待つ時間はないんだけど」

言われて気づいた。何か色紙代わりになるようなものをと制服のポケットをあちこち叩いて思いつく。上着のポケットから引っ張り出したのは——ハンカチだ。

「これに」

制服時のハンカチは白無地とする、という規定が幸いした。応急処置に使用するとき出血の有無を確認しやすいという理由だが、その理由は今はどうでもいい。

折口が自分のバッグからサインペンを出し、更にバッグを下敷き代わりに抱えてくれた。

「すごいね、自衛官のハンカチみたいだ」

アイロンがきっちりかかって四隅を合わせて畳まれたハンカチだからだろう。アイロンかけは図書隊でも教育期間中に仕込まれる芸である。

香坂はハンカチを開いて折口のバッグに載せ、慣れた様子でサインした。布に書いてくれという希望も通りすがりのファンからは多いのだろう。

畳み直したハンカチを返されてまた頭を下げる。

「すみません、ありがとうございます」

「いいよ、カップラーメンもできない時間じゃロスなんて言わない」

香坂たちの帰っていく背中を、手塚は途中で曲がって見えなくなるまで直立不動で見送った。


その後事務室に戻ると郁の追及が厳しかったが、

「実は隠れファンだった！　これで文句があるか、誰にでも言いふらせ！」

完全に開き直った言い分にさすがに黙らざるを得なかったようである。

＊

香坂の訪問から数日経って、手塚は訓練の合間を抜けて図書館棟の柴崎を捕まえた。警備中ではバディを待たせることにもなるし、バディが誰であろうと事情を察せられるのは嫌だった。

「どうしたのよ、そっち訓練中でしょ」

のほほんと尋ねてくる柴崎に持ってきたハンカチを突きつける。

「全部開くな。分かったところで閉じろ、女に見つかったら騒ぎになる」

怪訝な顔をして受け取った柴崎は、一折り開いただけですぐ閉じた。そして上目遣いで手塚を睨む。

「どういうつもりかしら、これ」

「好きにしろよ」

人前で弱味を見せることを潔しとしないことも、皮肉がきつくて素直じゃないことも、もういい加減飲み込めている。

そんな柴崎には本当に香坂大地のファンだなどということは素直に白状できるわけがない。

「元手にしたらオークションで一財産なんだろ？」

本当にそんなことを目論《もくろ》んでいる柴崎なら、よりにもよって色紙を忘れてくるなんてポカをやるはずがないのだ。

「でもお前が『さえないキミ』のタイトル出したとき、香坂大地びっくりしたような顔してたぞ。よく知らないけどよっぽど初期の注目されてない頃の作品じゃないのか？」

傍観していて気づいたことを言ってみると、柴崎は観念したように軽い溜息で白状した。

「……単館上映の映画だったのよ。もう六、七年前になるかなぁ」

柴崎は懐かしむような眼差《まなざ》しを受け取ったハンカチに落とした。

「原作付きで、あたしその原作が好きだったの。あんまり注目されなかったけど丁寧に作ってあって、主人公の香坂大地はことによかったわ。だからそれから贔屓《ひいき》なのよ、ちょっとだけね。あくまでちょっとだけだけど」

「往生際悪いな、お前」

呆れたところで巧《うま》い返しを思いついた。以前柴崎に食らった台詞をそのまま改変。

「その往生際の悪いところが辛うじてかわいいところってことにしといてやるよ」

「まーっ、人の弱味を見つけたらここぞとばかり！　性格のおよろしいことだわね」

皮肉っぽい柴崎の反撃は、初めて手塚に少しだけ勝った気分を味わわせた。

「ありがと。せっかくだからもらっとくわ」

背中で言いつつハンカチを軽く振る様はとても言葉の額面通りの意味には受け取れなかったが、部屋に戻ったら郁に見つからないようにタンスの奥にでも大事に隠すんだろうな、と想像すると少し面白くなって気分が晴れた。

＊

少し楽しい思いをしたその日の晩、その気分をどん底まで盛り下げる出来事が手塚を襲った。

男子寮監室の電話を経由して兄の慧から例によっての一方的な連絡があったのである。

寮監室で寮監が寝泊まりする私室のドアは習慣どおりに閉めてあるが、それでも手塚は声を潜めた。できれば存在を忘れていたい相手であることが声を尖《とが》らせる、しかし慧はそんな程度で恐れ入るような神経の持ち主ではない。

「何の用だよ」

こいつの神経は鉄のザイルでできているんじゃないか、とときどき本気でそう思う。手塚がそう疑いたくなるのも無理もないほど慧の声はいつもどおりに上機嫌だった。

「いや、面白い事例があったからお前と話したくなってな」

香坂大地の件と理容組合の件だろう。

「そっちには面白くない事例じゃないのか？　良化委員会に取り入るのが『未来企画』の思惑なんだろ」

中央集権型国家公務組織へ図書館の格上げを狙っている慧にとって、良化委員会のパイプは大事なはずだ。世相社は思惑どおりの判決を得て、良化委員会も意外な伏兵に横腹を刺されて大わらわのはずである。

「お前もまだまだ二元的な考え方から抜け切れてないな」

慧が苦笑混じりに諭す口調になって、手塚は一瞬で頬に血が昇るのを感じた。余計なことは何も言わなければいいのに、今までの軋轢《あつれき》で何か皮肉を言いたがるのが自分の弱点だ。そして結局はいいように翻弄《ほんろう》される。

「『未来企画』で持っているパイプの根本は法務省だ。良化委員会や特務機関には法務省から繋《つな》がっているに過ぎない。そして法務省も一枚岩じゃないさ、図書隊が一枚岩じゃないようにな」

くそ。そんな分かり切っていることを説教される隙を作った自分が悔しい。

「『未来企画』の構想は良化委員会と同格の国家公務組織になることだ。だとすれば、相手の立場が揺らぐような事例はむしろ歓迎すべきだよ。勝手に瓦解《がかい》してくれるならそれが一番だ」

頑《かたく》なな手塚に対し慧の声はそよ風のように涼しげで、その声音の違いも差を思い知らされているようで屈辱だった。

「ただ、アクシデントによる自壊を期待できるほど脆弱《ぜいじゃく》な組織でもないからな。俺が期待するのはアクシデントによって発生する良化委員会の揺らぎと瑕疵《かし》だよ。図書隊が同格になるときはどうあっても頭を下げねばならんだろうが、下げる角度は浅ければ浅いほうがいいからな」

「もう切るぞ」

手塚は一方的に話を切り上げた。話が長引けば兄の話に一理あることを認めざるを得ない。

これは信ずるところが違うという最も卑近な争いの例であり、手塚は兄の構想にどれほど理があってもそちらには与《くみ》しないと決めている。揺らがずにいられるほどの人たちに囲まれてもいるが、それでも折り重なった軋轢が兄の話の理を認めることを道理抜きで苦痛にさせる。

「それから寮監室にはもう掛けてくるな」

「だってお前、携帯に掛けても出てくれないだろう？」

手塚は受話器を握ったまま目を閉じた。互いに情報をやり取りするようになった、自分の肩にしか背の届かない生意気な女子を思い浮かべる。

必要なら誰とでも寝られる。だから自分は向いている。

傷ついたふうもなく嘯《うそぶ》いた後ろ姿。手塚がサインをもらったハンカチをどうでもよさそうに振った後ろ姿。決してそのときの表情をこちらには見せない。

「……携帯に掛けたら、できるだけ出るようにする」

慧とは――『未来企画』とは手塚が一番近い。もし慧の気まぐれな連絡を手塚が受けるようにすれば、あの生意気で男前な女の被《かぶ》る負担は少しでも減るのかもしれない。

「国交復活と考えてもいいのかな？」

「調子に乗るなよ」

即座にそこは叩く。

「俺はあくまで兄さんの思想には反対だし、家をめちゃくちゃにしたことも許してない。これを契機に俺を懐柔できると思ったら大間違いだ。だけど、用があるときなら話くらいするって言ってるんだ。いちいち寮監室に掛けてこられるのも迷惑だしな」

嚙みつくような手塚の言い分に、慧は楽しそうに電話の向こうで笑った。

「今まですげなくされてた身としては充分な譲歩だな。感謝するよ」

「何かあるときだけだぞ！　調子に乗って暇つぶしなんかでちょくちょく掛けてくるなよ！」

むきになって釘《くぎ》を刺すと、慧は「分かった分かった」と言いながら向こうから電話を切った。

四、里帰り、勃発——茨城県展警備——

＊

「茨城県立図書館————ッ!?」

図書特殊部隊《ライブラリー・タスクフォース》の全体会議で悲鳴のような声を上げたのは郁《いく》である。

「どしたぁ、笠原《かさはら》」

作戦概要を説明していた緒形《おがた》副隊長が怪訝《けげん》に話を中断したが、郁の後ろから堂上《どうじょう》がすかさず郁の口元を押さえて黙らせた。

「何でもありません、続けてください」

郁はといえば意識していることをじりじり自覚しつつある堂上にいきなりそんなアクションに出られて逆の方向に跳ね上がった。

頭で考えるより先に口を塞《ふさ》いだ堂上の手に思い切り嚙みついてしまう。

「いィッて……!」

泡を食った堂上が嚙まれた手を振った。

「どしたぁ、堂上班」

「班は問題ありません、堂上と笠原士長ですから続けてください」

小牧《こまき》のフォローに、緒形も何事もなかったかのように説明を続ける。この辺りの動じなさは玄田《げんだ》と通ずるものがある副隊長だ。

要するに茨城県立図書館へ特殊部隊が応援出動する、という話だった。

十年前に茨城県立図書館が千波《せんば》湖畔の近代美術館の隣に移転してから、茨城県では芸術祭と称して毎年十一月に二週間ほどの期間の美術県展を開催している。

図書館の敷地も開放して彫刻などの大型作品も屋外に展示し、毎年作成されるパンフレットも図書館で保存することから、県立図書館と近代美術館の共同イベントになっているという。

その説明の間に堂上が不機嫌な声で背中から訊《き》いてきた。

「おいこら、俺が何で噛まれなきゃならないんだ」

「だ、だって……」

郁は竦《すく》めた肩に顔を隠しながら堂上を斜めに振り向いた。火照った頬はまだ冷めていない。

「男の人に口とか塞がれたことないからっ」

「バッ……部下が会議中にバカ声張り上げたの止めてやったんだろうが！　男も女も関係あるかっ」

やだもう追及しないでぇ！　逃げ場を探して郁はとっさに手を挙げた。緒形が指名したので席を立つ。

「そんな平和的なイベントに何で特殊部隊の応援なんかが要るんですか？」

「ん、まあはしょるか」

順を追って説明するつもりだったらしい緒形は方針を切り替えたらしい。「レジュメの最後見ろー」と全員に指示した。

紙をめくる音が部屋に響き、郁も最終ページにたどり着いた。それだけカラーコピーだったその一枚を見て郁は言葉を失ったが、全員が全員言葉もない。

「それが今年の最優秀作品だそうだ」

最後の一枚、カラーで差し込まれていたのは絵画だ。しかも普通の油絵ではなくコラージュであることがコピーされた写真からも分かる。

背景はコンクリートを打ちっぱなしたような壁だった。そしてその中央に貼られているのは、着崩してすり切れたふうに加工してある良化特務機関の制服である。そして、その前の身頃が大きく切り裂かれ、その裂かれた穴から向こうに覗《のぞ》くのは青空の写真だ。

タイトルは『自由』。

良化特務機関がこんな作品に制服を提供する訳はないから使用された制服は精巧に作られた複製だろう。

こんな作品が最優秀賞を取ったらそれは、

「入賞作品の公開は再来週だが、すでに良化法賛同団体が入り交じって抗議のデモは凄《すさ》まじいことになってるそうだ。良化特務機関も当然どこかのタイミングで検閲・没収をかけてくるだろう。県立図書館では利用者の安全を考慮し、県展終了まで図書館を閉鎖するらしい」

ここから先を玄田が引き継いだ。

「茨城県司令部水戸本部は、これほどの規模の火事場を凌《しの》いだ経験はない。県内からも防衛員を集めてはいるが、指揮系統が巧《うま》く作れないという話でな。うちからも応援を出して指揮系統の補助をすることになった。まあ実際のところこっちが采配《さいはい》を振るわねばどうにもならんだろうがな」

わぁ、自分の地元がそんなことになってるなんて。その驚きはもちろんあるが、郁としては最も気になることは——

「というわけで、特殊部隊から半数ほど応援で貸し出すことになった」

その応援の編成である。

「責任者としては俺が出る。緒形は留守を守れ。班は青木《あおき》班以下、関口《せきぐち》班、宇田川《うだがわ》班、芳賀《はが》班に堂上班だ」

今度は噛まれることを警戒したのか、堂上は袖《そで》を使って郁の口を塞ぎにきた。

「ほ、ほんとにうちの班が行くんですか」

会議が終わってから堂上を振り向くと、堂上はじろりと郁を睨《にら》んで「先に言うことがあるんじゃないのか」と郁の噛みついた手をこれ見よがしに振った。

「す、すみません……痛かったですか」

「痛かった」

「すみませんでしたッ」

「よし」

堂上も根に持つタイプではないのが幸いである。

「それで、ほんとにうちの班が……？」

「『情報歴史資料館』攻防戦で編成外されたのを食ってかかった奴の言葉とも思えんな」

「えええ、でもぉ～～～～」

茨城と言えば郁の郷里で、実家には戦闘職種配属を知ったら卒倒か逆噴射確実な両親がいる身としては、できれば今回は編成に加わりたくなかった。

「俺もお前の使い方についてはあのとき色々反省した」

堂上は生真面目な口調で言った。

「攻防戦でお前を外したのはあきらかに間違った采配だった。女子でもお前なら使いどころはある、それを認めなかったのは俺の個人的な思い込みだ。同期入隊で手塚《てづか》は既に大規模攻防戦の経験があるのにお前はない、その不公平を作ったのも俺だ。隊長がうちの班を編制に入れたのも、その是正を鑑《かんが》みてのことだろう。だから、俺はお前の采配について二度と余計な手心は加えない。お前なら上官の指示に従ってる限り、どんな作戦でも足手まといになるようなことはないからだ。たまに勇み足が過ぎるが、怯《おび》えて動けなくなる奴よりよっぽどいい」

行き先が郷里でさえなければ、嬉《うれ》しくてどうにかなってしまいそうな堂上の言葉だった。

「それは――……それは、嬉しいんですけど、」

まだもごもご言い募ってしまう郁に、横から小牧が口を挟んだ。

「どこからどう聞いても堂上は笠原さんを部下として認めたよ。手塚と公平にね。自分の都合で逃げ出して堂上の信頼を裏切るのも一つの生き方だけど」

「嫌です！」

思わず郁は叫んだ。

堂上が信頼してくれているのなら、

「堂上教官を裏切るのは、嫌です」

他のみんなもだけど、と付け加え、俯《うつむ》きそうになる顔を懸命に上げて堂上を見つめる。

堂上の表情が少しだけ優しくなった。

「親に見つかるとも限らんが、そろそろイイ子は返上して親殺しに挑戦してみたらどうだ」

意外な味方がいるかもしれないぞ、とそれは謎の一言だった。


「ううう—、そんでも今回はできれば居残り組だったらよかったなぁ、よかったなぁぁ—」

仲間の前では格好をつけたが、自分の部屋に戻って柴崎《しばさき》と二人きりになるとついつい弱気が顔を出す。もちろん今さら志願を引っくり返すことなどないのが前提の愚痴ではあるが。

「実際のとこ、あんたの実家ってどこなのよ？」

「水戸市の端っこ……だけどけっこう市街まで出てくる」

もともとあまり図書館を積極的に利用する両親ではないから、自分から街へ出歩かなければ大丈夫か？　などと思うも、

「現地、テレビの取材とかけっこう入ってるらしいから気をつけてね—」

ありがたくない情報をくれながら柴崎が付け足した。「後、イナカ独特のネットワークね」

それも問題である。地方都市は知り合い関係のネットワークが強固で、街の中心まで出ても「昨日街で誰それさんを見たわよ」などということがままあることが恐ろしい。母親は地元にがっちり人脈を持っているほうだし、そのどこかで「郁ちゃんを見たわよ」とかあまつさえ「ニュースでちらっと映ってたの郁ちゃんじゃないの」とか、――考えるだに恐怖だ。

「地元でどれくらいの規模で報道されてるか、かなぁ。うちのおかんってニュースはあんまり見ないクチだし。図書館にも全然興味のない人だから、こんな情勢のときにわざわざ探《も》めてる図書館近辺通ったりはしないと思うんだけど」

努めて物事の明るい側面を見ようとしながら、

――それでも応援中は帽子は外せないだろうなぁ。

と、まるで気分は逃亡中の犯罪者である。

「ところでさぁ」

柴崎が不意に真面目な顔をした。

「あんまり先入観入れるようなことは言いたくないんだけど、茨城の図書館界って数年前から県立図書館を中心にちょっと偏向が目立ってるみたいだから気をつけて」

「偏向って？」

「ん、ぶっちゃけて言うと、防衛員の立場がえらく低くなってるみたい」

何それ、と郁が眉《まゆ》をひそめると、柴崎も推測口調で付け足した。

「確かに大きなヤマではあるけど、指揮系統が作れないから応援がほしいなんてザマ、聞いたことがないわ。応援出動は応援先の部隊と指揮分担から相談していくのが普通よ。指揮分担であまりメンツにこだわられてもやりにくいけど、丸投げでお任せってのはどうよね。特殊部隊ってのはつまり関東一円に特殊技能を貸し出すのを旨とするわけだから。『情報歴史資料館』攻防戦みたいに特殊部隊が最初から統括指揮権を持って当たるってんならともかく」

部隊が統括できないので来てください、なんて相当情けない話よ。言いつつ柴崎はしかめ面をした。

郁としては、ああだから玄田が行くのかというところである。そうしたオーダーなら指揮官が出るのが当然だろう。『情報歴史資料館』で玄田は実際に大規模攻防戦の指揮実績を作っている。この先十年は塗り替えられることはないであろう実績だ。

「防衛員の地位が低くなってるってことは、館員のほうが地位が上なの？」

素朴な疑問に柴崎は渋い顔をした。

「本来、すべての職種の地位は平等でなくちゃならないし、階級や役職以外で上下関係が発生するなんて許されないことなんだけど……」

断言口調でないのは、柴崎の情報網もそこまではなかなか届かないのだろう。茨城といえば関東の北の端っこだ。

「特にあんたは、女子一人だけで応援先に寄宿するから」

珍しく案じる様子は、昨年の濡《ぬ》れ衣《ぎぬ》騒ぎで寮内から爪弾《つまはじ》きを受けていたことを懸念しているのだろう。

確かに再び似た状況に陥るのは辛《つら》い。だが、

「顔見知りに食らうほうがきついから大丈夫」

あのとき寮内は踏み絵になった。今では何事もなかったように話す隊員の中にも、郁がもう絶対に信用できなくなった女子は何人かいる。それを上辺だけの付き合いで凌ぐことも覚えた。

そんなことを覚えた今となっては、一時寄宿するだけの応援先でどんな待遇を受けようと、それは腹立たしくはあるが単なる通過点で深い意味は持たないものだ。

強くなったわねぇあんた、と柴崎が誉めたふうでもない口調で誉めた。

「一人じゃないからだよ。それに……」

お前なら足手まといになるようなことはない。

堂上に認められた言葉だけでそんな心配は乗り越えてしまえそうな気がした。

*

手塚慧《さとし》の電話の相手は武蔵野第一図書館長の江東《えとう》だった。

「図書特殊部隊から茨城へ応援が出ます。ほぼ半数。指揮は玄田三監が執るようです。堂上班も出ます」

「うん、まあ予想のとおりだね。状況の見積もりが甘い。こちらにとっては好都合だ」

できれば弟の所属している堂上班は編制に入っていてほしくなかった——というのは、身内

がかわいい都合である。そんなことを弟に言えば、あんたのは家族愛なんかじゃない、単なる身勝手だと手厳しい弾劾が飛んでくるのだろうが。

「これでまたバランスが一つ取れますな」

喜ばしく語る江東に慧も電話に答えながら頷《うなず》いた。

「良化委員会が提訴騒ぎでかなり揺らいだからね。今度は図書隊が揺らぐ番だ」

検閲を根本的に排除するためには、良化委員会と図書隊が同格の国家公務組織になる必要がある、というのが『未来企画』延いては慧の主張である。

同格の国家行政機関、それも文科省機関になることで法務省と検閲の正当性そのものを争うという慧の思想を実現するためには、現行の図書隊は何だかんだと言いつつ基盤が固すぎる。

原則派と行政派の対立にしてもそこに分断の楔《くさび》を打ち込むほどの隙はない。

それも図書隊の権限を一部放棄して、一時的であるにしろ検閲権力に与《くみ》する計画を飲ませるなど。現行の図書隊組織にそこまでの柔軟性はない。それを柔軟性と呼ぶかどうかはそれぞれの立ち位置によるのだろうが。

これも日野を生き残った老人の力か、と日野を知らない世代としては素直に敬意を表さざるを得ない。

長期的計画で検閲を根絶するという合理性に共感する——便宜上、中立派と呼んでいる——仲間は、今や水面下で原則派、行政派に次ぐ第三勢力となりつつある。現実として法務省とのパイプラインを実現してみせたことが若い世代に大きく影響を与えた。

だが、日本図書館協会長である父とは論陣を張った慧も、今『未来企画』の構想を明らかにして稲嶺《いなみね》と争う気はない。

長期的に観察した結果として、稲嶺には揺らぐところがない。稲嶺は図書隊の歴史そのものであり、付け入る隙がない。

『未来企画』の構想には致命的な弱点が一つある。

――あのお嬢さんも言ったとおりだ。

弟を友達と呼んだ笠原郁の姿が浮かんだ。

図書隊が国家公務組織に格上げするには、検閲対抗権を大きく譲らねばならず、またそれを実現したところで検閲を根絶するまでには恐らく数十年単位の時間がかかり、国民にはその間、検閲を受け入れることを強いねばならない（もちろん中立派はそのリスクを鑑《かんが》みたうえで検閲が根絶されることのメリットを取っているわけだが）。

あんな頭の悪そうな女の子がね、と慧は小さく笑った。

あんな頭の悪そうな、簡単に言いくるめられそうな娘が慧と話している間にそれに気づけるほど、稲嶺の図書隊に対する訓戒は行き届いているのだ。

「でもまあ、稲嶺司令もそろそろ現場からは退いてもいい世代だ。稲嶺司令なくしても図書隊が図書隊の理想を貫けるかどうか、これは見ものだろう」

決して表に出ることのない『未来企画』幹部である江東は「そのとおりです」と答えた。

「そう言えば、図書隊で実験中の情報部ってどうなってるの」

「朝比奈《あさひな》氏からの報告ですが……」

説明を口籠《くちご》もるのはあまり芳しくない報告しかできないときのこの男の癖である。

「まだ実験は実験の段階でしかないらしい、という話だそうです」

「一人有望そうな女子に接触したという話は？」

「しばらく観察してみたそうですが、単なるゴシップ好きか候補生か見極めがつかない、とのことで。意外な情報を知っている反面で、思いのほか口が軽いなど、適性の面で危ういのではないかという話です。もし候補生だとしても、まだ本人には知らせず適性を見ている段階ではないかと」

ふうん、と慧は報告に耳を傾けながら頷いた。

「まあ、もともと噂レベルの話ではあったし、確定したとしても利用の仕方は考えものだからそっちはひとまず置こうか」

朝比奈を直接揺さぶればまた違った答えが聞けそうな気がしたが、朝比奈は貴重な法務省側の味方でもある。疑いをかけるような真似をして亀裂《きれつ》を作ることは避けたかった。

「稲嶺司令のことだから手持ちの人材だけで情報収集には事欠かないだろうしね」

電話を終えてから、慧は専用の事務室でしばらくオモチャのように携帯をいじり回していた。

関東図書隊における『未来企画』の本拠になっている川崎の図書館で、実質上の館の支配者は慧である。近くにある支所に砂川《すながわ》を異動させたのも慧の采配《さいはい》だ。

意味もなく携帯をいじり回すときは自分が苛立《いらだ》っているときだということは自覚している。

この場合は、江東との電話で笠原郁を思い出したことだろう。

頭の悪い女は元々好きではない、だが、不意に浮上した苛立ちはそれだけではなかった。

お兄さんにこんなひどいことをされている手塚に、あたしが重ねてひどいことできません。

だって、手塚は仲間だから。

仲間への負い目でなびけなんてひどいこと、お兄さんからだなんて、友達に伝えられません。

自分で言ってください。そのほうが手塚はまだ傷つきません。

考え方が違うのは仕方ないけど、手塚を必要以上に傷つけないでください。あたしは、自分の友達が傷つく手伝いなんかしたくありません。

頭の悪い女に真っ向見つめられて非難された。自分が弟を取り込もうとした手口を。

「……他人に何が分かるっていうんだ」

弟を評価し、手元に欲しいと思うからこその強引な手段だ。そこまでして欲しいという執着は自分にとっては兄弟ならではの情だ。検閲を根絶する功績に家族を列したいという思いやりですらあるのに、手段が強引であるというだけで他人から弟を傷つけるななどと説教を食らう謂《いわ》れはない。

自分以上に弟を評価しているはずもない女が。それなのに弟は自分よりも笠原郁や特殊部隊の仲間たちを選ぶのだ。

まるで慧が弟を一方的に傷つけているかのように責めた郁に対抗するかのように、慧は携帯で弟の番号を発信した。

＊

頑《かたく》なに名前を登録していない番号を手塚が携帯で受けたのは、風呂《ふろ》上がりである。寮の部屋には同室が二人ともいたので、携帯を持ったまま手塚は立ち上がった。

「お、女か？」

茶化す二人に「そんなんだったらいいけどな」と半ば本気で溜息《ためいき》を吐《つ》き、外に出ながら電話を受ける。向かうのは男女共同のロビーだ。

「はい」

素っ気ない受け答えは馴《な》れ合っていないという主張のつもりだ。

「そう頑なな声を出すなよ」

電話の向こうで苦笑したのはやはり慧である。

「茨城の県展警備に行くそうだな」

どこから、などとはもう訊く気力もない。

「茨城の図書館界は情勢が複雑になっているから気をつけろよ。良化委員会は良化法を貶《おとし》める選考結果だとして件《くだん》の作品を公開と同時に検閲権で没収する腹だ。賛同団体も手段を問わない連中を揃えてる。それから図書館界を取り巻く環境も独特だ」

「独特ってどういう意味だよ？」

「それは行けば分かる」

じゃあ気をつけろよ。慧は一方的にそう言って電話を切った。

「相変わらず自分の言いたいことだけペラペラと……」

これで恩を売っている気になっているのだからたまらない。茨城で戦闘職種の地位が低下し、大規模指揮系統が半ば瓦解《がかい》しているのは柴崎からも聞いている話だ。

「自分だけ何でも分かってると思ってるのが気に食わないんですよ」

言いつつ手塚は缶のビールを呷《あお》った。

結局そのまま部屋に戻るのは収まらず、堂上の部屋を訪ねて管《くだ》を巻いている。

一人では手に余ると思われたのか、いつの間にか小牧も来ていた。この二人には慧との事情も話してあるので管巻きも遠慮無しだ。

「茨城の図書館界で戦闘職種の地位が低下してるってのは、柴崎だって摑《つか》んでた情報じゃないですか。何を偉そうに気をつけろとか……うちは柴崎がいれば情報収集は充分なんですよ！

お前の出る幕じゃねえんだ、クソ兄貴！」

うわ悪い酒だ、と小牧が苦笑し、堂上がさりげなく出ている酒をアルコール度数の低いものに替えた。

「でもまあ、柴崎はうちの正規メンバーじゃないしな。向こうとこっちの都合によっては連携が巧《うま》く行かないこともあり得る。情報源は多けりゃ多いほど作戦の精度が上がるのは道理だ」

堂上の言い分に小牧が付け加えた。

「それに柴崎さんならその話も嬉々《きき》として情報の一つに加えると思うよ。そこら辺の割り切りと人並み外れた好奇心が彼女の最大の武器だと思うけど」

そんなことは分かってます、とふて腐れて言い返したくなった。

柴崎のようになれない自分への悔しさも荒れる理由に入っている。

「しかし、よくお前が兄貴からの電話を取ったな。以前は寮監室に入る電話しか出ない頑なさだったのに」

堂上は何の気なしの台詞《せりふ》だっただろうが、手塚には刺さった。

自分が慧とのラインを直接繋《つな》げたら柴崎の負担が少しは減るだろうか。――そう思って携帯への連絡を許可したのだ。

今回の電話も、もっと食い下がっておくべきだったのかもしれない。あるいは、こちらから掛けて話を聞き出すようなことも。

それでも「さっきの話をもっと詳しく教えてくれ」と掛け直すことはどうしてもできない。

「俺……さっきの電話、こっちから掛け直すべきですか」

せめて命令なら。その思いにすがるが、上官は二人ともあっさり否定した。

「こっちが情報に困ってると思われるのも癪《しゃく》だしね。わざわざ掛け直す必要はないよ」

「向こうがどこまで事実を言ってるか分からんしな。『未来企画』はその理念からして図書隊の味方とは言えないし、中立性も限りなくグレーだ。兄弟の間柄でそこまでやるとは思いたくないが、ディスインフォメーションを仕掛けられる可能性もある」

そこまで考えが及ばない自分に更にへこみ、手塚のテンションはますます下がった。


部屋まで送るという堂上と小牧の申し出を頑なに固辞し、消灯までのわずかな時間少しでも酒を抜こうとロビーに向かうと、

「やだ、どーしたのあんた!? えっらいベロベロじゃん!」

頭にキンキン響く声は本人は心配のつもりで音響兵器の郁である。

「……うるさい黙れ。響く」

自販機で飲み物を買っていたらしい郁は、柴崎の分もかペットボトルを二本持って手塚の隣に座った。

「うわ、眼ー真っ赤。すっごい人相悪くなってるよ」

言いつつ郁はペットボトルの胴を手塚の目の上に当てた。余計なお世話だと言いたいところだが、ボトルの冷たさは抗《あらが》いがたく心地よかった。

言うつもりもなかった弱音が口をついて出たのはその心地よさに釣られたのだと信じたい。溜息に混ぜるように呟《つぶや》く。

「柴崎みたいにやれないんだ、俺は……」

「えー、今度は柴崎に何か遺恨があるわけぇ？」

遺恨なんて誰が言ったか、と言い返したいところだが、郁は自分なりに勝手に解釈して勝手に話し出した。

「もー、前にも言ったじゃん！　何でもあんたが一番じゃないと気が済まないの？　あたしが相手ならともかく柴崎相手じゃ無理だからやめときなって、何だか知らないけど」

そんなんじゃない、と手塚は低い声で呟いた。

柴崎の背負う分が減らせたらと思っていたのに、いざ兄から連絡があるとその一方的な傲慢《ごうまん》さに苛立って荒れる始末だ。また家の事には一言も触れなかった、などと。

何をどこまで口に出したのかは自分でも喋《しゃべ》る端から忘れていく。だが、黙ってボトルで手塚の目を冷やしていた郁が不意に口を開いた。

「柴崎はそんなに強くないよ。心配しなくてもあたしたちと弱い部分が違うだけだよ。柴崎は完璧《かんぺき》に見えるけど、そうじゃないってあたしたちくらいは分かっててあげようよ。あたしたちは柴崎の友達なんだから。例えば、あたしたちが平気な戦闘は普通に恐がるんだし、トラウマだって美人な分多いしさ」

「俺、柴崎やお前と友達か？」

自分は少し線を引かれているのではないか――と漠然と思っていたのでその問いはうっかりこぼれ出たが、郁は意にも介した様子はない。

「今さら何言ってんだか。最近はあんたのほうが呼吸分かってるみたいで悔しいくらいよ」

そろそろ戻るね、と郁がソファから立ち上がった。

「ちょっと水分入れてアルコール薄めたほうがいいよ。えっとこっちのお茶は柴崎だから、」

二本のボトルを見比べた郁が、自分の分だったらしいほうを手塚に渡した。

「はい、あげる。じゃあそっちも早く帰りなよ」

ご丁寧にキャップも開けていってくれた気遣いに感謝しつつ、手塚はボトルをほとんど一息で飲み干し――、

＊

「あれっ、手塚今日休みですか？」

翌日出勤した事務室に、必ず郁より早く出勤している手塚の姿はなかった。

「二日酔いで休み」

小牧の答えに郁は「えーっ⁉」と声を上げた。

明日には茨城へ発つという日程で、今日は出動する班のフォーメーション訓練が予定されている重要な訓練日である。

「だっから早く部屋に戻れって言ったのにー」

　ここぞとばかりにお姉さんぶってみた郁を堂上がじろりと睨んだ。

「とどめを刺した張本人が何をしれっと……」

「え、何であたしがとどめ刺したことになってんですか⁉」

「酔っ払いにスポーツドリンク飲ませるバカがいるか！」

　えっ、と訳も分からずおたおたする郁に、小牧が苦笑混じりで説明した。

「夜中にロビーでぶっ倒れてるのが見つかって、男子棟側ではちょっとした騒ぎだったんだよ。俺たちも呼び出されて介抱したんだけど、そばにスポーツドリンクのペットボトルが転がってるのが見つかってね。容態落ち着いてから手塚に訊いたら笠原さんにもらって飲んだって」

「え、あたし水分取ってアルコール薄めたほうがいいと思って」

「吸収の早いスポーツドリンクでそれをやったらどうなると思ってんだ、このアホウ！　酒も一緒に吸収して一気に泥酔状態になるに決まってるだろうが！」

「えええ――――⁉　そうなんですかァ⁉」

　素で驚愕《きょうがく》の声を張り上げた郁に、小牧が苦笑して堂上を宥《なだ》めた。

「仕方ないよ、知らなかったみたいだし。笠原さん、あんまりお酒飲んだことないでしょ」

「え、えと飲み会のときにサワーとかワインとか一杯くらい」

「無茶飲みして酒の飲み方覚えるのは男に特有だしなぁ。いつもの手塚ならこんなヘマしないんだろうけど昨日はちょっと荒れてたしね」

不機嫌な顔をしている堂上を郁は上目遣いで窺《うかが》った。

「すみません、今度から覚えときます」

「当たり前だ、バカ！」

久しぶりに本気の拳骨《げんこつ》が来た。脳天に響く。

郁がしょげていると小牧が堂上に見えない位置から指で呼んだ。そっと飛んでいくと、小牧が内緒話の声の大きさで囁《ささや》いた。

「あんまりしょげなくていいよ。堂上も学生の頃おんなじ失敗したことあるんだよね。しかも飲み比べして引っ込みがつかなくなって、白ワインのポカリ割りとかとんでもないちゃんぽんやって自爆。笠原さんって堂上の思い出したくないこと思い出させるの巧《うま》いんだよなぁ」

だったら昔の自分を思い出して決まりが悪い、という側面もあるか？と郁は堂上を窺った。それなら拳骨は少し手加減してほしいところだが、とにかく手塚には申し訳ないので甘んじて受けておくことにする。

今日はあたしの声とか聞きたくもないだろうし、と手塚への詫《わ》びは明日に回すことにした。

夕方になってから少し頭痛が引けてきた頃、手塚の枕元の携帯が鳴った。電子音はまだ刺激が強すぎるので引ったくるように取る。誰から掛かってきたのか確認する余裕もなかった。

「はい手塚です……」

誰からか分からないので、一応は敬語を使う。

「ああ、ちょっとは復活したんじゃないの。明日の出発には間に合いそうね」

電話の相手は柴崎だった。

「うちのルームメイトが大変な粗相をしたそうで。ごめんね、悪気はないのよあの子」

「悪気があってたまるかよ……」

「そんでその悪気はないけどおばかな子から伝わってきた話だから、どういう話なのかあたしにはさっぱり分からないんだけどね」

柴崎の声はいつもより低く聞こえる。二日酔いの手塚の容態に障らないように気遣っているのかもしれない。

「こと情報戦にかけては、あたしはあんたに絶対引けは取らないわよ。だからあんたがあたしみたいにやるのは絶対無理よ。身の程ってものを知りなさい」

思わず爆笑しかけて、その声が頭に響いて慌てて飲み込んだ。これが気遣いの電話だなんて他の誰が理解できるものか。

「ああ、分かってる。俺は絶対にお前みたいにはやれないよ。だけどお前、基本的に情報好きだろ」

「まあね」

「だから、俺のところに引っかかったものはお前にやるよ。お前みたいに巧《うま》く取れないけど、何しろ俺はあの手塚慧の弟だからな」

一番不穏な情報の湧き出てくる元だ。

「巧くはやれないけど、腹は括《くく》った。お前はそれだけ覚えててくれたらいいよ。俺は俺なりにあのクソ兄貴相手に頑張るからさ」

そうして手塚は、兄の電話の内容を話した。短い会話だったので手塚にとっては諳《そら》んじるにも近い。

柴崎にとってはそれなりに興味深かったようで、「ありがとう、またこっちでも茨城のほうに探り入れてみるわ」と言うなり電話は切れた。

見舞いなんだか何なんだかよく分からない辺りはやはり柴崎である。

＊

「あのぅ、一昨日……」

出発前に郁が切り出すと、手塚は不機嫌な顔のままで先制した。

「いい。悪気があったらぶん殴るけど、あの状況でお前が差し出す物を疑わずに飲み干した俺がバカだった」

「そんな嫌みったらしく逆説的に人のことバカだって論証することないじゃん！　謝るくらいは素直に謝らせたらどうなの⁉」

「謝る言い草かよそれが！」

鋭い突っ込みを食らって一瞬怯《ひる》み、それから頭を下げる。

「ごめんなさい」

「ん」

和解が成立したところで移動用の車輛《しゃりょう》が基地の正門手前に到着した。戦闘でいざというときの盾にできるようにとバスが二台である。後方支援部が少ない予算で工夫して、銃眼付きの盾を車内から降ろせるように改造してくれてある。

割った人数に対して一台の座席数は余裕があるので、泊まり用の荷物も車内持ち込みである。運転は大型の免許を持っている隊員で交替だ。

「まだ本調子じゃないので寝かせてもらいます、代わってほしい方は言ってください」

手塚はそう宣言して横になれる最後部の座席へ行った。

郁も乗り込んで選び放題の席を迷いながら、天井に鉄のつっかい棒で止めてある蝶番《ちょうつがい》式の盾を見上げた。これを使うことになるのだろうか、と思ったとき、

「恐いか」

声をかけてきたのは堂上である。大規模作戦に初めて参加する郁を気遣ったのだろう。席を迷っている様子を見て「車酔いする質《たち》か？」と窓際を探してくれようとするが、

「いえ全然！　むしろ通路側のが！　更に言えば窓際に誰か座ってて通路側のが！」

市内に入ったとき、信号待ちなどで知り合いに見つかったらアウトだ。市バスでも観光バスでもないバス形式の大型車輛は目立つ。

「ちょっと警戒しすぎじゃないのか、まさかそんな……」

呆《あき》れた様子の堂上に食ってかかる。

「そのまさかの偶然が高確率で起こるのがイナカなんです！　それに高速降りたら実家の周辺の道筋たどるしっ」

ルートは事前に確認させてもらってある。膝《ひざ》から崩れ落ちたことは言うまでもない。

「分かった分かった」

堂上はうるさそうに自分が窓際に座り、空いていた後ろの席に背嚢《はいのう》を放り込んだ。

「ほら」

促されるが背嚢を抱いて一瞬固まった。その固まった一瞬を堂上は悪いほうに取ったらしい。

「嫌なら別にいいぞ」

と言いつつちょっと不機嫌そうなのは逆説的に考えたら、考えたら——頭がこんがらがってきた。

「いえ別にっ！　嫌じゃありません！」

って、ここまで嫌じゃないことを主張するのもどうなんだろう、とか自分の中で勝手に焦りつつ、やはり空いていた後ろの席に背嚢を置いて堂上の隣に座る。

「お、珍しく諍《いさか》ってないな」

からかい口調で玄田が二人のいくつか後ろの席に座り、小牧に話し相手がてらか声をかけたが「隊長の隣は圧迫感が強いから嫌ですよ、専有面積一・五人分じゃないですか」と振られた。

小牧が座ったのは郁と通路を挟んだ隣である。

座って携帯でメールを打ち出したのは、毬江《まりえ》に行ってきますと挨拶《あいさつ》でも送っているのだろう。

ああ、いいなぁと素直にその優しい表情に思う。

羨《うらや》ましく眺めていると、堂上に「実家は茨城のどの辺だ」と訊かれた。

「あ、水戸市の端っこのほうで……JRの赤塚って分かります？　その近くなんですけど」

「出動地域の地理は頭に入れてるからな」

そういうこともしなくちゃいけないんだなと口には出さずに学習する。

「帰るの何年ぶりだ」

何でうちの事情なんか気にしてるんだろうと微妙に不審に思いながら記憶を掘り返す。

「大学の……三年まではお正月だけ帰ったかなぁ。だから四年ぶりですね」

「誰かと会ったりはしないのか。県展の公開前なら少しくらい時間空くぞ」

「誰かって……」

「友達とか兄妹とか……親父さんとか」

「あー無理無理無理無理あり得なーい！」

郁はすごい勢いで片手を振った。

「もうね、親に配属がばれそうな迂闊《うかつ》は絶対踏みません！　応援中はもう、県立と近代美術館の敷地と宿舎、あの近辺から出ない覚悟ですから！」

「お前、そう頑《かたく》なにならんでも……」

「堂上教官にだけは言われたくありません、頑なとか」

「うん、確かに堂上にだけは言われたくないワードだね」

話に入ってきたのはメールを打ち終わったらしい小牧である。

「うるさい、お前は入ってくるな」

「え、何？　笠原さんと二人っきりで話したいわけ？」

わざとらしい引っかけに堂上は見事に引っかかった。

「別にそういうわけじゃないっ！」

そこまで断言されると傷つく。隣空けてくれたのちょっと嬉《うれ》しかったのに、と恨みがましく唇を噛《か》む。

「……だからな」

堂上は困ったように眉間《みけん》を押さえた。

「別に水戸に来てるって言わなくても、合間を見て電話でもしてやったら親父さん喜ぶんじゃないのか。どうせ連絡もろくに入れてないんだろう」

着地した結論に郁は眼をしばたたいた。何で堂上がここまで自分と父親の関係を気にかけてくれているのか分からない。

確かに以前、武蔵野第一図書館に両親が揃って来たとき、母親は相変わらず過保護だったが、父親の様子は少し違っていた。

社会人になり、仕事をしている郁を認めてくれていると思える節があるようなないような、あるような——そんなこんなで、父親とはあまり気まずくない別れ方ができたと思う。

でもそんなことを堂上が知っているわけがないのに――

「……堂上教官、うちの親が来てたときに父と何か話しました？」

「いや別に。挨拶されたくらいだ」

目を逸《そ》らす堂上は嘘が巧《うま》くない。

「嘘！　絶対なんかあったでしょ！」

「嘘じゃない！」

お互い引くに引けず突っ張り合いになったとき、小牧がやんわりと仲裁した。

「二人とももうちょっと静かにね」

体力を温存して移動中は寝ている隊員もいる。玄田など早くも高いびきのクチだ。

「でも、じゃあ何であたしと親のことそんなに気にかけるんですか」

声を低くして訊くと、堂上はまた困惑顔だ。

「それは……」

「単純に年上からの視点だと思うよ」

助け船を出したのは小牧である。

「二十代も中盤までなら親に意地張ってられるんだけど、俺たちみたいにそろそろ三十に載る年になるとね。親と軋轢《あつれき》があっても『仕方ないな』ってなっちゃうとこあるんだよね。向こうはもうその性格でその年まで来てるんだし、今さら親のほうに変われとかね、無理だよね」

「……小牧教官、ご家族と円満って聞きましたけど」

「円満だと思うよ、その点うちは恵まれてる。でも軋轢が何一つないわけじゃないし、こっちが苛立《いらだ》つことも向こうが苛立つこともあるさ。後は一般論の話」

そうそう、そうそう、と堂上は小牧の舟に乗っかって安堵《あんど》丸出しで相槌を打っている。それがちょっと気に食わないが、ともあれ小牧の話は『正論』だ。

「だから、手塚みたいにお兄さんと決定的な確執があるとかの深刻な話じゃなくて、どっちかが巧くタイミング取れたら何とかなりそうな感じを見つけちゃうとね、お兄さんたちとしてはついつい口を出したくなるわけ」

手塚の例を出されると重たくて反論できない。

と、小牧の携帯がバイブで鳴った。「ちょっとごめんね」と小牧が話から抜ける。毬江から返事が来たのだろう。

舟に逃げられて、堂上は困ったように頭を掻《か》きながら後を繋《つな》げた。

「折れ時っていうのがあるんだよ。大体自然に来るもんだけどな。お前は親を避けまくってる分、それを逃がしそうで心配っていうか……親御さんにとっては大事な女の子なんだし、連絡くらい」

「お……女の子とか言わないでくださいっ！　あたし今年で三年目ですよ、二十五になったんですよっ、自分でも信じられないけど！」

正直なところを言うと、堂上に女の子などと言われて動揺した。

「そうか、俺は来月で三十だ。それでも親には男の子扱いだぞ」

子供扱いされてやるのも親孝行のうちだ、と堂上は今の郁にはとても不可能な達観だ。その余裕がまた悔しい。

「お母さんはっ……」

感情が昂《たか》ぶってそんな呼び方を口走ってしまい、一瞬怯《ひる》んだ。そのまま威勢は戻ってこない。声がしなびた。

「うちの母はあたしみたいな娘はほしくなかったんです、きっと。女の子らしくておとなしくて、ひらひらのワンピースが似合うような女の子がほしかったんです」

堂上が窓の外を見ながら苦笑した。

「拗《す》ねてる女の子の言い分にしか聞こえない」

「別に拗ねてませんから！　女の子って言わないでください！」

「安易に親だから子供が嫌いなわけがないなんて言えない時代だけど、お前は俺が保証する。お前はちゃんと愛されてるよ、お母さんからはちょっとうざいくらいのようだけどな」

あ、――あいされてるよ、と来ましたか。

堂上の口から出たとも思われない言葉に唖然《あぜん》としていると、堂上も窓のほうを向いたまま耳がみるみる赤くなった。

「寝る！」

一方的にそう宣言し、堂上は首を不自然に窓のほうへねじ曲げたまま、腕を組んで寝る態勢に入ったようだった。

間にトイレ休憩を一度挟んだ行程で、郁もいつの間にか眠り込んでしまい、起こされたのは堂上の声だった。

「水戸のインター降りたぞ」

目を覚ますと思い切り堂上の肩にもたれかかって熟睡しており、危うく上がりかけた悲鳴を何とか押し殺した。

飛び離れてのけぞるように距離を取る。

「すっ、すみません、あたしいつから」

「俺も途中まで寝てたから分からん」

何事もなかったかのような淡々とした受け答えが逆に気まずい。

＊

一般道に入ってから不意に堂上が訊いた。

「四年ぶりの田舎はどうだ」

気まずいまま固まっていたのでありがたくその話題に乗っかり、堂上の陰から隠れるように外を眺める。道沿いに広がる素朴な住宅街の中には、郁の実家も含まれている。

「懐かしい、です。家族でドライブのとき、絶対さっきのガソリンスタンドでガソリン入れてたんです。あ、ここの道を左に行くと図書館があるんですよ。小学校のときよく行きました。

もう堂上が王子様だと知ってしまっているからだろうか。

言いつつちらりと堂上を窺《うかが》うと、堂上も少し懐かしそうな表情になっているような気がした。

「あたしは高校の近くの本屋さんでよく買ってたんですけど」

対比して思い出されたのは王子様に救われた中堅書店である。

でも知らないものも増えてる、コンビニとか。あっ、すごいツタヤできてる！」


地方都市で四年帰っていなかったら地元では浦島太郎である。目的地の県立図書館は千波湖のそばで、郁の通っていた高校にも近かったから見覚えはあるのだが、ひょいと知らない道が増えていたり、道路沿いにコンビニが差し向かいで睨み合っていたりする。

だが、県立図書館への道は大きな道を素直に辿《たど》ったし、郁も記憶の中の道を一緒に辿れた。

郁の覚えている県立図書館はまだ移転・落成して二、三年の頃だ。近代美術館の瀟洒《しょうしゃ》な煉瓦《れんが》造りに合わせたクラシカルな外観だったが、隣同士で馴染《なじ》むには煉瓦が新品できれいすぎたのを覚えている。屋内は地下に階層を重ねてかなり先進的な設計だったが。

同時期に湖畔に建設された広大な鉄筋は今なら分かるが『図書基地に準ずる施設』だ。水戸市以外にもいくつかあるはずである。

東京では図書基地一つで都下の出動から隊員の寮設備まで用が足りるが、行政面積の広い県となるとそうはいかない。山村などは明らかに効率の点で良化委員会側に切り捨てられているが、ある程度の規模の都市や町には『準基地』を置かねば対抗が立ちゆかない。

そうした意味でも、図書隊が広域地方行政機関として予算を一本化しているのは地方の設備を整備する意味で正しいと言える。

千波湖へ向かう途中まで、懐かしい景色は懐かしいままだった。

それがきな臭くなってきたのは県立図書館と近代美術館が見えはじめてからである。

荒っぽい光景なら予想していたし、実際荒っぽかった。

近代美術館側の敷地には良化法賛同団体の車輌が何台も乗り入れられ、背の低い煉瓦造りの館には既に投石を受け尽くした痕《あと》があった。ガムテープでやっと窓枠に貼りついているガラスが痛ましいほどである。抗議演説の音量も嫌がらせに近い。

「これは乗り入れるまでに一戦あるか？」

玄田の呟《つぶや》きに全員が緊張した。正式な指示となれば分隊にも無線で連絡して連携を取らねばならない。

県立図書館の惨状も近代美術館と似たようなものだった。そこへ援軍の到着はさぞかし安堵してもらえるだろうと思われた。

と、そこへ県立図書館側から駆け出してきた人々があった。

戦闘服でないので現地防衛員の出迎えではないと分かった私服のその集団は、未成年者から年配者まで含まれており、館員というわけでもなさそうだった。

先頭になって敷地内の駐車場に乗り付けた一号バスの昇降口を叩《たた》いたのは、髪の薄い熟年の男性だった。

「関東図書隊特殊部隊ですね⁉　降りてください！」

「一体何の騒ぎですか」

降りた玄田の体軀《たいく》に圧倒されたか、その男性は一瞬怯んだがまた声を張り上げた。

「あなたがたは武器を持ち込んでいますね？　その武器を放棄してください！」

玄田の表情が瞬時に胡散《うさん》臭そうなものになった。

「我々が所持している武器は、正規の手続きを踏んで県立図書館と近代美術館の敷地内に限り携行を許されているものです。何なら県から下りている許可証をお見せしてもいい。むしろ、正規の手続きで所持している武器を放棄しろというあんたがたは何者だ」

「我々は武力に拠《よ》らずして検閲と戦う無抵抗主義者の団体だ！　我々は市民として関東図書隊の館内武器持ち込みに抗議します！」

その団体の名称は『無抵抗者の会』というもので、特殊部隊はバスを降りるまでにその団体と小一時間にも及ぶ押し問答となった。

「あんたらは知らんだろうが、今回ここへ押し寄せている良化法賛同団体は手段を問わんことで有名な団体ばかりだぞ！　しかも東京では何度も銃刀法違反で構成員が検挙されている！　そんな連中の前で武装を解いて丸腰になれなんざ狂気の沙汰《さた》だ！　あんたたちはみすみす今年の最優秀作品を奴らの暴力と良化法の検閲の前に差し出すつもりか！」

最初に駆けつけた頭の薄い竹村《たけむら》という男が会長らしい。

「暴力に暴力で対抗する、そのことが事態を無用に拡大化しているのです！　話し合いの道筋さえ付けば分かり合うことは可能なはずです！」

「その話し合いの道筋は付いとるのか、あの連中と⁉」

玄田の怒声に、竹村は黙り込んだ。わずか一週間足らずで二つの館をこの惨状にした良化法賛同団体である。しかも武器を使うまでもなくだ。

玄田が畳みかける。

「そしてあの連中にも武器を持ち込んでいないことは確認したんだろうな⁉」

すると竹村は大きく顔を上げた。

「最初から武器を持ち込んでいるだろうという疑いを掛ければ対話は生まれません！　しかし、あなたがたや茨城の図書隊防衛部は武器を所持していることが明らかです！　先に武装を放棄することで彼らにも伝わるものが……」

「お話にもならん！　寝言は目をつむって言うもんだ！」

玄田は切って捨て、

「全員乗車！　隣接の準基地に移動、現場の確認は後ほどとする！」

歯切れの良い命令に、総勢二十四名が一言もなく従った。

準基地へのわずかな道程の間でも車内は蜂の巣をつついたような大騒ぎだった。要約すると「どういうことだ、あれは」ということになる。

何であんな連中が真っ先に出てくる、図書館員はどうした、防衛員は何をしている、無抵抗だかに乗じて私的検閲を実行する賛同団体の心配はないのか、数え上げればいくらでもだ。

「兄の言ってたややこしい状況というのはこれでしょうか」

さすがにもう復調していた手塚の発言に、班でついていけないのは郁だけだった。代わりに郁も柴崎から聞いた話がある。

「柴崎も言ってた茨城の図書館界の偏向ってこれかなぁ。茨城県立図書館はここの準基地付属図書館でもあるよね。ふつう付属図書館と基地は協力体制が確立してるはずなのに……さっきの団体みたいなのが入り込んでるからかなぁ」

「基地のほうもどうなってるか分からんな、これは」

玄田は珍しく渋い顔である。

「よし、基地入りしたらすぐに会議室を手配して会議を開く！　堂上班はその情報を隊に開示しろ、この際ソースは曖昧《あいまい》でもかまわん」

「了解」

堂上が敬礼して手塚と郁の話を突き合わせ始めた。

基地では一応ノーチェックで車輛が迎え入れられたが、応援の到着に湧く気配もなく、ただ淡々と数名の防衛員に基地内の車輛置き場へ誘導された。指揮系統が作れないなどという弱気な理由で呼ばれたとも思えない素っ気なさである。

「武器の保管をお願いしたい」

玄田が車輛を誘導していた防衛員に頼むと、彼らは困ったように顔を見合わせた。それから帽子のつばを引き下げるようにして、

「三番倉庫の鍵《かぎ》をお渡ししますので、保管と保守の権限はそちらで持っていただければと」

「東京くんだりから応援を呼び寄せといて武器の保管にも保守点検にも協力せんつもりか！」

声を荒げた玄田を堂上が押しとどめた。代わって口を開いたのは小牧だ。

「……保管は我々がしたほうがいい、という忠告をくださっていますか？」

こちらからハードルを下げて訊くのは若い者の役目としたものである。

帽子のつばを引き下げた隊員はばつが悪そうに答えた。

「車輛の整備点検はこちらで責任を持って請け負います。武器の保守に必要な資材も」

それが答えだ。小牧は隊員から指示された倉庫の鍵を受け取った。

小牧の手から鍵を受け取った玄田が、基地の外壁を見上げつつ「どんな妖怪《ようかい》が棲《す》みつきゃぁがった」と口汚く吐き捨てた。

＊

玄田がまず会うことになったのは、寄宿する水戸準図書基地の準司令である（関東図書基地以外の各地の準基地では最高役職は準司令とし、図書基地司令と区別するのが通例だ）。玄田を抑え慣れているという理由で堂上と小牧が付き添った。

水戸準図書基地の準司令である横田《よこた》二監はよく言えば上品そうな、悪く言えば押しの弱そうな五十代くらいの男性だった。準基地の基地司令は二監から務められる。

「説明して頂きましょうか」

抑え役を二人ぶら下げて、それでも玄田の発言は喧嘩《けんか》腰だった。

「東京くんだりから図書特殊部隊が半数も応援を要請されたにも拘《かか》わらず、県立図書館では訳の分からん連中に武器を放棄しろなどと世迷《よま》い言を迫られ、準基地に来たら来たで武器の保守点検も拒否される有り様だ」

さらりと横から小牧が発言を取り上げた。

「我々が一体なぜ応援を要請されたのか、隊員たちも戸惑っています。諸手《もろて》を挙げて歓迎、とまでは行かずとも、同じ使命を請け負う者としてもう少し協力的かつ好意的な態勢を期待していました」

横田二監は苦渋の表情でその苦情を聞いていた。

そして首を下げるようにして詫《わ》びる仕草を見せた。

「申し訳ない。我が県の図書館界はこの数年の間に大きく偏向してしまっているのです。それも数年前、県立図書館に須賀原《すがはら》特監が館長として着任して以来のことです」

須賀原館長は先ほど隊と一悶着《ひともんちゃく》あった『無抵抗者の会』にも特別顧問として籍を置いており、『無抵抗者の会』が館の運営に市民団体として何かと出入りするようになるまでに、さほどの時間はかからなかったという。

「結果として現在は、少なくとも水戸準基地でははっきりと職域によってヒエラルキーが発生しています。戦闘職種である防衛員は最も下位で、須賀原館長を中心とする図書館員、そして『無抵抗者の会』の会員が水戸近辺の図書館界を支配しています。今では防衛員は館長または図書館業務部の許可がなくては武器を携行できず、検閲も良化特務機関が好きに跋扈《ばっこ》している状態です。これは水戸管轄内の全図書館で同じ現象に発展しました」

検閲が来るごとに図書館員や『無抵抗者の会』はシュプレヒコールで対抗しているらしいが、そんなものでたじろぐ特務機関ではもちろんない。封鎖した書庫にある図書以外は好きに蹂躙《じゅうりん》されている状態だという。防衛員も丸腰ではホールドアップする以外ない。

「当たり前だ！」

玄田がとうとうこらえかねたように吐き捨てた。本人は吐き捨てたつもりだが怒鳴りつけたに近い音量になる。

「何でそんな状況が許されてる！」

さあ、と横田は諦《あきら》めることに慣れた者に特有の曖昧な微笑を浮かべた。

「私は二監、しかも防衛員なので特監である館長と対等に議論する権利はないそうです。東京の稲嶺司令に現状を訴えようともしましたが、水戸管轄内の図書館長と『無抵抗者の会』は既に足並みを揃える関係になっているので、意見書はどこを通しても握りつぶされました」

「もしかしてその一派が人事権や総務権を握っていますか」

堂上の問いに横田は静かに頷《うなず》いた。「言い訳はしません」というのは、開示されている住所に直接意見書を送れば稲嶺に届いたものをそこまではしなかったことだろう。

もし巧《うま》く事が運べばよし、しかしもし巧く行かなければ――横田の年なら家族もいるだろうし、五十歳を過ぎて閑職に追い込まれたら各種のローンも立ちゆかないはずだ。

稲嶺なら決してその状況を放置しない、ということは稲嶺を直接に知っているから無条件で信じられることで、稲嶺の役職と階級しか知らない他地方の二監にそれを信じきれというのは難しい。

「ですが、今回は図書館だけの問題ではありません」

近代美術館と共同企画になっている県展の問題だ。

「あの衝撃的な作品が最優秀に選ばれるまでに、近代美術館側では大きな葛藤《かっとう》がありました。良化法にあらゆる手段で攻撃されることも、この静謐《せいひつ》な文化空間が戦場になることも分かっていました。しかし近代美術館は、それでもあの現実を切り裂くような、攻撃的な作品を選んだのです。その攻撃性に託された、検閲を否定し自由を渇望する意志を評価して」

カラーコピーされた資料だけでそれは分かった。不当な検閲に対する苛立《いらだ》ちと怒り、そしてそれを切り裂いて現れる希望の青空。

「しかし、須賀原館長以下『無抵抗者の会』は県展をも無抵抗主義で乗り切ろうとしています。それはあの作品を後世に対してなかったことにしようとする良化委員会の思惑に積極的に協力することだと私は信じます」

諦めの表情が身についた横田の目に初めて決意が閃《ひらめ》いた。

「近代美術館から強い要請もあり、それに後押ししてもらう形で図書特殊部隊への応援を要請しました。私たちはこの数年で、自分たちでは大規模戦の指揮系統を作ることも覚束《おぼつか》ないほど武力という牙《きば》を抜かれてしまっているのです」

思いのほか悪い状況に、ついに玄田たちは横田を責める言葉を失った。彼らは図書特殊部隊を呼ぶことで精一杯だったのだ。

「……状況はよく分かった」

目を伏せたままの横田に玄田は口を開いた。

「全力は尽くさせてもらう」

敵の姿はもう見えた。見えたからには、自分の立場から勇気を振り絞ったであろう横田にはこれ以上言うべきことなど何もなかった。

図書特殊部隊の全体会議で、横田からの情報が全員に開示された。

手塚の兄や柴崎から入っていた話はこれを補強するだけの話なので敢《あ》えて公開されなかった。

「ともあれ、稲嶺司令に早急に連絡し、防衛員が武器の使用許可を図書館員に求めねばならんなどというふざけたローカルルールを粉砕してもらう。トップダウンで指令を下してもらえば明日中には解除されるはずだ。指揮系統は今日中に作れ、これは青木班に一任する。他の班は県展開催までに最も効率的な訓練内容を考えろ」

それはきつい！　とあちこちから声が上がった。

「もう何年も射撃訓練すらしてない隊員でしょう、的に当てることも覚えてるかどうか」

「フォーメーション訓練が間に合うかどうかも……県展まであと二週間ありません」

「何とかしろ！」

玄田は檄《げき》を入れるように怒鳴った。

「お前ら図書特殊部隊だろうが！　残留組も呼び寄せるからそれで何とか帳尻《ちょうじり》を合わせろ！」


会議が終わってから、堂上がやや気がかりな様子で玄田に進言した。

「まだ県立図書館の館長に着任挨拶《あいさつ》が済んでいませんが」

ほっとけ、と玄田は言い放った。

「大仏みたいなおばはんだそうだ。俺は顔も見たくない」

「そうは行かないでしょう、仮にも県立の最高責任者です」

「向こうの妙なローカルルールをぶっ壊してから、一筋縄じゃ行かない連中が乗り込んできたと思わせたほうがいい。ローカルルールが中央にバレたという動揺も誘える。だが近代美術館のほうには挨拶に行っておこう。警備の布陣などの相談もあるしな」

＊

近代美術館側の人間は総じて好意的だった。

むしろ、防衛員を出さず美術館に被害をもたらした県立図書館長と『無抵抗者の会』に反発を感じているようで、「何のために図書隊は防衛部を持っているのですか！」と一席打たれて着任挨拶の面々は閉口することになった（横田準司令のときと同じメンツである）。

その一席打った淵上《ふちがみ》美術館長は、問題の最優秀作品を屋外に展示したい考えだった。

「屋内に展示して押し込まれたら、館内展示物や館内設備にも大きな被害が出ることでしょう。館内設備なら直せば済みます、しかし展示物や常設展の美術品が破損したらそれはただのモノが壊れたという話では済まないのです」

美術館としてはもっともな言い分である。

「『自由』は確かに今年の最優秀作品です。それを選んだのは我々です」

淵上は強い視線で玄田を見据えた。

「しかし『自由』は同時に県展に苛酷《かこく》な状況をもたらします。我々は県展の他の出品作品にも、常設展の美術品に対しても同様に責任を持たねばならないのです。『自由』を館内に展示することはできません」

「ごもっともです」

玄田は頷いた。『自由』は号数も大きく標的になりやすい。館内でも目立つので跳ね返った連中に遠方から火器で狙い撃たれたら巻き添えを食う作品が多く出る。

「屋外展示について、そちらからのご配慮は」

「他の屋外展示物とは離して置きます。また、防弾仕様のガラスケースを何とか手配しました。

あまり強度の高いものではありませんが……」

しかし予算の精一杯をそこに振ったのだろう。近代美術館は既に果たすべき義務を果たしている。追い着くべきは図書隊だ。


手配を終えて準基地へ寄宿に入るとき、郁は堂上に呼び止められた。

「気をつけろよ」

あまり大きな声で話したくないのだろう、堂上は郁の襟を引っ張って郁の耳元へ顔を寄せた。わあ、ココロの準備ってものが！　と内心動揺しながら郁も膝《ひざ》を屈《かが》めて堂上に背丈を合わせた。

「妙なヒエラルキーは基地内でも健在だそうだ。こっちは男で数がいるからいいが、そっちは女子一人だからな。できるだけ空気読んで揉《も》め事は避けろ」

うわずって返事ができずこくこく頷いている間に、堂上は郁を離して仲間の待っている男子棟のほうへ向かった。

途中で振り返り、「何かあったら携帯な」と最後まで細かい。

曖昧《あいまい》に手を振って郁も寮監室へ向かった。寮監の愛想がないのはどこも共通しているようで、てきぱきと手続きが交わされ寄宿する部屋の鍵《かぎ》と見取り図が渡される。一階の奥だ。ラッキー、洗濯場とお風呂《ふろ》が近い、などとにまにましながら通路を歩いていると、
奇妙な気配に気がついた。郁も査問を受けている間に色々経験したのでそうした雰囲気には敏《さと》くなっているが、

いかにも女子寮らしいかしましさで廊下を歩く女子と、それを避けるように——というより遠慮するように通路を空けながら歩く女子がいる。

かしましいのが図書館員で、おどおど道を空けているのが防衛員だとすぐに分かった。

あー、やな感じ。とは思いつつ、空気を読めと命令されているので郁もできるだけ通路の端に寄りながら歩き、指定の部屋に入った。

来客用のためか布団だけは立派だが後は三面鏡やゴミ箱、小机くらいしかない殺風景な部屋に荷物を置き、ちょうど夕食時だったので食堂へ向かった。

普通にカウンターに並んで順番を待っていると、「……ちょっとぉ」「何ー」などと非好意的に聞こえよがしな呟《つぶや》きが郁を中心に沸きはじめた。

ついに、

「何、あんた」

郁の後ろに並んでいた女子から直接声がかかった。

「何って……東京から応援で到着した図書特殊部隊の者だけど」

身長が一七〇cmある郁にくるりと向き直られ、声をかけてきた女子は一瞬怯《ひる》んだようだった。が、その怯みを振り払って「あんたねえ」とやりだそうとしたところへ、

「すみません、ごめんなさいっ！」

割って入ってきたのは郁ほどは背は高くないが、それでも堂上と同じくらい背丈のある女子だった。焦って飛び込んできたせいか、あまり高くない鼻の上に載っている眼鏡が少しズレて

いる。

「ごめんなさい、私がちゃんとお客さんに教えてなかったから……すみません、ちゃんと説明しときますっ」

言いつつ郁の腕を引っ張り食堂の外へ引っ張り出す。状況の読めない郁としてはその闖入者《ちんにゅうしゃ》に引きずられるままになっていた。これもいわゆる「空気を読む」ことになるのだろう。

取り敢えず人の少ない物陰まで郁を連れてきた彼女は、「どうしよ、どっか……」と場所を探している気配である。

「あたしもう部屋もらってあるから、何ならそこは？　他に誰もいないよ」

郁の提案に、眼鏡の彼女は「すみません」とまた口走ったが、これは了承の意だろう。

やたらと「すみません」「ごめんなさい」が多い子だな、と思いながらもらっている部屋へ向かった。

「あの、初めまして、関東図書隊茨城県司令部、水戸本部防衛部の野々宮静香《ののみやしずか》です。防衛部長に滞在中の笠原さんのご案内をするように言いつかってます」

途中で買ったペットボトルを開けながら郁は首を傾げた。

「まだあたし……」

名乗ってないよね、と繋《つな》げようとしたら、野々宮は感極まったかのように郁に向かって身を乗り出した。

「関東図書隊東京都司令部で、図書特殊部隊で初の女子特殊防衛員になられた笠原郁さんですよね！　ここの女子防衛員も皆知ってます！」

ああそうか、あたしにはそういう知名度があったんだ——ということは図書特殊部隊が常駐していることが前提の関東図書基地にいるとうっかり忘れがちになる。

「夕食は業務部員が優先なんです。食堂が開いてから大体一時間くらいは防衛部員が入っちゃいけないことになってて……お風呂も同じです。あと、洗濯機もかち合ったら業務部優先です。後方支援部は防衛部ほど迫害されてないけどやっぱり業務部には先を譲ります」

「なァによそのローカルルール！」

郁はあんぐり口を開けた。「えげつな～……」と眉をひそめると、野々宮は申し訳なさそうに肩を縮めた。

「仕方ないです……私たち、防衛部なのに検閲から本を守れない役立たずだから」

「って館長だか業務部だかが武器の使用許可出さないんでしょ⁉　武器で本を狩ってく相手に素手でどうやって立ち向かえってのよ！　盾になって死ねってか！」

本気でむかっ腹が立ってきて、郁の語調は荒くなった。と、野々宮がますます小さくなる。

ああ、この小さくなる肩は知ってる——理不尽な圧力に耐えようとして縮こまる肩だ。郁も一年前にはそんな肩になろうとして、なろうとして、懸命に肩を張った。

でもここの防衛員はもう何年もこの理不尽が日常なのだ。

「ごめんね、大きい声出しちゃって。あんまり理不尽でむかついちゃって。こういうときって男よりも女のほうがやること圧倒的にえげつないよね」

野々宮は困ったように笑って答えない。事が終われば去っていく郁とは違い、彼女はずっとここにいるのだ。迂闊《うかつ》に頷《うなず》ける話ではない。

「寮内ではできるだけ一緒に動いて笠原さんの助けになるように命令されてますから。県展が終わるまでよろしくお願いします」

「こちらこそよろしくね。基地内のこととか何も分かんないし、さっきも食堂から連れ出してくれて助かった。短い間だけど仲良くしてね」

郁が手を差し出すと野々宮はおずおずその手を取り、郁が強く握手すると嬉《うれ》しそうに笑った。

応援の間は一緒の部屋のほうがいいだろうと相談し、野々宮の部屋から布団や日用品を郁の部屋に運び込むことにしたときも、野々宮と同室の女子防衛員に握手を求められた。

この寮に女子防衛員はわずか十二名とのことで、防衛員同士で部屋割りをされているという。寮全体の女子の数は百名以上とのことだから、かなり偏った部隊編成になっている。防衛部の女子の割合はどこの基地でも少ないものだが、百名規模の寮で十数名というのは偏りすぎだ。

「男子のほうは少しは多いの？」

「はい、一応半数くらいは……今は管轄内から応援も来てるので百名くらいはここに集まってますよ」

布団を階段で下ろしながら野々宮の声が上から降ってくる。

その百名にしても、奇妙な『無抵抗』の縛りをかけられて長いわけだから、

——鍛え直しって間に合うのかなぁ。

郁が心配することではないが思わず不安になってくる。

野々宮の同室の手も借りて移動が終わったころ、ちょうど防衛員が食事を摂れるという時間になり、その三人で夕食を摂った。ついでなので防衛員の寮内での無難な動きを教わろうと、その日は消灯まで二人に付き合ってもらった。

最後は単なるお喋《しゃべ》りになるのは女子のお約束である。

「えっ、笠原さんて出身茨城なんですか⁉」

「うん、高校は一高だから違うけど、卒業年度は二人と同じはずだよ」

「わぁ、何か嬉しいね」

野々宮が友達とはしゃいだ表情をする。

「東京へは最初から特殊部隊狙いで行ったんですか？」

「まさかぁ。抜擢《ばってき》されて一番驚いたの自分だもん。それにうち、親がすっごい保守的で女の子が戦闘職種なんて絶対許してもらえないような家だったし。干渉もきつかったから進学を口実に家から出たかったんだよね。別に最初から志を持って、とか立派な話じゃないよ」

「えー、でも全国初の女子特殊防衛員が地元から出たなんて郷土の誇りですよ！」

そんな大袈裟《おおげさ》な——と思ったが、郁を見つめる二人の瞳《ひとみ》は冗談抜きでキラキラ輝いている。

同じ年なのに憧《あこが》れの先輩を見ているようだ。

そんなことを話しているうちに、消灯からはあっという間に一時間も経っていた。

＊

翌日には残留していた特殊部隊が到着し、稲嶺のトップダウンで防衛員への武器の使用許可を館長および業務部が出すという水戸本部独自の規則は撤回された。

玄田が県立図書館の須賀原明子《あきこ》館長に着任挨拶をしに行ったのはそのタイミングである。

趣味の悪いことだと随行させられた部下二人——堂上と小牧——は肩をすくめた。この二人の下はいきなり手塚と郁まで飛ぶので押しつける先がないのである。

昨日の玄田が言った大仏みたいなおばはんというのはどんぴしゃの表現で、また上戸の小牧が館長室に入るなり吹き出しそうになった。

「図書特殊部隊隊長・玄田竜助《りゅうすけ》三等図書監であります！　遅くなりましたが、着任のご挨拶に参りました」

敬礼に対して須賀原館長の顔色が青いのは、稲嶺の命令書をもう受けているのだろう。

「どうも。稲嶺司令は公正な方だと伺っていましたが、意外と強硬な方ですのね」

「図書館法施行令が保障する火器使用許可を曲げて運用していたことを遡《さかのぼ》って調べられると、ご都合が悪いのはそちらでしょう。口は慎まれたがよろしい」

ふくよかな須賀原の頬がますます青くなる。

「図書隊組織でもない連中が組織の判断に介入していることも大問題だ。我々は昨日、到着と同時にあの会の連中に武装放棄を命じられた。武器の剝奪《はくだつ》許可を与えたのはあなたですか？」

「そんな許可は与えていませんッ！」

須賀原がヒステリックに怒鳴った。顔をしかめた玄田は「だから女は嫌なんだ」と言いたい風情が丸見えで、しかしそんなことを口に出せば逆に言質《げんち》をくれてやるようなもので、部下の事前の言い含めがよく利いている。

「『無抵抗者の会』は崇高な理想を持ったれっきとした市民団体です！　あなたがたへの要請は無抵抗の意義に対しての理解を求めた発言ないし説得であったはずです！」

「高圧的でとてもそうは聞こえなかったがな」

言いつつ玄田はその強面《こわもて》に微笑と表現するのは憚《はばか》られるような微笑を浮かべた。

「ともあれ、水戸本部防衛部の戦力低下はなっちゃいない。これが他の県の司令部なら我々の応援が半数で済んだところ間違いないのが、結局は特殊部隊全出動の運びとなりました。これが一体どういうことかお分かりですか」

怯んだ須賀原は、もう青く塗った大仏のようになっている。玄田は一際意地の悪そうな表情で言い放った。

「茨城県展は『情報歴史資料館』攻防戦と同じレベルの抗争となったということですよ。水戸本部の防衛部がまっとうな訓練を日々重ねていれば我々の応援は半数で済んでいた。図書特殊部隊が全出動せねば収拾がつかない事態を水戸本部はあなたの時代に作り上げたということになります。あなたが県行政に戻られたとして、そこがどう評価されるか大変興味のあるところですな」

　須賀原が行政人事で館長に就任し、図書館の運営に行き過ぎなほど保守的であったことは、既に柴崎から報告されていた。

　この場合の保守的とは検閲に人的損害を出さないことを示し、須賀原は須賀原なりに自分の代で問題が発生しないままに館長時代を乗り切り、県行政人事に戻りたかったのだろう。

　聞くところによると、同世代の女性県庁公務員が須賀原が茨城県立図書館で出世の足止めを食っているうちに、ポストを順調に上げているともいう。

「武力に武力で対抗することが必ずしも正しいとは思えません！　無抵抗主義は崇高な抵抗の手段です！　私は市民の要請を受け対話しただけのことです！」

「一部の市民とな。一歩間違うとそれは癒着と呼ばれるもんです」

　それに、と玄田は付け加えた。

「無抵抗主義が崇高であることは私も認めます。しかしそれを唱えた人自身、これが通用するのは為政者に人道主義が通用する場合だけだと言っておられるはずです。メディア良化委員会がどちらであるかは考えるまでもないかと思いますが。取《と》り敢《あ》えず、あなたが着任する前と後とで検閲から本を守り得た実績をデータにして出して頂きたい。恐らく県展終了後には必要になるでしょう」

それは須賀原の図書館運営が適切であったかどうか監査が入るという意味である。恐らくは関東図書隊だけでなく、県行政からも入るだろう。

「それから準基地では色々と歪《ゆが》んだ状況が発生しているようですな。それも当隊から判断材料として報告させて頂きます。……準基地の防衛部二監である準司令には、あなたと対等に議論する権限がないなどといった慣例ももちろんのことです」

もはや下がる血がなくなったのか、玄田たちが退室するとき須賀原はぶるぶるとふくよかな体を震わせるばかりだった。


特殊部隊後発隊が到着するなり、射撃訓練とフォーメーション訓練に担当部隊を分け、特殊部隊が主導を取った特別訓練が水戸の部隊に対して始まった。

武器の使用許可が訓練ですら下りない状況下でも、体術や基礎訓練などは地道に続けていたらしいが、特に射撃に関しては全体的に技術の劣化が否めなかった。

「正直、どこまで引っ張り上げられる」

玄田が尋ねたのは、射撃訓練の総責任者を務めていた狙撃《そげき》手の進藤《しんどう》である。コンクリ打ちの室内に銃声だけは威勢良く弾《はじ》ける中、進藤は渋い顔をした。

「個々の適性にもよりますが……平均して笠原レベルまでですな」

思わず天井を仰いだのはその場に居合わせた面々で、例外はたまたまそこに顔を出していた郁である。

「ちょっ、どういうことですかその一様のがっくりは！」

「説明しろというのか俺たちに」

堂上に冷静に突っ込まれ、郁は口の中でもごもご言いながら引き下がった。

「笠原レベルというのは入隊当時か今か」

更に重ねた玄田の質問に、進藤は結果表を見ながら「何とか今です」と答えた。

「よし、ならまだ使い物になる。血のションベンが出るまで訓練を続けさせろ」

容赦ない玄田の命令に、進藤は無言で頷いた。県展開催まではあと十日ほどしかない。敵は良化特務機関だけではなく、各種賛同団体も恐らく武器を持ち込んでいる。警察がそれを確認しないのはいつものことで、賛同団体に手を汚させるシナリオも充分あり得た。

シナリオごとに戦術を練るのも図書特殊部隊の仕事である。水戸防衛部は作られた指揮系統を守って動くだけで精一杯だろう。

「あたしたち、すごい恵まれてるんだね」

休憩のときに手塚と飲み物を買いに行きながら郁は呟いた。

呼吸《いき》の合った仲間と戦うということはどれほど心強くありがたいことだろう、と身に染みる。それは日々の訓練の積み重ねによって実現されていくもので、その積み重ねを突然粉砕された水戸防衛部の苦悩や悔しさを思うと憤らずにはいられない。

「稲嶺体制があってこそだけどな」

と、手塚は相変わらず真面目だ。

「そっちの寮、どうだ？」

訊かれたのは多分いろんな人からの気遣いが載っている。

「うん、何か防衛部の女子隊員にイジメみたいのが発生してる。夕飯やお風呂は業務部員の後とかね」

多分これは現図書館長の体制が崩れても嫌な形で残る。野々宮やその他の女子防衛員が立場を逆転してのさばるとは思いたくないが、全体としては部の対立は長く残るだろう。郁は個人でその状況を受けたので個人の話で済む、しかし水戸本部は隊として全体の信頼を歪められたのだ。それは「ごめんね」「ううん」と表面的にごまかしが利くものではない。

「県全体で変な派閥が残るんじゃないかな……」

「でもそこまでは俺たちの出る幕じゃない」

手塚に諭され、郁も無言で頷いた。ただ、野々宮やその同室の子のことを思うと胸が痛んだ。

飲み物を買って戻るとき、基地内の道を少し歩くと温室が見つかった。

「ねえねえ、ここで飲んでこうよ。風冷たいし温室あったかいよ」

訓練でかいた汗はもうすっかり引いており、北関東の晩秋の風はそれなりに寒い。温室なら温かいという郁の提案に手塚も特に反対せず乗ってきた。

「へー、ビニール一枚でけっこう違うもんだな」

などと素直に感心している。

「わー、秋の花もけっこう残ってるね」

郁があちこちを歩き回りながらスポーツドリンクを飲んでいると、手塚から「お前、そんなちょこまかしながらだったら休憩にならないぞ」と注意された。

はいはい――と温室の隅に行って座ろうとすると、秋蒔《あきま》きで育ったらしい鮮やかな緑の株が目に止まった。

最後にそれだけ鑑賞して、郁も手塚の隣に座り込んだ。

＊

郁が寄宿してから、何となく女子防衛員は寮内で郁の周辺に集まるようになっている。

自分の立場を自覚すると面映《おもは》ゆいが憧れということもあるのだろうし、本格的な訓練が開始されて集まるのが心強いということもあるのだろう。

もちろん、業務部女子にはあまり好意的な目では見られていない。

あんたたち、あの館長にべったりしてたら近いうちに痛い目見るわよ――などということは、さすがに郁から忠告してやるよしみはなかった。

「血尿出た？」

「まだです！」

「玄田隊長、女子も血尿出るまでやれって言ってるからね」

風呂で体を温めながらそんなあけすけな話題にどっと沸く。

「でも骨が外れそう」

「もうずーっとこんな厳しい訓練してなかったから」

それは訓練時間を取ることにも遠慮があったことを示しているのだろう。

「お風呂上がったら洗濯物取り込まなくちゃね」

その日に使った戦闘服を屋上の干し場に夜干ししておいて、翌日の晩に取り込むのだ。

特に郁は戦闘服を二着しか持ってきていないので洗濯のローテーションが激しく、毎日洗濯しないと間に合わない。

「新しい洗濯機が使えたら楽なのにね」

最新式の乾燥までお任せの洗濯機が何台もあるのに、それは例によって防衛部は使えないという。

「どーう考えても防衛部のほうが洗濯の回数多いのにさぁ」

浴室にはもう防衛員しかいないので郁の発言にも遠慮がなくなっている。

慣れてますからと野々宮が小声で言って、他の女子も無言を守る。ああ、この辺の無防備さはやっぱりあたしが部外者だからなんだな、と思い知る瞬間だ。

「射撃のコツを伺っていいですか?」

野々宮が無難に話題を変えた。

「え、あたし人にアドバイスできるほど巧《うま》くないんだけど」

「でも、私たちよりマシだから」

「野々宮ちゃん、言葉素直だよね」

郁がいじけて湯船に鼻まで潜ると慌ててフォローが来た。

「間違えました、私たちより巧いから！　です！」

「いいよ、どうせあたし隊で一番ヘタだし」

だから水戸防衛部を揃える最低ラインになっているということは自覚している。わずか十日の訓練期間で高いレベルを目指しても到達しないまま戦力が揃わないからだ。

「焦ってても引き金は絞る、くらいかな。焦ってガク引きしたら絶対外れるから、もどかしく思えてもちょいゆっくり目にしっかり引くの。あたしのレベルだとそれが一番当たるんだよね、やっぱ。速射って難しいんだ。あと標的は最後まで見る。そんくらいかなぁ。でも女子は多分最前線には出ないから。通信とか補給とか後方支援しっかりやってくれって話だよ」

「笠原さんもですか？」

「あたしは堂上教官の伝令役につくことになってる」

「えっ、それって上官の動きに従って最前線駆け回る役目じゃないんですか⁉」

シャンプー台を使っていた女子がびっくりしたような声を上げた。

「あたし、中距離までなら教官より速いから。コンマ差だけど。スタミナもあるし」

とにかく無線機を斜めがけして堂上にくっついていればいい――というのは任務内容として単純だし郁に合ってもいる。

「やっぱり特殊防衛員ってすごいんですね」

感銘したような声に、郁はかなり本気で苦笑した。

「あたし、体格と体力と気合いだけだよ。同期の手塚はすごいけどね」

入浴を終え、今日干す分の洗濯物を持って屋上の干し場へ上ると、全員が言葉を失った。干《ほ》し竿《ざお》に吊《つる》してあった郁の戦闘服が、その一着だけびしょ濡《ぬ》れだったのである。裾《すそ》からまだ滴がぼたぼた垂れている状態だ。背が高い分着丈も長い戦闘服は、郁のものだと見分けが付きやすかったのだろう。周囲に固めて干していた下着や何かも全滅だ。

干し場はしっかりした屋根付きで、雨などは降った気配もない星空だ。

「……こういう分かりやすいのはなかったなぁ」

思わず呟いたのは、査問騒ぎのときの寮での軋轢《あつれき》と比べてである。完全なよそ者には悪意を行為としてぶつけやすい、というのは盲点だった。

郁を中心に女子防衛員たちが楽しげだったのも気に食わなかったのだろう。

どうしようどうしようと郁よりおろおろしている女子たちから少し離れ、郁は携帯を出した。何かあったら携帯な。そう言われている。——堂上はコール三回で出た。

「どうした」

もう非常態勢に入っている声に少しだけ泣きそうになった。

「女子寮側で嫌がらせを受けました」

「何された」

「干しておいた洗濯物に水をかけられました」

下着やシャツなら余分が少しあるが、生地がごつい戦闘服は脱水して干しても明日までには乾ききらない。

「こっちで乾燥まで引き受けるっていうのは……悪い、却下だすまん」

下着類から全滅という話で堂上は自発的に取り下げた。

「今日干す分もやられる可能性が高いな」

「そうですね、覚えられたと思います」

「分かった、今日の洗濯物も持って降りてこい。バン借りとくからコインランドリー探すぞ。そのほうが洗濯も二日に一回で済むだろう」

「あ、でもそれなら一人で……」

「公用車出すのは三正以上の特権だ。士長は自転車までだぞ、お前四年帰ってなくてその前も年に一回しか帰ってきてない街でコインランドリー探せるのか。それに、」

夜だし、というのはいかにもついでのように付け足された。――くそ。さらっとそんなこと言いやがって。

十分後と時間を決めて電話を切り、郁は女子たちを振り向いた。

「やっぱりあたしと仲良くするの、業務部の女子が気に食わないみたいだから。あたし大丈夫だから、みんなもうあたしに構わないほうがいいよ。野々宮ちゃんもあたしが戻るまでに荷物とか引き揚げて」

泣くな。あたしは部外者だ。あたしが一番傷が浅い。――みんなあたしを頼ってくれてるんだから。

転がっていた悪意の象徴のような濡れたバケツに水浸しの洗濯物を押し込んで右手に提げ、左は今日の分の洗濯カゴだ。女子が手伝おうとしてくれたがそれも断って郁は屋上を後にした。

郁が玄関を出ると、堂上はもう車を回していた。

「一応門限に遅れる届けは出してあるから時間は心配するな、行くぞ」

郁が助手席に乗り込むなり堂上は車を出した。

「心配はしてたんだ、柴崎からも聞いてたからな」

柴崎からって、何を――郁が怪訝《けげん》な顔をすると、堂上は市街へ向かいながら答えた。

「水戸本部じゃお前は完全な部外者になるから、査問で受けたのとはまた違った直接的な攻撃があるかもしれないって」

――柴崎も堂上教官もあたしを心配してくれてるのに、どうして。

郁は洗濯物を入れたビニールバッグを抱きしめた。

どうして、あたしこんなこと思ってるの。

悔しい、なんて。

柴崎と堂上が、自分の知らないところでそんな話をしていたのが悔しい。あたしのことならあたしに直接言ってくれれば、――違う。

気づいた感情に自分で動揺する。ぎゅっとバッグを抱きしめた腕の強《こわ》ばりが目に入ったのか、堂上は「大丈夫だ」と言って、
それからものすごく時間を空けて言いにくそうに「俺がついてる」と言った。

郊外型の大きなコインランドリーが割とすぐに見つかり、郁は慌ただしく車を降りた。

一番大きな乾燥機に洗濯物を詰め込み、小銭も投入口に詰め込む。

乾燥機が回りはじめてから堂上が店に入ってきて、郁の使った乾燥機には背を向けて待合いのテーブルに座った。

「どれくらいかかりそうだ」

「ええと、四十分だそうです」

「門限にはギリギリ間に合うか」

災難だったなと声をかけられ、郁は思わず俯《うつむ》いて顔を覆った。色んなことが押し寄せすぎてもう一杯一杯だった。

「お前みたいなの見てるとそういう女がいるってつい忘れるな」

そうじゃない。――あたしはもう違う。そのことが自分を打ちのめす。

ボタボタと滴の垂れる、水をぶちまけられたばかりの洗濯物。見ただけで刺さるその意志、どろどろとした悪意。それと同じものが自分の中にはないなんて、何で今まで無邪気に信じていられたんだろう？

「あ――あたしも、同じです。あたしもきっと状況が違ったら、これとおんなじことするかもしれない」

柴崎に前に言われた。

ってていうかあんた、あたしがホントに堂上教官狙ってもいいわけ。

別にそんなの柴崎の自由じゃん、とそのときは突っぱねた。今、同じことを言われたら――

柴崎が本気で堂上を好きになったら。

そうしたら、あたしに関係ないからと心を乱さずにいられるのか。柴崎と今までどおり友達のままでいられるのか。

胸に刺さった水の滴る洗濯物の光景のように涙が止まらない。

「あたしもあの人たちみたいに、例えば柴崎とかに嫌がらせとかするかもしれません」

「お前はしない」

堂上はよそを向いたまま素っ気ない声で勝手に断言した。

「お前が干し場の光景を見てどんな思いをしたか、想像はつくけどな。お前はそのときのお前と同じ思いを他人にさせるようなことは思いつけない。お前はそういう人間だ。そういうことは思いつける人間と思いつけない人間がいるんだ。お前はそもそも思いつけない奴だ」

「あ……あたしだって、本気で人を傷つける気になったら、」

「お前はな、喧嘩《けんか》になるタイプだよ。本気で喧嘩になって本気で傷つけるんだろうよ、相手を。それで自分も本気で傷つくんだろうよ。でもこんな悪意は思いつけない」

言いつつ堂上は二人の後ろで回っている乾燥機を指さした。

「これは自分は傷つかずに相手だけ傷つけようとする奴の思いつくことだ。お前は違う」

「何でそんなこと、教官が決めつけられるんですか」

鼻をすると、堂上は当たり前のような口調で言い放った。

「もう三年近くもお前の上官をやってるからだ」

涙をこらえようとすると耳の奥が詰まって水に潜っているようになった。音が曖昧《あいまい》になって、だから言えたのかもしれない。

「手、握ってもらっていいですか」

郁が古いテーブルの上に行き場なく揃えて置いてあった手に、堂上は迷った様子もなく手を重ねた。

あまりに躊躇《ちゅうちょ》がなかったので郁が思わず手を引きかけたほどだった。

それを逃がさないようにか、堂上の手に力が入る。晩秋から冬の寒さが東京よりも一歩早く訪れている茨城で、殺風景なコインランドリーは経費節約のためか空調もろくに効いておらず、重なった手の温かさは素直に心地よかった。

「むしろ柴崎のほうが敵認定したら容赦ないんじゃないか。洗濯物みたいな稚拙な件より余程隙なく追い詰めて狩るだろうな。小牧なんかも……」

堂上が冗談口でそれを言い出したことは分かっていたが、それでも口が止まらなかった。

「やめてくださいッ！」

堂上がぎょっとしたように郁を見ているのが顔を上げないでも分かる。

「……今ここに柴崎いないんだから、柴崎の話、しないでください。あたしと柴崎比べないでください」

柴崎のほうが優秀で、柴崎のほうが堂上のいい部下になれた。情報面からだとしても。それに柴崎のほうが美人で、背も堂上より低い。並んでも明らかに郁より似合いで、

人はそれを、──嫉妬《しっと》という。

今、初めて自覚した。

「あたし柴崎と友達で、柴崎のことが好きなんです。だから今、堂上教官に柴崎の話されたくないんです」

堂上には意味がさっぱり分からないだろう。

「分かった、しない」

分からないなりにの即答で、堂上は安心させるように郁の手を叩いた。

「比べたつもりじゃなかった。悪い」

謝らないでください、と郁はかすれるような声で呟いた。

「あたしが悪いんです。あたし今、何かすごく、めちゃくちゃでひどくて」

「俺が悪くないんならお前も悪くない」

それから堂上は、郁が辞退するまでずっと郁の手を握ったままだった。

布団乾燥もできるという謳《うた》い文句のシールが貼ってある大型乾燥機だったが、クールダウンが終わっても戦闘服はまだ少し湿っぽかった。

「どうだ、もう少し乾かすか」

洗濯物を広げているので背中越しで訊いてきた堂上に、返事を一瞬迷う。部屋に作りつけの古いタンスにはハンガーだけはあり余っていたし、部屋干ししても臭いがしない洗剤も使っている。

「いいです、普通の洗濯物はもう乾いてるし、戦闘服だけ部屋干しします」

堂上が背中を向けてくれているうちに下着やシャツを手早く畳み、シャツの中に下着を包む。ビニールバッグには大雑把に畳んだ戦闘服を押し込み、ほかの洗濯物は湿気が移らないように折ったビニールバッグの間に挟んだ。

「何とか門限には間に合いそうだな」

堂上の読みどおり、準基地に着くと門限の延長届けは破棄できる時間帯だった。

「俺は車を返してくるから先に部屋に戻れ。次の洗濯日は明後日な、準備できたら電話しろ」

堂上は無駄のない指示を残し、奥の車輌置き場のほうへ車を出した。それを一礼して見送り、郁も寮内へ入った。

玄関で行き会った女子が郁の姿を見てくすくす笑った。水をかけた奴らか知っていて黙っていた奴らか。相手をする価値もない。

郁は無言で靴を脱ぎ、靴箱に入れてあった戦闘靴と普段使いの靴も持って部屋に向かった。

野々宮には寮監室に鍵を預けておくように頼んであったが、寮監に訊くと鍵は戻っていないとのことだった。

首を傾げながら部屋に戻ると、足音で分かったのか中からシリンダーが回った。

顔を出したのは予想のとおり、野々宮である。

「……引き揚げとけって言ったじゃん」

郁が言うと、野々宮はやはり気弱そうな笑顔ですみませんと言った。

「でも私、笠原さんを寮内で助けるように命令されてるから。それに命令だけじゃなくて……ここで笠原さんを見捨てたくないから。みんなで相談して決めたんです」

まっすぐ郁を見つめた眼鏡顔が照れくさそうに下がった。

「……って、私たちより強くてしっかりしてる人に見捨てるとか、おこがましいかもしれないけど。でも、ここで笠原さんの強さに一方的に頼ったら、私たち本当に駄目になっちゃいそうで」

そんなことないよと郁の声も小さくなった。いくら堂上がいてくれても、寮内でずっと虚勢を張り続けているのは事実だ。しかも以前の経験と違って物理的な嫌がらせとくる。

鍵を使わなくても中から部屋を開けてくれる人がいるのは、小さなことだがありがたかった。

「あ、靴とか全部引き揚げてきたんですね。隠したりとかされそうですもんね」

言いつつ野々宮は古ダンスの中から新聞紙を出してきて靴を置くスペースを作ってくれた。

「洗濯物、乾きました？」

「うん、あとは戦闘服を部屋干しするだけ」

片付けが一通り終わった頃に消灯の放送が流れた。布団を敷きながら、野々宮がまたごめんなさいと呟いた。

「私たちが笠原さん囲んではしゃぎすぎたから……笠原さんってやっぱり女子防衛員にとって憧れの人だから、つい。業務部の人、きっと私たちが楽しそうだったのが気に食わなかったんです。私たちは申し訳なさそうな顔して縮こまってろって思ってるんです」

言葉の後半に野々宮らしからぬ率直な怨嗟《えんさ》を感じて、郁は思わず口を挟んだ。

「こんな体制、近いうちに壊れるから。これはまだソースは言えない話なんだけど、水戸本部の歪んだ体制は絶対に壊れるから」

許せとは言えない。郁だって図書基地の寮でもう心を許せない女子は何人もいる。でも。

「でも、そのとき野々宮ちゃんたちがあの人たちにならないで。あたし、ここで野々宮ちゃんやみんなに親切にしてもらってすごく嬉しかった。こんなことあたしが言うのはおこがましいかもしれないけど……あたしに優しくしてくれたみんながあの人たちみたいになっちゃったら、あたしは悲しい」

誰でもそうなり得るということは自分で思い知った。だからこそ言わずにいられなかった。

――どうか正しいままで。

布団に潜り込んだ野々宮が、眼鏡を外して枕元に置いた。

「……きっと、私たちは業務部のこと好きになれません。県下で同じ目に遭ってる防衛員は、業務部への恨みつらみがなくなるのにすごく時間がかかると思います。どうしてこんな体制になっちゃったのか分からないけど。他の隊員のことは約束できません。でも、私はあの人たちみたいにはならないって誓います。あのびしょ濡れの洗濯物はすごく醜い意志の象徴に見えたし、——自分がそんなことをする人と同じになりたくないから」

郁がありがとうなどという筋合いではない。

電気消すね、と郁は古い型の蛍光灯の紐《ひも》に手を伸ばした。

＊

県展開催まであと五日、という日だった。

準基地で堂上班がフォーメーション訓練に励んでいる最中、別の班の隊員にそれを中断させられた。伝言に来たのは宇田川班の隊員である。

対戦形式のフォーメーション訓練は完全に止まり、堂上が伝言を訊きながらみるみる厳しい顔になった。

「堂上班は一旦《いったん》訓練を中断、芳賀班にフォーメーションを委任します」

堂上の宣言に芳賀班がてきぱきと動きはじめるが、一体何事かという雰囲気は否めない。

順番をずらせばいい射撃訓練と違い、フォーメーション訓練は中断したらフォーメーションを最初から組み直してやり直しだ。つまり、そのときまでの状況がすべて無駄になる。

全員がフィールドを出て装備を解きながら、手塚が「何ごとですか」と尋ねた。その時点で郁は自分がそのトラブルの主役になることなどまったく想定していなかった。

「笠原のお母さんが訓練司令部に怒鳴り込んできてるそうだ」

弾帯を外しながら郁の体は一瞬にして凍りついた。

どうして。何で。お母さんがここに。

「とにかく娘を辞めさせるってえらい剣幕で話にならんから、玄田隊長が笠原を呼べと」

ずっと凍りついていた郁は慌てて歩き出し、歩き出しながらつんのめった。

「あ、あたし私服に着替えてきます、戦闘服じゃ」

「着替えなくていい」

堂上がやや同情するような口調で言った。

「お前が戦闘職種に就いてることも知ったうえで乗り込んできてるそうだ」

「どうして……どこからッ！」

半ばパニック状態になって郁は頭を抱えた。声は悲鳴のような泣き声のような。

「嫌ですあたしあの人と話すなんて、あの人と話になったことなんか一回もッ！」

堂上が頭《かぶり》を振る郁を押さえ込み、小牧が「落ち着いて」と肩を叩いた。

「ここで騒ぐとほかの隊員の迷惑になる。そうでなくてもフォーメーション一回ずらしてるんだ」

飲み込もうとした声がぐぅっと喉《のど》の奥で鳴った。

「ここまで引き延ばしたのも笠原さんだ。決着《ケリ》をつけておいで」

小牧の正論はいつもどおりに正論で、異論を差し挟む隙はない。

ツケがここで回ってきたのだ。

「俺も一緒に行くから安心しろ」

堂上が郁の頭を軽く叩いた。

それから携帯で連絡を取った先は玄田のようだ。

「堂上です。今から連れていきますんで、修羅場になってもいい環境にしといてください」

修羅場って。不安気に堂上を見つめた郁に、堂上はけしかけるように言った。

「変にいい子になって説得しようとするな。好きにやれ、言いたいことは何でも言え、今までの分も。切り札は俺が持ってる。いざとなったら出してやるから」

郁が堂上に連れられて司令部のほうへ歩き出すと、手塚が励ましのつもりか「頑張れよ」とやや間の抜けたタイミングで声をかけてきた。


司令部には玄田のほかには誰もいなかった。

ソファに座って待っていた母親の寿子《としこ》は入ってきた郁を見るなり立ち上がった。

「あんたって子は！　親に黙ってこんな職業に勝手に……！」

「こんな職業とはご挨拶ですな」

割って入ったのは玄田である。寿子のヒステリックな怒り方を見て少しでも郁に味方しようとしてくれているのだろう。

「女の子が就くような職業じゃありませんっ！　うちの娘はすぐ辞めさせてもらいます！」

「辞めないよ！」

郁は寿子に向かって怒鳴りつけた。

「勝手に決めないでよ、あたしはこの職業に就きたくて就いたんだから！　すっごいすっごい頑張って、今じゃ周囲の人にもある程度認めてもらえるくらいになったんだから！」

「女の子がこんな職業で認められたからって何だっていうの！　こんな野蛮でガサツな！」

「図書隊には笠原士長の他にも女子防衛員が大勢います、彼女たちをもまとめて侮辱する発言ですか、今のは？」

この援護は堂上だ。

「よそのお嬢さんのことまでは知りません、うちの娘のことです！　うちの娘にはもっと安全で手堅い職業に……」

「だったらあんたの理想の娘をどっかからもらってきたらいいでしょ！」

ほとんど反射で発したその一言は、自分で自分の堰《せき》をぶった切った。

「あんたの理想どおりに女らしくておしとやかで親に逆らわない、間違ってもあたしみたいに乱暴でガサツじゃないお嬢さんを探してきたらいいじゃない！　こういうあたしに文句があるなら縁切ってもらって全然かまわないよ！」

パン、と乾いた音が頰の上で弾《はじ》けた。痛いと認識するのも難しいような力ない寿子の平手だ。

「お母さんはあなたのことを思って言ってるのにっ……！」

最後までは言わせなかった。左手で引っぱたき返したのはせめてもの手加減だが、寿子の首は郁の殴った方向に激しく振れた。

「叩き合いだったら負けないよ。こっちからは叩かないけど、そっちが叩くなら叩くよ、覚悟して手ぇ上げてよね」

「どうしてこんな子に……ッ！」

「何言ってんの？　お兄《にい》と一緒に育ってた頃から、あたしこういう子供だったじゃん。喧嘩《けんか》っ早い運動神経だけが取り柄の子供だったじゃん。それにお母さんあたしのためにって連発するけど、違うじゃん。自分の理想の子供と違うからじゃん。子供のころ、ひらひらのワンピースが似合う美少女と交換できるとしたら交換したよね、絶対」

「笠原」

堂上が低いが強い声で呼んだ。

「言い過ぎだ」

気がつくと寿子は「あんたがそんなふうに思ってたなんて」としくしくすすり泣いている。

だが、郁にはそれをやり過ぎたとかかわいそうだとか思う余裕はもうとっくの昔に——何年も昔になくなっている。

「これが手なんですよ。あんたのことを思って言ってるのに何で聞いてくれないのってあたしのほうを悪くするんです。これもおんなじです」

「いいから来い」

堂上が郁の袖《そで》を引っ張って部屋の外へ出た。

「何で止めるんですか、言いたいこと何でも言えって言ったの堂上教官じゃないですかっ」

言いたいことなら二十年分以上だ、まだまだ溜《た》まっている。

「年上の仲裁は素直に聞け。言いたかったことはもう言ったろう。これ以上は一方的なとどめだ。ここで止めておかないと一生しこりが残るぞ」

言い過ぎた、ごめんなんて今のお前にはまだ言えないだろうけどな、と堂上は苦笑した。

「親父さんに連絡取れるか」

「え、取れますけど……」

「今の経緯《いきさつ》説明して、お母さんを電話で説得するか迎えに来てもらえ」

「このうえ第二戦に入れと!?」

「親父さんは大丈夫だから。何なら俺が話をしてもいい」

そこまで言われると逃げられない。郁は携帯を出して、渋々父親の携帯番号を呼び出した。

家族では「会社」と呼び習わしてきた近くの県庁勤めなので、多少抜け出すくらいならできるだろう。とにかく寿子を回収して帰ってくれたら――

「もしもし、お父さん？」

繋《つな》がった電話にそう話しかけたものの続きが出てこない。助けを求めるように堂上をちらりと見やると、堂上が郁の携帯を受け取った。

「すみません、関東図書基地にお出《い》でになったときお会いした堂上です。――はい、笠原士長の上官の。はい、昇任しまして士長になってます。なかなかの成績でした」

え、何でうちのお父さんと堂上教官がいつの間にこんな気心知れてるの!? 郁としては愕然《がくぜん》と見守るばかりだ。

「はい、今県展の警備で応援に来てるんですが、何の拍子かお母さんにそれが知られたようで……今、笠原士長を辞めさせると準基地のほうへ来て悶着《もんちゃく》してます。笠原士長とも言い合ってかなり興奮しておられますので、できれば電話でお話をして落ち着かせるか、お迎えに来て頂けると」

結局迎えに行くということで話がついたらしい。堂上は電話を切って郁に返した。

どうして、という質問が固まって出てこない郁に堂上は決まり悪そうに種明かしをした。

「親父さん、お前の写真が載った『新世相』を持ってきてたんだよ。多分、俺に残していったと思う」

上官だからな、と言い訳のような一言が挟まり、

「図書特殊部隊かそれとも通常の防衛部か、量りに来てたんじゃないかと思う。お前が図書隊に入ってから多分その辺の組織図とかすごい勉強してるぞ。昇任試験の時期まで知ってて、今結果を訊いてきたしな。お前、教えてやらなかっただろ」

「お父さん……何て……」

「すごく喜んでた」

言いつつ堂上は郁の頭を叩いた。寿子となりふり構わずやり合ったときには吹っ飛んでいた涙がぽろりとこぼれた。

父の克宏《かつひろ》が寿子を迎えに来たのはそれから三十分ほどだった。飛んできてくれたのだろう。

まず堂上に「娘がお世話になっています」と大人の挨拶で、郁にはいつもどおりの仏頂面で

「士長に昇任したそうだな。おめでとう」と言った。

克宏は玄田にも謝罪し、自分の夫が娘の職場で上司に謝罪する状況を見て初めて寿子は自分

のしでかしたことの重大さを理解したらしい。しおれて一緒に頭を下げていた。

郁と目を合わせようとしない寿子を連れて帰りながら、克宏は郁に言い残した。

「お母さんにはこれからゆっくり、色んなことを説明しておく。暇ができたら家にはいつでも

帰って来なさい」

その後ろ姿が少し遠くなってから、気持ちがせり上がるように喉から声がこぼれた。

「お父さん！」

振り向いた克宏に叫ぶ。

「配属のこと今までずっと黙っててごめん！　昇任のことも知らせなくてごめん！」

克宏は背中越しに手を振った。気にするな、とその仕草で分かった。

「お母さん！」

自分が呼ばれるとは思っていなかったのか、寿子は肩を竦《すく》ませて振り向かなかった。怯《おび》えたその背中に呼びかける。

「あたしのこと好きになって。お母さんの理想の娘じゃないけど、乱暴でガサツで喧嘩っ早いけど、そんな娘でごめんだけど、あたしのこと好きになって。いつか」

寿子の背中は振り返らなかった。今振り返るような背中ではないと知っている。きっと何年も振り返らない背中だと知っている。

今はそれでいい。

上出来だ、と堂上が郁の肩を叩いて、ようやく体の力が抜けた。

＊

「ねえ」

その日の夕食を摂《と》っていると、今まで一度も話しかけてきたことのない業務部の女子たちが声をかけてきた。

「何」

短く答えると、女子たちはくすくす笑いながら言った。

「今日、何か色々大変だったみたいね？」

箸《はし》が止まった。瞬時に「あんたたちか」と睨《にら》むと「キャーこわーい！」と笑いながら逃げる。その途中で足を止めて、「あたしたちじゃないわよ」と一方的に言い残してキャハハハと品のない笑い声を上げながら立ち去った。

食欲は一気になくなったが、好き嫌い以外で食事を残すのは負けというマイルールに則《のっと》って、郁は食事を全部平らげてから部屋へ戻った。

部屋には野々宮が先に帰っていて、来客が一名あった。野々宮の同室の女子である。

郁が帰ってきたときにはもうべそべそに泣いていて、郁を見るなり土下座せんばかりだった。

その様子で思い出す、そう言えば初日に彼女たちに付き合ってもらったとき、雑談で身の上話やこちらでの出身校の話もしたのだった。

「ごめんなさいっ……！」

這《は》いつくばって謝る同室の子に、野々宮も「すみません。許してあげてくださいなんて、私から言えた話じゃないんですけど……」と口を添える。

要するに業務部の女子に吊《つ》るし上げられ、郁の弱点になるような話を吐かされたということであるらしい。

そして高校の卒業アルバムに載っていた実家の電話番号で、郁のことを告げ口させられたという。

「うん、分かった」

郁のあっさりした了承に、二人とも却《かえ》って戸惑っている。

「どうして母がいきなり怒鳴り込んできたのか分かったから、納得いった。だからもういいよ。ちゃんと解決もついたし、あの子たちが期待してるような面倒くさいことにはなってないから。謝らないと気が済まないって気持ちは分かるから、その気持ちは受けとくけど、気にしなくていいよ」

むしろ黙っていることもできたのに。そう思うと品のない笑い声で強《こわ》ばった心がほぐれる。

「あたしにね、覚悟と配慮が足りなかったって話なの。最初の晩に楽しかったからって不用意に自分のこと話しすぎた。あ、これ嫌味じゃなくてね。それを聞き出して嫌がらせに使おうとする奴らがここにはいるんだってことに思い至らなかった」

告げ口をさせられた子の気持ちを思うとたまらなくなる。最初の晩から洗濯物の事件があるまで、わずか数日とはいえ防衛部の子たちと楽しく交流していた。

その交流で得た情報を、郁への嫌がらせのために吐けと吊るし上げられた気持ちは。そして、案の定吐かされてしかも実行犯にさせられた気持ちは。

けれどこの寮で暮らしていくためには業務部には逆らえない。少なくとも今は。

「だとすれば、あたしが最初っから吊るし上げられても話すようなことが何もないような状態にしとけばよかったのよ。ごめんね、あたしの考えなしのせいで辛《つら》い思いさせて」

「笠原さんは悪くないです……！」

同室の子が嗚咽《おえつ》を上げる。

「うん、でもあたしの上官はきっとそう言って怒るの。迂闊《うかつ》だって。そんで、あたしはあたしをそう叱る上官を尊敬してるの」

だから気にしないで、と彼女の肩を叩いたとき、寮内放送が入った。

『外来宿泊の笠原士長。お兄さんが面会です、玄関までどうぞ』

「先、帰っていいからね」と同室の彼女に言い残し、郁は玄関に向かった。

玄関のロビーには笠原の兄貴がどれほどのものか査定してやろうと言わんばかりの業務部の女子がうろちょろしていた。このときばかりは兄たちの誰が来てもそれなりに見映えが整っていて背が高いことに感謝する。背が一八〇もあれば男は二割増しでかっこよく見えるものだ。何しろ妹の郁が一七〇なのだから、兄たちがこぞってでかいのは当たり前だ。

来ていたのは地元で就職した長兄で、郁は大兄ちゃんと呼んでいる。名前ではなく大中小の大だ。

物見遊山の女子たちは、兄を見てちょっと悔しそうな様子だった。これで大したことない男が来たらまたバカにする種にするところだったのだろう。

「どーしたの、大兄ちゃん」

サンダルをつっかけて邪魔のいない表へ出ると、大兄は苦笑した。

「今日、俺の知ってる限り初めて笠原家の晩飯がカップラーメンだった」

「……それはそれは」

善き妻、善き母たることを自らに厳しく課している寿子としては堕落の最たるところだろう。夕飯にカップラーメンなんて郁の知っている寿子にはあり得ない。

「ごめんねぇ、あたしのせいで」

どうせ克宏に事情は訊いてきているに違いないのでおどけて謝る。

「お母さんどうだった？」

「寝室から出てこない。完全に拗《す》ねてるな、親父がお前の味方に回っちまったもんだから」

他の兄弟の近況などを聞きながら、途中で郁は首を傾げた。

「それで、どうして大兄ちゃんがわざわざ？　まさかカップラーメンの苦情ってわけでもないんでしょ？」

「いや、お前とお袋が初激突したっていうからさ。長兄として俺が知っててお前の覚えてない話を一つ知らせとこうと思って」

言いつつ大兄は庭石に腰掛けた。

「お前さ、後頭部にちっちゃいハゲあるの知ってる？」

「えっウソ!?」

思わず後頭部を押さえた郁に大兄は「マジマジ」と真顔で頷いた。

「原因、俺ら三人と親父だったんだよな。裏山でロッククライミングみたいなことさせてて、お前がすこーんと落ちて後頭部ガツンでさ。三つくらいのときだったかなー」

「み、三つの子供にロッククライミングて！　命綱は!?」

「ここが大問題、親父の目測が甘くてちょっと長すぎた」

「コラ――――！」

郁の抗議をものともせず、大兄は昔を思い出す目のままだ。

「三針くらい縫ったんだよ、確か。そんで一時期おまえ丸坊主でさ、ハゲも残って。だから、お前のその頃の写真一枚も残ってないの。お袋が一枚も撮らせなかった、女の子が坊主の写真が残るなんてかわいそうな！　って」

「いやー、気にしないけどねぇあたし」

「お前の気性は完全に俺ら寄りだったからな。でも、その一件で親父は完全にお前の教育方針に対してお袋に物申す権利がなくなったんだよ。お袋が病的なほど『女の子は女の子らしく』になったのもそのときから」

郁に女の子らしさを強要する寿子に対し、克宏は「お母さんは心配してるのに何で分かってやらないんだ」と諭すばかりだった。

自分が原因で娘にじゃりっぱげを作った身とあっては寿子と全面対決することも難しかったのだろう。何しろ前科があるのだ。無難なことしか言えない。

思わず笑い声が上がって、それが湿った。

「じゃあ、お母さん、あたしのこと」

「嫌いじゃないよ」

大兄は即座に肯定した。

「女の子らしくしろって、あの人なりにお前に大怪我したり死んだりしてほしくない教育方針だったんだよ。ほら、あの人お嬢さん育ちでちょっと浮き世から乖離《かいり》してるところあるじゃん。女の子を無事に育てるには女の子らしく育てるしかないって視野狭窄《きょうさく》に入っちゃったんだろうな。読書好きになったのはしてやったりだったんだろうけど、上に俺ら兄弟いたから取っ組み合いは日常茶飯事で結局静かなムスメには育たなかったしなぁ」

「どぉして……そんなこと誰も教えてくれないのよぉ」

何年ぶりかで兄の前でべそかき顔になった。

「あたし、ずっと……お母さんはあたしのこと嫌いだと思ってた」

インターハイに出られるほど足が速い、運動神経も抜群——そうした郁の個性は全く認めてくれずに女の子らしく女の子らしく。

ひらひらのワンピースは今までずっと長い間、郁の母親に対するコンプレックスだった。

堂上が強い声で諫《いさ》めてくれたが、本当はひらひらのワンピースが似合うような美少女と交換したかったんでしょ、というのはあの時点では半ば本気で思っていた。

「あたしがお母さんの理想の娘になれないから」

「あ、そういう側面もある」

「ちょっ、待て、今までのいいフォローは何だ」

大兄は苦笑しながら頭を掻《か》いた。

「結局うちの家族の中であの人が一番子供なんだよ。『何であたしの思いどおりにならないの、キーッ！』みたいなとこは絶対あるしな。思いどおりに圧迫しようとするところは子供たちの全員に対してあったよ。ただ、お前は娘だから一番圧迫がきつかったんだ。あの人にとっちゃ女性の当然あるべき姿は自分自身だからな」

「えーとつまり、……愛情とエゴを区別しようとしてもできないのがうちのお母さんのキャラってこと？」

「おおー、お前しばらく見ん間に賢くなったなー」

でもっ、と郁は唇を尖《とが》らせた。

「あたしには行き過ぎてたよ、絶対。何で誰も助けてくれなかったの」

恨みがましい声に大兄は潔く頭を下げた。

「すまん。笠原家ではもう男はお前のことに関しては口出しできん確固たる弱味があったんだ、としか言えん。お前のハゲ事件はお前以外の誰もが覚えてるし、あの人がそれを持ち出したらもうシッポ巻いて逃げるしかなかった。うっかりしたらお前が死んでたって責められて、何か言い返せる奴がいると思うか？」

それもまた母親の圧迫の手段か。それを仕方がないと許せる域に兄たちは先に到達しているのだろう。小牧の以前言っていたような。

郁はまだ無理だが、しかし——

「……あたし、お母さんに今のあたしのことを好きになってって言った。いつかって。いつか好きになってくれると思う？」

「少なくとも自分の愛情が通じてなかったことは理解しただろ。親父は長期戦で矯正する構えに入ったみたいだし……そのうちお前が帰省しようと思えるようになる頃には、居心地の悪さくらいは修正できてるんじゃないか？」

分かったあまり期待しすぎないでおく、と郁が苦笑すると、大兄は「お、分かってきたな」と言い残し、じゃあなとあっさり手を挙げて寮の庭先を出ていった。

部屋に戻ると、野々宮の同室の彼女はもう帰っていた。

「野々宮ちゃん」

「すみませんでした、あの……」

以前から気になっていたので台詞《せりふ》を押しとどめる。

「すみませんとかすぐ言うのやめよう。前も言ったよね、この変なヒエラルキーは絶対崩れるって。崩れたときに癖ですみませんごめんなさいを連発してたら、また付け込まれるよ。変な特権って一回持ったら手放すの惜しくて悪あがきする奴がいっぱいいると思う、だからすぐにすみませんとかごめんなさいとか言うのやめよう。あたし、さっきもういいって言ったじゃん。信じてよ。彼女にも気にしないでってホントよく伝えて？」

野々宮はしばらく言葉を探すのに苦労しながら、「分かりました」と言った。

そして郁には問題の彼女のために、よそ者として仕事が一つ残っている。

＊

翌朝の朝食時、一番混み合う時間帯を選んだ。

カウンターで朝食をもらい、テーブルに座る前に郁は大声を張った。

「誰にとは言わないけど宣言しときたいんだけど」

ただでさえ良くも悪くも――主に悪意によって注目されている郁の発言である。食堂は一瞬にして静まり返った。この中に、昨日品のない笑い声を残して立ち去った連中もいるはずだ。

「昨日あたしのことで発生したゴタゴタ、誰がやらされたことかあたしはもう分かってるから。分かったうえで、あたしはその子と和解したから。だから発生したゴタゴタが誰のせいだったかはもうその子の弱味じゃないわ」

静まったざわめきがまた低く噴き出す。こいつは、このよそ者は――応援期間が終わったら自分たちには手の出せなくなる場所へ帰るこのよそ者は、一体何を言い出すつもりだ。

「このうえここの防衛員に何かあったら、あたしは関東図書基地に帰還して報告書に全部書く。関東図書隊の隊員の査定評価は最終的には全部関東図書基地に集まるって知らない奴はいないと思うけど、一応それも思い出してもらうといいわね。あたしの制服に水かけた奴も、昨日の揉《も》め事仕掛けた奴も、今なら些細《ささい》ないがみ合いってことで済ますけど、ここがデッドラインよ。県展を守りながらくだらない嫌がらせに付き合ってる暇ないの。県展警備に対する部内者からの重大な妨害として報告させてもらうから、そのつもりであたしにかかってこい！」

ざわっと食堂が悲鳴のようにざわついた。

今さら郁が県の応援要請を受けて着任した関東図書隊直下の図書特殊部隊であることを思い出したかのようだった。

しれっと朝食を食べはじめた郁を、怯《おび》えと敵意とおもねりがない混ざった、何とも言えない空気が包んでいた。


食べ終わってから野々宮がばたばた走って追いかけてきた。

「かっ、かっ、笠原さん！」

「おはよう野々宮ちゃん。これで防衛部にちょっかいかける奴はいなくなると思うわよ、利用されたあの彼女にも」

「でもあんな言い方じゃ笠原さんが敵意を一身に受けることにっ」

「あたしはよそ者だから、これくらいかましてちょうどいいのよ。これでまだかかってくる奴がいたらむしろ尊敬するわね。心から敬意を持って潰《つぶ》すわ」

実を言えば玄田の喧嘩《けんか》の仕方を真似しただけである。陰湿な女子たちのやり口には粉砕方式はどうかと思ったが、

「――一身に受けるのは敵意ばかりでもないみたいよ」

郁を追いかけてきた数名は、昨日絡んできた女子たちのようだった。郁の顔覚えでは恐らくとしか言えないが。

「あの、笠原さん、あたしたち……」

「謝る必要ないわよ、あなたたちじゃないんでしょ。実行犯の子は謝ってくれたけど強制した人の名前は出さなかったしね。事実上、あたしはあなたたちに謝ってもらう謂《いわ》れはないわ」

笑え。柴崎みたいに。相手が凍るように怯えるように。

精一杯そんなふうに笑って、郁は「あ、そうそう」と付け加えた。

「人の揉め事わざわざ神経逆撫《さかな》でしてごめんってことなら謝ってくれてもいいわよ？」

謝ったという実績を作りたかったのだろう、その女子たちは次々とすみませんでしたと頭を下げた。

＊

その日の夜、堂上に事情を話して洗濯物を屋上に干してみた。

翌日取り込むまでにきれいに乾き、堂上には真っ先に報告した。

「喧嘩上手な上官や同僚がたくさんいてよかったです！」

「ちょっと待て、たくさんって誰が入ってるんだ」

「えーと、まずは玄田隊長でしょ、堂上教官でしょ、小牧教官でしょ、それと柴崎」

「何で俺が二番手に入ってるんだ!?　お前は俺がいつもどれだけ苦労して玄田隊長を抑えてるか目に入ってないのか！」

認識の違いで言い争いになったが、最後に電話を切るとき堂上は「一人でよく頑張ったな」と誉めてくれた。

五、図書館は誰がために——稲嶺、勇退——

いよいよ県展が開始される二日前、県展主催側と県知事連名で法務省への宣言が為された。

＊

・茨城県展の開始時刻は当初の予定通り午前九時からとする。午前九時には来場客を入場させ、万が一にも良化特務機関の検閲で県民に被害が出た場合、法務省に責任を持ってもらう。
・開場の予定に一切の変更はない。

この宣言はテレビや新聞などのマスコミによって大々的に発表され、またこの茨城県の決断を支持する多くの他県知事の後押しもあって法務省に受理された。


『何故、図書隊には責任の追及をしないとしたのでしょうか！』

テレビ画面の中で記者会見に出席しているのは、県知事と近代美術館長の淵上《ふちがみ》を中心とした県の要人である。その末席には県立図書館長の須賀原《すがはら》の姿もあったが、険しい顔をしたままに自発的な発言をしようとはしなかった。

微妙にメディア良化委員会へのおもねりを含んだ質問は予想の範囲内であり、これに答えた淵上も冷静だった。

『厳正なる審査結果を侵し、県展を妨害しようとしているのはあくまでもメディア良化委員会であり、責任を取るべきはその上位組織の法務省であるのは当然のことです。我々は図書隊に県展の正常な進行を守るべく出動を願ったわけですから、これに万が一の被害責任を負わせるのは筋が違います。図書隊に責任を求めるとすれば、それは出品作等に被害が出た場合です。また、民間人に被害を出さないための措置は、良化特務機関側に厳しく義務づけられているはずです』

質問：
『戦闘が過熱した場合、県展の開始時刻を繰り下げ・または中止するという選択は!?　県民の安全を考えれば当然の判断かと思いますが』

県知事：
『県展の開催期間については半年以上前から決定しており、そのスケジュールについては完全に我々の決定に優先権があります。良化特務機関との戦闘が長引くから延期しろとは延《ひ》いては法務省の専横であり、こうした事態があった場合、県知事会は法務省のメディア良化委員会のコントロールについて厳しく追及していきます。その場合の協力県の名乗りも続々と上がっているところです。

県民の芸術の祭典に国家権力の示唆が入るのはそもそも許されることではありません』

質問：『そもそも今年の最優秀作品が公序良俗にふさわしくなかったという話もありますが』

淵上：『芸術作品には攻撃性を孕《はら》んだものも認められるべきです。今年は様々な苦悩がありながらも、満場一致で「自由」が選ばれました。県民からも作品に対する期待が多く寄せられています。メディア良化委員会は先だっての「床屋」提訴と同様、こうした作品が支持され選ばれた理由について謙虚に受け止め考えるべきではないかと思います』

＊

「上出来だ」

図書特殊部隊《ライブラリー・タスクフォース》の会議室（兼休憩室）として割り当てられた準基地の大部屋で手を打ったのは、もちろん仕掛け人の玄田《げんだ》である。

「あの淵上という館長はいい、アドリブで『床屋』提訴を回答にねじ込む辺りなかなかやる男だ。これは良化委員会には痛いはずだ」

「えー、でも何かアナウンサーの質問が不本意～」

唇を尖《とが》らせたのは郁《いく》である。

「メディア良化委員会の肩持つみたいでやな感じ」

「そう言うな、あれがマスコミとしてもギリギリのラインだろう」

玄田はさして気にした様子もない。今ひとつ納得いかない郁に堂上《どうじょう》が説明した。

「各種マスコミはメディア良化委員会の取り締まりの範疇《はんちゅう》に入ってるからな。その名のとおりメディア良化委員会は、あらゆるメディアに対して今や不当なまでの取り締まり権限を持つ。あまり委員会を強く批判する論調になれば締め付けも厳しくなるし、表向きはせいぜい中立、むしろメディア良化委員会の肩を持っているように見える発言しかできないだろう」

「でも……」

マスコミ関係は折口《おりくち》のネットワークを使ったという話だったので、郁としてはもっと批判的な意見を期待していた。

「折口の属している週刊誌界は、発禁没収当たり前のほとんどゲリラ戦の世界だ。放送界とはとても比べものにならん。しかし放送界には放送界のお作法というものがある」

お作法って？　玄田の発言に首を傾げた郁に、また堂上が説明を付け足した。

「つまりこの場合はマスコミの弱腰のインタビューが攪乱《チャフ》になるんだ。記者会見に臨んだのは県知事、美術館長、図書館長、実態はどうあれ法律上はメディア良化委員会の取り締まり範囲には入っていないか、対抗権限を持つ」

美術作品は良化法が成立したとき『メディア』の定義に入れられていない。メディア良化法の狙いが事実上の言論統制にあったことが窺《うかが》える話だ。また、芸術を取り締まるということの聞こえの悪さに対する国民の反発を心配し、自ら慎んだとも言われる。

「視聴者の多くはメディア良化法に潜在的に反発しているし、そこへ良化法寄りにも聞こえる弱腰なインタビューが重なればますます反感が煽《あお》られる」

ああ、とやっと郁にも合点がいった。

「そこで美術館長や県知事の毅然《きぜん》とした発言が引き立つわけですね！」

そしてマスコミはといえば、あくまで良化法に盾突く発言はしていないので目をつけられることもない。

国としても、道州制その他で地方行政との将来的な話し合いがある以上、県知事が連合して抗議してくる形は何としても避けたいはずで、だとすれば譲歩のラインとして一省庁の一部門である良化委員会をある程度抑える形になるはずである。

これで最優秀作品をめぐる抗争は、県展開場時間である午前九時までとする圧力がメディア良化委員会にかかる形となる。

と、誰かの携帯がバイブで鳴り、数人が確認する中、手塚《てづか》が席を立った。

「すみません、外します」

液晶を確認しながら苦い表情になっていたことでどうやら兄の慧《さとし》だと分かり、残った堂上班三名は何となくの心配顔を見合わせた。

「はい」

あくまで頑《かたく》なな手塚の受け方に慧も慣れた様子の苦笑である。

「なかなかの手を打ってきたな、図書隊は」

　まるで自分は図書隊じゃないみたいな物言いだな、と思わず口に出しそうになってこらえた。一体こいつはどこに身を置いているつもりなのかという苛立《いらだ》ちはつきまとって離れない。

「玄田三監の案か？」

「関係ないだろう」

「つれないことを言うなよ、俺だって図書隊の一員だしこう見えて水戸の状況は気にかけてるのに」

　手塚が苛立つことを分かってからかっている――そういう声音だった。口を開けばどう気にかけているつもりやらと皮肉が堰《せき》を切ったように溢《あふ》れ出すこと間違いないので黙って凌《しの》ぐ。

　巧《うま》くやらなくてもいい。ただ、こいつの話を聞いていて、覚えていれば。自分に張り合えると思うなと釘《くぎ》を刺しに来た柴崎《しばさき》の言葉を思い出す。

「まあとにかくなかなかの手だ。お前の上官はやり手だな」

「ああ、尊敬してるよ」

　上官を評価されて否定する理由はないのでそれには頷《うなず》く。

「そのやり手ぶりに敬意を表して、こっちで摑《つか》んでることを教えてやるよ」

「へえ。それはありがたいな」

　完全な棒読み口調。だが、以前ならここで「結構だ」と話も聞かずに切っていただろうから、手塚としては相当の忍耐の結実である。

慧も分かっているのか、笑いながら「後は棒読みじゃなくなれば上出来だな」と先に手塚を論評した。

「今回、茨城県からの戦闘時間の要請は通る」

そんなことはこちらでも読んだうえでの手だが、

「何か根拠があるのか？」

敢《あ》えて疑問を素直に口に出してみる。郁が分からないことをすぐ口に出すように。プライドの高い兄には教えを請うやり取りは利くはずだ。基本的には自分の知識を他人に教えることが好きな性格なのである。

道さえ違わなかったら面倒見の良い先達になれる資質も持っている男だった。

「今回、最優秀作品の『自由』に拘ってるのはメディア良化委員会だけだ。法務省は内閣内の押し引きがあるからあまり拘《こだわ》ってない。特に知事がこれほど強硬に出た以上はな。代わりに『自由』の配置を戦闘開始までに済ませることを求めてくるはずだ。他作品は免除になる」

案の定、慧の口の滑りがよくなった。

昔から手塚が勉強に限らずいろいろ質問すると嬉《うれ》しそうに教えてくれた。もう思い出したくもないそんな思い出まで釣られて浮かび上がり、思わず表情が険しくなる。

「法務省側ではたかが制服の一枚、しかも模造品を破った程度のコラージュが何だという認識だ。しかし、お前も制服を着てる人間なら分かるだろう」

「……ああ」

少なくとも自分が選んで着た制服は、自分がその陣営を選んだという誇りと覚悟の象徴だ。

メディア良化委員会が検閲の奈辺《なへん》に誇りを見出《みいだ》しているのか、それは一生理解できないし、彼らの理論は手塚には理不尽としか思えない。しかし、理不尽なればこそ余計その権力の象徴である制服を神聖視しているとすれば、それを冒瀆《ぼうとく》された怒りは激しいだろう――ということは想像がつく。・お前たちの権力は正しくない、と誰かに弾劾されることを彼らは決して許しはしないのだろう。

「しかし、メディア良化委員会はあくまで法務省の下位組織だ。法務省、延《ひ》いては内閣の決定には逆らえん。そして法務省の方針はもう決まっている」

「……そこまで話していいのかよ、俺に」

話に水を差したのは、いかに極秘のパイプからの情報だとしてもあまりにも気前のいい漏洩《ろうえい》が逆に疑いを持たせたからだ。そして――

そこまで俺に話してあんたは大丈夫なのか。この期に及んでそんなことを思ってしまう自分が我ながら忌々しい。

「どうせ手放しでは信じないんだろう、お前もお前の上官も。それなら話しても話さなくても同じだし、これはそっちに流したとしてもそう大した情報じゃないよ。要するに今回の検閲は、良化委員会のメンツの問題でしかないからな」

言われてみれば道理のような、そうでないような――確かに、慧の情報を鵜呑《うの》みにするほど上官たちは能天気ではない。

心配はありがたく受け取っておくけどな、というからかい声に、墓穴を掘った後悔が募る。調子に乗らせるんじゃなかった、この男だけは。

「今回の検閲は初日の一回、それのみだ。それ以上は法務省が意味なしとして許可を出さない。公開させないとすれば初日の開場までに没収しないと意味がなく、公開して閲覧者が発生した状況で何日も検閲抗争を続けて県展を混乱させる行為は、茨城県延いては地方行政との関係を検閲権以外にわたっても悪化させる恐れがある、というのがその理由だ。その場合、法務省はその責任を追及されることを望んでいない」

理由というものはつけようと思えばどのようにでもつくものだな、と手塚は話を聞きながら呆《あき》れ顔になった。

結局のところ、メディア良化委員会も図書隊もバカバカしいパワーゲームに付き合わされているだけで、しかしその中で最善を尽くすのが自分たちの仕事だ。

「ありがとう。俺には真偽の判断がつかないけど礼を言っとく」

手塚がそう言うと、慧は何のつもりか知らないが「お前の友達の笠原《かさはら》さんにもよろしくな」と最後に言い残して電話を切った。

慧の情報の信憑性《しんぴょうせい》が高いことは、翌日に送られてきたメディア良化委員会の検閲代執行通告文書からも明らかになった。

文面には、検閲の執行を県展初日の朝九時までを限度とし、県展の検閲をその一回に限るとしてあった。

ただし、最優秀作品は戦闘開始時刻までに県展の予定位置に配置すること。

そしていつも受け取る書面と違い、小野寺滋《おのでらしげる》委員長より先に法務省大臣の名前が連名で記載されていたのである。

「どうやら手塚慧の情報は本物だな」

玄田と堂上班の小会議で玄田が唸《うな》った。『未来企画』の真の思惑などは稲嶺《いなみね》に柴崎を足したこの人員以外には部外秘となっている。

知れば手塚を慧の内通者と疑う者が出ないとも限らないからだ。また、日本図書館協会長である二人の父を疑う者も出てくるだろう。

そうした意味で、手塚慧の過激な持論はあくまで『未来企画』内のシミュレーションという体裁になっており、その活動は秘匿される形となっている。

実際に慧の法務省へのパイプを重宝がる声もあるし、彼らの水面下での活動は巧妙だったが、あくまでシミュレーションとしての研究というお題目があっては『未来企画』を弾劾するわけにもいかない。

「大臣名まで出してきたということは、こちらからすれば一山凌げば済むという公約だ」

玄田の断言に一同はほっと息を吐《つ》いた。正直に言って水戸本部の練成度は戦闘をそう何度も凌げるレベルにはなかった。

「よし、まず特殊部隊の全体会議で作戦を詰めてから水戸本部の各班に内容を伝達する」

＊

「あら、あんたのお兄さんもたまには役に立つじゃないの」

手塚からの電話に、柴崎は意識してちゃらけた声を出した。

「別に役に立ったわけじゃ……」

と、手塚は電話の向こうで往生際が悪い。

「どうせ良化委員会からの通告が来れば分かったことだし」

「それまでに検討できるかどうかで違うでしょ。それにあんたのお兄さんの法務省への情報網にそれなりの信頼性があることも今回で証明されたわけだし」

努めて明るい声を出しながら、柴崎の表情は逆に暗くなった。

「よくそれだけ長話が保《も》ったわね、あんたとお兄さんで」

「俺が素直に聞き手に回るとべらべら喋《しゃべ》るんだよ。昔からそうなんだ、兄貴ぶるのが好きで」

吐き捨てながら、それでも身内への感情がわずかに滲《にじ》む声が今の柴崎には痛い。

柴崎にとってではなく、手塚のために。

「……でも、信用しすぎたら駄目よ。もうあんたのお兄さんである前に『未来企画』の思想的指導者なんだから」

「分かってるよ、そんなこと。今さら何言ってるんだ」

手塚の声は逆に不審そうだ。柴崎からそんなお節介が出たことが意外なのかもしれない。

「お願い。無事に乗り切ってね」

柴崎らしからぬ真摯《しんし》な声に、手塚は最後まで不審そうなまま電話を切った。

通話を終えた柴崎に、

「――よくこらえてくれました」

声をかけたのは稲嶺である。

「今、彼らに入れても意味のない情報ですから。憂いのある状態にはさせたくありません」

手塚の電話を受ける前に稲嶺に報告したことは、確実に彼らの動きを鈍らせる。彼らが最善を尽くしてくれることだけが最後の希望だった。

＊

県展開催日、初日。

「なあ、本当に始まるのかな」

浮き足立っていたのは水戸本部の防衛員たちで、それはすなわち図書防衛部の大多数の隊員が浮き足立っていたということになる。

図書特殊部隊が乗り入れた四台の銃眼付きバスと準基地の大型車輛《しゃりょう》を、最優秀作品と図書館の周囲に並べて盾とし、隊員の出入りの空間は塹壕《ざんごう》を各所に作って確保。

近代美術館、県立図書館ともに陣形は完全に整えられているにも拘《かか》わらず、そして戦闘配置に着いて武器を持っているにも拘わらず、水戸本部の隊員たちはこれから戦闘が始まることを信じ切れていないかの様子だった。

そして午前六時——

静謐《せいひつ》な夜明けの空間に、突如として激しい雨のような銃声が鳴り響いた。

「わぁぁっ！」

図書館側でうねるような悲鳴が上がった。パンフレットを守る図書館は第二目標となるはずなので、不慣れな水戸隊員を多く配置していたためである。

「情けない声を出すな貴様らッ！　良化部隊を勢いづかせるつもりか！」

悲鳴のうねりをかき消すような怒号は図書館側の指揮を執る図書特殊部隊・緒形《おがた》副隊長だ。

「主戦場は美術館だぞ、サブのこっちがオタオタするなッ！」

良化特務機関は図書隊の陣形の外側を取り囲み、既に押し込もうとしている。

「よし、各自発砲を許可！」

無線の共通チャンネルから玄田の指示が下り、図書隊側からも反撃に移った。

そして、例によって戦闘空間で最も高い位置を確保している特殊部隊からの狙撃《そげき》による威嚇。

特務機関が一転後退したかと見えたとき、悲鳴のような手塚の声が無線に入った。

『進藤《しんどう》一正、被弾！』

「何だと!?」

『右腕に貫通痕《かんつうこん》、銃は持てません！』

「どこから撃たれたッ！」

無線で激怒している玄田の声までを情報にまとめ、郁は必死で堂上に伝令した。

「進藤一正が被弾、右腕に貫通痕、射撃不能です！　どこから撃たれたか不明！」

伝令しながらとっさに閃《ひらめ》いた。無線の一瞬の空白で堂上に叫ぶ。

「木です！　建物に高さは届かないけど身を乗り出した狙撃手を狙い撃つのは可能です！」

堂上が目を瞠《みは》り、郁の肩を叩《たた》きながら自分で無線に割って入った。

「敵は木に狙撃手を配置しています！」

言いつつ堂上が郁に目で読みを求めた。

「一番高い木、常緑樹です！　葉が落ちないからカモフラージュになります！　人が登っても折れない限界点の高さの枝、枝は上に行くほど細くなるので幹にもたれてるはずです！」

堂上はその意見を繰り返しながら、最後に「図書館側にも注意を！」と締めくくった。

「よくやった！」

と郁の肩を強く叩いたのは、いつもなら頭をぐしゃぐしゃやるところにヘルメットが載っていたからだろう。

近代美術館側に配置されていた狙撃手は進藤と手塚の二人だけだった。不慣れな水戸本部の隊員が多い図書館側に狙撃手を多く振ったのである。

確かに無線で指示が来たとおり、火線は建物を囲む木の何本かから来た。それを避《よ》けて体を低くし、進藤を担いで屋内へ転げ込む。

「不覚を取ったな……」

苦笑する進藤の応急手当をしながら手塚に答える言葉はない。豊かな自然に囲まれた美しい芸術空間——というコンセプトを完全に逆手に取られた形だった。

それを逆手に取る意志が醜いのだが、不覚は不覚である。しかもこの激戦で——進藤の胸中は察するに余りあった。

「高所を取られていたら地上が危険だ、手塚やれるか」

「やります」

答えてライフルを二丁とも担ぐ。と、進藤が自分のライフルを取り上げた。

「俺は屋上の出入り口から囮《おとり》になって撃つ。まだ狙撃手が屋上にいれば、先に狙撃手を片付けようとするはずだ。お前は木を狙撃できる階へ下りろ。俺が撃ち合って敵の位置を確かめる、敵の位置が確実に分かってからお前が確実に一発ずつで仕止めろ」

「撃てるんですか、その腕で!」

「撃つだけなら撃てるさ、弾も抜けてるし当てなくていいならな。その代わり」

進藤の目つきが据わった。

「お前は必ず一度で当てろ。失敗は許さん」

手塚は無言で敬礼した。

木を狙撃できる一階下に下り、手塚は進藤の銃撃戦を待った。型式の古いスコープでは秋になっても葉が濃く茂っている木から人影を探すのは難しい。

やがて、屋上から斜めに火線が降《ふ》った。進藤だ。誘うその射撃に食らいつくように、二発が同じ狙いで上った。

木の見当はその一回でついた。そのうちの一本を舐《な》めるように見る。堂上は人の登れる限界点で幹にもたれていると言っていた。

自分ならあそこまでは無理だ、男の平均的な体格ならもっと下。徐々に視線を下ろすと進藤の二発目が降った。

一人は見つけた。だが逸《はや》ってはならない、もう一人見つけてからだ。もう一本の木を睨《にら》む。

そこへ進藤の三発目。――見つけた。負傷した腕でこれ以上撃たせてたまるか。

もう自分は三年目だ、狙撃の腕も『情報歴史資料館』のときより上がった。

やれる――やる。

呼吸を整え、窓をそっと開ける。銃口の角度を切り替えるのに必要な幅だけ。

集中力《コンセントレーション》を一瞬で引き上げる。

一人目を食った。焦らず銃口を切り替えて二人目。立て続けに悲鳴と落ちた音がした。

報復の火線はなかった。屋上へ駆け上がる。進藤が壁にもたれて座り込んでいた。応急処置の包帯が真っ赤に染まっている。

「進藤一正!」

「よう」

進藤は大したことがないように左手を挙げた。

「巧《うま》くなったな」

「そんなこと……!」

進藤が囮になって火線を見せてくれたからだ。

「もう四、五発要るかと思ってたぞ」

「……そこまで下手でもありません」

そこは訂正しておいて、手塚は今度こそライフルを二丁とも抱えた。

「救護所へ」

肩を貸して進藤を立たせる。

「腕、大丈夫ですか」

狙撃手にとって腕の負傷は貫通場所によっては致命的だ。

進藤は撃たれた腕の指先をわずかに躍らせた。うん、と確かめるように頷《うなず》く。

「まあ、腕に穴が開いて撃てたくらいだ。リハビリを念入りにすりゃ、この先十年はまだ俺の天下だろ」

他人事《ひとごと》のような言い草に、逆に手塚が泣きたくなった。

「そうなってください、早く」

声が湿る前にそう言うのが精一杯だった。

『近代美術館側、敵狙撃手を撃破しました』

手塚からの報告と前後して、図書館からも同様の報告が入った。もう夜は明けかけている、特務機関側が悠長に木に登れる隙はなくなった。

美術館側で玄田が叫んだ。

『屋上に再度狙撃手を上げる！　小牧《こまき》、進藤に代わって上がれ！　手塚も追って戻す！』

屋上への人員配置は戦況の俯瞰《ふかん》を手に入れるためにも重要だ。地上で水戸本部の隊員を指揮していた小牧が指揮を指揮系統に従って繰り下げ、ライフルを抱えて館内へ駆け込んだ。

小牧の抜けたその一瞬に弾幕が薄くなる。指揮権を渡されたのは水戸本部の幹部隊員だった。

駄目だ、と呟《つぶや》いた堂上が自分の隣のその隊に駆け込んだ。郁も一緒に車の陰に滑り込む。

「撃て、アホウ！　盲撃ちでも引き金引けッ！　ここが脆《もろ》いと思われたら火力を集中されるぞ、指揮官が交替したくらいで動揺するなッ！」

言いつつ堂上が既にガラスの抜けている窓から小銃を連射した。郁も短機関銃《サブマシンガン》の引き金を弾が終わるまで引く。その間に何とか射撃の勢いが盛り返した。

小牧が指揮していたので当然だが、弾は充分に確保してある。堂上は交替した指揮官に指を突きつけた。

「隊の残弾量に常に気を配れ！　隊が弾切れになった瞬間に敵が躍り込んで来るぞ！」

で知った。


指揮官はこくこくと頷いたが今ひとつ頼りない。

「ここに特殊部隊から一人補佐を出すように玄田隊長へ伝令」

離れながら小声で指示した堂上に、郁は玄田へのチャンネルでそれを伝達した。

味方が頼りにならないという状況は敵が手強《てごわ》いよりもきつい――ということを郁は初めて肌で知った。


野々宮たちはまとめて後方支援部隊へ入れられていた。飛び込んでくる指令は部隊間の通信と補給物資の要請である。

物資の運搬には男子隊員も配置されていたが、ここ数年の状況で戦闘に不慣れになっていた隊員たちは直接被弾以外でも跳弾などで次々と負傷していった。

やがて、男子隊員が運搬で出払った隙に、新たに補給の要請が入った。図書館の裏口に配置されている部隊である。

「ど、どうしよう」

女子たちは見事に動揺した。

「男子帰ってくるの待つ？」

「そんな悠長な場合じゃないよ！」

野々宮は叫んだ。そんな場合じゃないでしょと笠原なら怒鳴る。

「台車使えば女子でも運べるよ、誰か荷物用の台車持ってきて！」

何人かが物置へ走った。

やがて届いた台車を開き、要請のあった分だけ弾薬類を種類を間違えないように積む。一人ではとても押せない重さなので野々宮と同室の女子が押していくことになった。

……私たちでも守れる。

見下したような業務部の女子たちを見返すように思い出す。

……今、この状況で何もできないのはあんたたちのほうだ。私たちにはできる。

二人で押してもふらつく台車を懸命に押して、待っている部隊を目指す。

いつも何の気なしに使っている裏口は、まるで光の門のように見えた。

「補給です！」

一回叫んだだけでは届かないほど銃声が溢《あふ》れていた。

「補給です、補給です、補給です！」

ヒステリーのように連呼してやっと隊員の一人が振り返った。ひげ面のおじさんだ。

「お前ら持ってきたのかァ⁉」

お前らと言われたが知らない隊員だ。応援の誰かだろう。

「男子がっ、出払っていたのでっ」

「よくやったなぁ、助かったぞ！」

言いつつひげの隊員は表に展開しているらしい部隊に叫んだ。

「弾薬到着！　置き場に運び出せ！」

男子隊員たちが次々と駆け込んできて、弾薬の箱を何個も肩に積んで外へ運び出していく。

「わっ、私たち、役に立ちましたかっ」

「もちろんだ！」

ひげの隊員に断言されて、野々宮は同僚と抱き合って膝《ひざ》からくずおれた。

うわああ、と泣き叫んだ声はけたたましい銃声にかき消されて自分にも聞こえない。

「さっさと持ち場に戻れ！　今は役に立ってくれたがこれで終わったわけじゃないぞ！」

その怒鳴り声すらも嬉しい。野々宮は同僚と走って持ち場へ戻った。


九時まで三十分を切り、いよいよ特務機関の攻勢が猛《たけ》り狂ってきた。

「図書館側の攻略は諦《あきら》めたみたいだね」

屋上から状況を見下ろして小牧が呟いた。地上では図書館を攻略していた良化隊員が美術館に集結しつつある。

そして狙撃《そげき》による威嚇はもうとっくに利かなくなっており、小牧も手塚も何人被弾させたかもう数え切れない。一体何がそこまで駆り立てるのか殺さねば止まらないような状態で、交戦規定のある狙撃は無力だった。

『屋上・狙撃班より玄田隊長へ。特務機関側は手段を選ばない段階に入ったようです。狙撃も威嚇ではもう利きません』

小牧は冷静に地上を見下ろしながら報告を続けた。

『もう車輌を盾にした正面からの攻略は諦めたようです。図書館に振っていた人員も美術館側に呼び寄せています。隊員の出入り用の塹壕《ざんごう》から侵入を狙っているようです。味方に犠牲者を出してもそれを盾に押し込む腹かと思われます』

『防弾盾をかき集めろ！　足りない分は鉄板でも何でもいい！』

　玄田が即座に断を下した。

『盾で押し戻しつつ戦闘能力を剝奪《はくだつ》する！　近接射撃も躊躇《ちゅうちょ》するな！　敵の戦闘力を剝奪することと各自の生命の防衛を最優先とする！』

「笠原、お前は館内に入れ」

　盾をかき集めている最中に堂上に言われ、郁は即答した。

「嫌です」

「笠原」

　言い聞かせるような口調は、さっきの玄田の指示のためだろう。

　各自の生命の防衛を最優先とする。つまり敵はもう交戦規定を守る気がないのだ。——特に対象の殺害を目的に発砲しないという規定を。

　それはおためごかしの規定かもしれないが、はっきりと殺害意志を持って発砲するのと被弾で戦闘力を削るのでは一線が違う。

　郁は堂上をまっすぐ見つめた。

「私は堂上教官の伝令ですから。どんな光景も最後まで一緒に見ます。それにあたしは、水戸本部の隊員より戦力になるはずです」

このアホウ、と堂上が見放したように吐き捨てて、自分の指揮していた隊に指示を飛ばした。

「堂上隊は三番塹壕を守る、盾で塹壕を封鎖しろ！　バスを乗り越える奴にも注意！」

一体どうしてそこまで意地になっているのか、聞けるものなら聞きたいような惨状だった。良化隊員は図書隊員の構える盾に押し寄せ、ぶちかまし、発砲し、時折盾の向こうにぶしゅっと血の噴水が上がるのは、両面からの圧力で出血しているのだろう。

図書隊側は暴徒（もはや良化隊員というより暴徒というほうが近かった）を抑えるために盾の固定や配置を工夫していたが、その盾に凄《すさ》まじい圧力で押しつけられる最前列の良化隊員は、死因が圧死となっても不思議ではない。むしろ、その隊員がクッションとなって盾が守られているような状況である。

それでも後ろから押し寄せてくる良化隊員は止まろうとはしなかった。

もう目鼻の区別も付かないほどに顔面が膨れ上がり、血に塗《まみ》れ、背中から味方の圧力で盾に押しつけられ引き回される良化隊員が、たまたまクリアの盾のところにずるりと押し潰《つぶ》されて現れたとき、郁は耐えきれず吐いた。

もう生きているとも思えないような——よしんば一命を取り留めるとしても、今すぐ救急車に乗せて集中治療室へ叩き込まなければ間に合わないような、

お願いだから諦めてよ。その人はあんたたちの仲間でしょう。仲間を殺しても取り上げないといけない絵がこの世にあるの。絵があんたたちを批判してたとしても、批判を受けない人や組織なんてこの世に存在しないじゃない。制服を冒瀆《ぼうとく》された気持ちは分かるけど、あんたたちはあたしたちの制服なら喜んで踏みにじるんでしょう。

苦い胃液まで吐いて、ふと目の前に落ちている影に気がついた。特殊部隊のバスの屋根だ。その屋根の線に、ぼこぼこと乗り出す人の影が、

「入ってくるなァ――――――――‼」

郁は膝で立ち上がりざま弾帯に挿してあった短機関銃《サブマシンガン》を抜き、乗り越えられようとする屋根の線を一直線になぞるように引き金を引いた。ちょうど胸のラインに当たったようで、一斉にバスの向こう側へ転げ落ちる。

初めて敵を撃ったからだなんてそんな甘ちゃんだと思いたくなかったが、膝を突いたまま涙が流れて止まらなかった。

撃ち尽くした。

弾倉《マガジン》の交換を。別の奴らが上ってくるかもしれない。膝を突いて固まったまま、郁は短機関銃《サブマシンガン》の弾倉《マガジン》を交換しようとした。もう慣れた作業だと思っていたのに手が忌々しいほどガクガク震えて巧《うま》く交換できない。

「どうして、あれっ、何で、――入れ、入れ、入れ、入れッ！」

と、短機関銃《サブマシンガン》が目の前で取り上げられた。見上げると堂上だった。

手早く弾倉《マガジン》を交換して郁に返す。「よく気づいた」と抱きしめられた。抱きしめられて自分の体ががくがく震えているのに気づいた。

『小牧より堂上隊へ報告。笠原士長が銃撃した良化隊員は撤収した。第二陣の気配はなし』

俯瞰《ふかん》している小牧からの報告だった。郁が相手を殺していないと教えるためだということが理解できた。防弾チョッキに弱装弾なら一番「死ににくい」組み合わせだ。

少なくとも郁が見て吐いた良化隊員よりよほど軽傷だろう。

でも、そういうことじゃない。

郁は阻止しようとして撃って、そこには殺《や》られるから先に殺れという本能しかなかった。


やがて九時のサイレンが鳴った。良化特務機関は潮が引くように、引いた浜辺に色んなゴミが残るように、空気だけで分かる怨嗟《えんさ》を残して引き揚げていった。

揉み合いの最前列に押しやられ、生きているのか死んでいるのか分からないような隊員たちは、手足を一本ずつ持たれて搬送されていった。

県展開場は九時からということになっていたが、戦闘で荒れた会場を図書隊で片付けるために県から三十分の猶予が与えられた。

郁はその間まるで使い物にならず、堂上に付き添われて声もなくただ目から水を流していた。

「最初に撃ったときはみんなそんなもんだ」

「嘘です」

堂上の慰めを郁は瞬時に否定した。

「手塚が初めて襲撃してきた良化隊員を撃ったとき、こんなふうにはなりませんでした」

「初めての大規模戦であんなもの見たんだ、情緒不安定にもなる。お前は気づかなかったかもしれないが、あの先頭の良化隊員見て吐いた奴はもっといたぞ。お前より先に吐いた男だっていた」

ああ、堂上教官あたしが吐いたの気づいてたんだ。

「ありがとうございます」

「何がだ」

「あたしを特別扱いしないでくれて」

お前こそ、と堂上は郁の頭にぽんと手を置いた。

「俺の伝令だから最後まで一緒の光景見る、ってのはちょっと……負けた」

負けたってどういう意味だろう。分からなくて顔を上げた郁を、

「分からなくていい」

と堂上は頭に置いた手で無理矢理また伏せさせた。

＊

特務機関は引き揚げたが、話はそこで終わらなかった。

さっそくのように良化法賛同団体の街宣車が県展の敷地の外を取り囲み、嫌がらせのような演説を始めた。せめて落ち着いて見られないようにという腹だろう。

そして守り終えた最優秀作品『自由』の前に真っ先に駆けつけたのは、会場内を走らないでくださいというアナウンスを無視して集団で走ってきた『無抵抗者の会』の一団だった。先頭は会長だったか竹村《たけむら》である。

初日のいきさつがあるし、茨城県の図書館界を歪《ゆが》ませた一因でもあるので、戦い終えた隊員たちは一様に嫌な顔をした。地元の水戸本部は特に遺恨があるので、必然的に図書特殊部隊がその場の盾となるように立ち塞《ふさ》がる。

「一体どういうつもりですか、こんな……芸術の象徴である県展を、戦場のような惨状にするなどとは！」

甲高い竹村の声が権利のように弾劾する。

「引き揚げていった良化隊員を見ましたか、あなたがたは！　敵とはいえ同じ人間を、あんな悲惨な、重篤な状態に！　それが文化の守り手のやることですか！」

「図書隊側の負傷者も見舞ってやってから言ってほしい台詞《せりふ》ですな」

玄田が怒鳴るまでもない腹から出した声で竹村を圧した。

戦闘に不慣れな状態に慣らされていた茨城県の防衛員たちは、やはり促成では練成が足りず、相当数の重傷者を出している。

特務機関と違ったのはそれでも味方を盾に個々の作戦を強行しなかった点だけだ。

「そしてあんな状態になるまで味方を圧死させる勢いで向かってきたのも特務機関です。我々にその勢いに押され負けて、無抵抗で守るべきものを放棄せよと？」

圧《お》されたことが悔しいのか、竹村はますます声を高くして怒鳴った。

「正義を語って銃を撃って英雄になれるとでも思っているのか、あんたたちは！」

郁は思わず玄田の広い背中に隠れ、堂上の肩にしがみついた。悔しさで涙が止まらない。

初めて敵を撃って、自分の弾が敵をなぎ倒したことがとても恐かった。引き金を引いただけで敵は呆気《あっけ》なくバスの向こうへ転げ落ちた。

英雄になりたくて銃を撃つだなんて！　図書隊はそんなことのために銃を撃つのじゃない。

そんなお気楽な理由で撃てるのならいっそ幸せだ。

いつからか知らない、郁が生まれる前にはもう歪んでいたこの社会で、検閲に抗《あらが》うために銃が必要になってしまっていた社会で、
あたしたちはもう撃たなくては仕方のない状態になっているのだ。


「大変高尚なご意見ですな」

竹村のようなキンキン声ではなく、声を張り慣れている人に特有の深い声がその場を割った。

全員が声を振り向くと、そこに立っていたのは秘書や職員を引きつれた県知事だった。

その随行している職員の中に、郁の父の克宏《かつひろ》も混じっているのが玄田の背中から窺《うかが》えた。

「あなたがたは何故それと同じことをメディア良化委員会や賛同団体には仰《おっしゃ》らない？　明らかに英雄気取りで検閲を執行し、またそれを賛辞している彼らに！　検閲抗争が激化した歴史の責任が図書隊にしかないかのような言い分ですな、我が県の文化と財産を守ってくれた彼らに対して！」

さすがにここで県知事が現れるとは思っていなかったのか、竹村以下『無抵抗者の会』たちが怯《ひる》んだ。

「誰も好き好んで銃を手に取りはしない、撃てば必ず相手が傷つき、あるいは死に至る。彼らは我々に代わって手を汚しているのです。あなたがたは彼らに代わって手を汚す覚悟があって彼らをそのように責めるのか！」

気がつくと堂上が支えるように郁の腰に手を回していた。

引き金を引いた瞬間、結果的にはどうあれ、郁の中では攻め込もうとする敵を殺した。この手はもう血に塗《まみ》れた。知事の言葉は郁の手が汚れたことを容赦なく指摘し、しかしそれを指摘してもらえたことに救われる。

手を汚していると分かってくれている人たちがいることに——その人たちがいると分かっているのなら、この手を汚すことなどいくらでも。

お膳《ぜん》立《だ》てされたキレイな舞台で戦えるのはお話の中の正義の味方だけよ。現実じゃだれも露払いなんかしてくれないんだから。

泥被《かぶ》る覚悟がないなら正義の味方なんか辞めちゃえば？

柴崎に以前言われた皮肉が蘇《よみがえ》る。それでも柴崎は皮肉を手加減してくれていた。あたしたちが被るのは泥じゃない。

図書隊が被るのは血なのだ――

知事の話はその間にも続いていた。

「それとも、作品の前に立ちはだかり、死しても検閲に屈しない膝《ひざ》を覚悟し、己の死が大衆を覚醒《かくせい》させることをも覚悟に数えたうえでの発言か！　その覚悟があるならたった今県展のために、検閲に蹂躙《じゅうりん》される文化のために死線を潜った彼らを好きなように責めるがよろしい！」

奇《く》しくも――

試される機会はその瞬間に訪れた。

「そこをどけぇェッ!!」

暴力的に喚《わめ》く声が朗々とした知事の声をぶった切り、そして――

銃声が空を一連射切り裂いた。その場に駆け込んできたのは短機関銃《サブマシンガン》を構えた若い男が二人だった。

竹村が真っ先に、そして『無抵抗者の会』の構成員が転げるように逃げ出した。逃げるために知事や県職員を突き飛ばして転倒させる有り様だった。

「全員伏せろ！」

喧噪《けんそう》をねじ伏せたさすがの怒声は玄田である。隊員たちが条件反射のように地面に伏せ、郁もそうしたそのうえに堂上が覆い被さった。

「知事らも起きるな、倒れていなさい！」

転倒した知事たちにも怒鳴り、玄田は一人伏せずに襲撃者の前に立ちはだかった。

「お前たちが狙っている最優秀作品は俺の後ろだ！　撃てるものなら撃ってみろ！」

任務に失敗した特務機関が過激な賛同団体を鉄砲玉に使い、目的を達成しようとすることは証拠がないだけでままあることだった。

二人の男はしばらく躊躇《ちゅうちょ》するようにがくがくと震えていたが、やがて、

「うわ――――――――――――――ッ！」

裏返った悲鳴とともに銃声をばらまいた。その連射音の一音一音にすべて弾が載っている。

「玄田隊長ッ！」

反射で起き上がろうとした郁を、ものすごい力で堂上が地面にねじ伏せた。

「いやァッ！　隊長が！」

こんな銃声の雨を受けたら玄田は、

「動くな！」

郁をねじ伏せたまま堂上が耳元で叫んだ。

「今頭を上げたらお前の頭が吹っ飛ぶんだぞ！」

鼓膜が破れるのじゃないかというほど叱りつけられ、郁は必死で地面にかじりついた。性格を読んでか挙動を読んでか郁の上に覆い被さった堂上は郁よりも体の位置が高いのだ。

やがて短機関銃《サブマシンガン》の弾が切れた。

全員の頭が上がって玄田を見た、玄田は全身を真っ赤に塗られた赤鬼のようになって襲撃者を見据えており、

「それでしまいか？」

と、にやりと笑って前にどうとのめった。

「玄田隊長ッ！」

特に特殊部隊の隊員たちが駆け寄ろうとしたとき、襲撃者が「まだ動くな、まだ武器はあるぞ！」と叫び、ベルトの後ろに挿していたらしい拳銃《けんじゅう》を取り出した。

中腰になって止まった隊員たちの隙を衝き、襲撃者は最優秀作品を――『自由』を撃った。短機関銃《サブマシンガン》より軽い銃声が五発。弾が当たったガラスケースは四発目までを持ちこたえ、五発目でガラスに蜘蛛《くも》の巣のような網目を刻んだ。美術館の用意した防弾ケースは、短機関銃《サブマシンガン》の連射には持ちこたえられなかっただろうが、最後の拳銃からは絵を守りきった。

「取り押さえろ！」

緒形副隊長の怒声が飛び、隊員たちが次々と飛びかかって襲撃者たちを地面にねじ伏せた。

「隊長！」

玄田に真っ先に駆けつけたのは小牧である。堂上班や他の班もすぐに追い着き取り囲んだ。郁は必死で自分の手を嚙《か》んでいた。泣き喚くか悲鳴を上げるしかきっとできない自分は玄田を救助する何の助けにもなれない。ただ自分が邪魔にならないように、そしてせめて隊の一員として状況の推移を見守るために、血が流れるまで自分の手を嚙んだ。

「頭は擦過銃創数ヶ所、防弾チョッキは三ヶ所貫通、盲管銃創の可能性もあり！　四肢は貫通、盲管、擦過銃創多数！　胴体と合わせ推定二十数ヶ所！」

小牧の確認に手塚の報告が重なる。

「救急車手配しました！」

「止血帯あるだけ持ってこい！　隊長と同じ血液型の者は申告しろ、O型だ！」

これが堂上で、その先はもう聞き分けができなかった。

手を強く嚙み続けて、やっと自分にもできることを思いついた。

その場を離れて、少し離れて推移を見守っている県知事たちのほうへ駆け寄る。

「皆さんお怪我は⁉」

見たところ無事なのは分かっているが一応尋ねるのが義務だ。

「こちらは大丈夫です、あの会の連中に突き飛ばされて転んだ擦り傷くらいのもので……あの隊長さんは」

「重体なんです、出血がひどくて」

そこまで県知事に向かって話し、それから郁は克宏にすがりついた。

「お父さんお願い！　玄田隊長O型なの、職員の人で血液型の合う人に献血してもらって！　玄田隊長二十ヶ所以上も撃たれてて、きっと大手術にっ……！」

「笠原君」

県知事に声をかけられたのは克宏だ。

「玄田さんを赤十字病院に収容する手配を至急。細かい手配は君に任せる」

「分かりました」

克宏と郁に気を遣ってか、「県展はまた後日、ゆっくり見せてもらうことにしましょう」と言い残して知事とほかの職員たちは帰っていった。

克宏が凄《すさ》まじい勢いで携帯を使いはじめ、病院の手配、血液の在庫確認と必要予定量の確認、献血で集めてほしい輸液量の確認はあっと言う間に終わった。隊員だけでは限度一杯提供してもとても足りない量だった。

県庁前に献血車を三台、市役所に二台を手配し、緊急の協力を全部署に依頼する手配をしてくれることになった。

ありがとうお父さん、と言おうとしたとき、実に十数年ぶりか克宏に強く抱きしめられた。

「ありがとう。お前や隊の人たちの覚悟を見せてもらった。お前と隊の皆さんが守ってくれた『自由』は必ず開催期間中に見に来る」

そう言って克宏は、後は振り向きもせずに帰っていった。

「玄田隊長は赤十字病院に収容されます、献血などの手配も隊や在庫だけで足りない分は県庁が総力を挙げて協力してくださるそうです」

色んなことがありすぎて却《かえ》って平坦《へいたん》な声になった郁の報告に、救急車を見送った隊がやっと希望を見つけたように沸いた。

「親父さんに頼んだのか」

堂上に訊《き》かれて、郁は状況を思い出すように首を傾げた。

「父に協力してくれって泣きついてたら、県知事が父に采配《さいはい》しろって言ってくださって」

「さすがに大胆なことをするな、お前は。俺たちではできん」

だがありがとう、と言われた。お前がここにいてくれてよかった、と。

「父が……県庁にいただけですから」

「その巡り合わせも含めてだ」

県展の入場時間はさらに正午にずれ込んだらしい。入場客たちも初日の混乱はある程度予想していたようで、苦情はあまり出なかったという。

それまでに防弾ケースが割られた『自由』も新しいケースに入れ替え、戦闘の痕跡《こんせき》もできるだけ処理しておかなくてはならない。

玄田隊長の血痕も土を撒《ま》いて隠さないと、入場客が引くよねえ。

そんなことをぼんやり考えながら、そう言えば隊員が少なくなっているなと気がついて堂上に訊くと、献血に協力できる隊員は病院に駆けつけるべく、準基地へ一度引き揚げたらしい。病院が分かり次第出発するべく待機していたらしいが、郁の報告でもう病院へ向かったという。

「あ、あたしもO型だから行かなきゃ」

「お前はやめとけ」

堂上が言い聞かせる口調になった。

「顔色が真っ白だぞ。貧血確定だ、行っても献血の前段階の検査で撥《は》ねられる。うちの班からは輸血では協力できないが、それ以外にするべきことは山程ある。戦闘の処理はまだ手つかずだし、残った人員で適切な警備ローテーションも組まないとな」

「隊長、助かりますよね？」

すがるように尋ねると、堂上がこらえかねたように郁の肩を強く抱いた。気持ちのやり場を探すようなその強い力で、堂上も信じるしかできないのだと分かった。

「さあ。俺たちは俺たちの仕事をするぞ」

郁の肩を手放し、てきぱき歩き出した堂上の背中を追うように郁も小走りになった。

＊

入場客に配布するパンフレットは開催期間中の入場者を二万人を見込み、県立図書館の倉庫室にその在庫が保管してあった。必要な分を毎日出庫する手筈《てはず》である。

最優秀作品『自由』を巡る壮絶な攻防戦——そして痙攣《けいれん》的な良化法賛同団体の襲撃に美術館が大きく揺れていた頃、その倉庫室を訪れた者があった。

茨城県立図書館長、須賀原である。

図書特殊部隊が応援に到着してからというもの、顔色の良かった日がなかったといっていいほど追い詰められた様子をしていた須賀原は、人目を忍ぶように白いポリタンクを倉庫室内に持ち込んでいた。

あなたは責任者として館長室にいてくれたらそれでいい。それ以外は何も望みません。

最高責任者である須賀原に、防衛部の幹部隊員たちはそれしか求めなかった。それはもう、須賀原に形式的な責任者たることしか求めないという宣言でもあった。

防弾となっている館長室で、攻防の結果がどうなったか、『自由』がどうなったか、須賀原は知ろうとせず、また生死を争う苛酷な状況の中で、積極的に事態に関わろうとしない須賀原に状況を報告する者など誰もいなかった。

須賀原にとっては図書特殊部隊着任時の玄田の宣告の数々が『自由』などという作品の顚末《てんまつ》などよりよほど重大だった。

水戸本部が大規模攻防戦を戦えない状況を自分の世代で作った。

自分が着任する前と後で検閲から本を守り得た実績を提出せよ。

準基地の状況は歪《ゆが》んでいる。特に防衛部の二監である準基地司令を対等に扱わなかったこと。

歪んだ状況は気づいた限り中央に報告すると玄田は宣言し、また渋々作成していた検閲実績のデータは明らかに須賀原の着任後で没収数が激増していた。

文化を守るためを語って武力を用いることは民主主義に反する。『無抵抗者の会』の竹村らが須賀原にそう語って接触してきたとき、自分の代で検閲による犠牲者の責任を取りたくないという打算もあったが、その思想が崇高なものに思えたのも確かだ。

しかし今、作ったデータは検閲に膝《ひざ》を屈した敗者という烙印《らくいん》を須賀原に灼《や》きつけようとしている。須賀原の作り上げた崇高であったはずの体制は完全に瓦解《がかい》した。

そして、その崇高な思想を語った竹村らは、今キャリアの窮地に追い込まれている須賀原に面会一つ申し込んでこようとはしないのだ。

ともに無抵抗で戦う芽を、などと最初に語っておきながら。市民運動と茨城図書館界の連動を、などときらびやかな理想を語っておきながら。

須賀原は一人、このキャリアの危機と戦わねばならない。ライバルと目された女性公務員は、もはや須賀原が追いつくことのできない高処《たかみ》にいる。

ありとあらゆる方面から須賀原にかかる重圧は既に限界に達していた。

「……疑わしきものは、」

須賀原は倉庫室に持ち込んだポリタンクのキャップを開けながら呟き続けていた。

「収蔵しなければいい。疑わしきものは収蔵しなければいい。疑わしきものは収蔵しなければいい」

そうでなければ、

「私の経歴が。私の経歴が。私の経歴が」

無抵抗に殉じていた間は傷ひとつ付かなかった館が、県展で検閲に一度抗《あらが》うことが決まっただけでこの惨状になった。

この倉庫室に山積みのパンフレットも、収蔵している限り敵は襲来して館を蹂躙するだろう。その修復予算は。犠牲者の責任は。

須賀原は手近の段ボールから順に、とくとくとタンクの中の液体をかけた。念入りに。

「何をなさっておられるんですか」

須賀原を刺激しないようにか静かな声がかかった。振り向くと準基地司令の横田《よこた》二監だった。

「見れば分かるでしょう。図書館をこれ以上蹂躙されないための処置よ」

「おやめなさい」

横田二監はやはり静かな声で止め、一歩須賀原に近づいた。

「それこそが図書館を蹂躙する行為だ。しかも図書館長であるあなた自身が」

「たった一度検閲に抗っただけで、この館がどんな惨状になったと思っているの？　配布して残ったパンフレットはすべてこの館で収蔵させられるのよ。一体これ以上の被害と犠牲者に、誰が責任を取らされると思っているの⁉」

近寄らないで、と叫んで振り回したタンクの中身が横田にもぶちまけられた。

冬によく嗅《か》ぐ灯油の臭いがもう部屋中に充満していた。

「検閲と戦う限り、誰もあなたにその責任を追及はしません！　むしろ検閲に膝を屈し、自ら守るべき資料を破棄したことがあなたの一生の汚点となります！」

荒げた横田の声が、須賀原に最後に投げられた命綱だった。しかし、須賀原にとってそれは極端に短い導火線としかならなかった。

「うるさい！　検閲には無抵抗でいればいいのよ！」

須賀原は手の中に持っていたライターの火を熾《おこ》し、灯油で濡《ぬ》れた表面を大きく炙《あぶ》った。

一直線にオレンジ色の火が走り、その火が——灯油をぶちまけられていた横田にも届いた。

獣の咆哮《ほうこう》のような悲鳴が上がった。

床に転がって火を消そうとのたうつ横田とあっという間に広がるオレンジ。熱気。

その光景がようやく取り返しのつかないものとして須賀原に迫った。

「ひ……」

喉《のど》が攣《つ》ったような悲鳴をこぼし、須賀原は倉庫室からまろび出た。

自動式の火災警報がけたたましく鳴り響き、防衛員たちが通路の向こうから数名駆けつけた。

倉庫室の扉から漏れる凄《すさ》まじい煙で事態を悟れない者はいなかった。

「火事だ、パンフレットが！」

「誰か火だるまに！」

火をまとってのたうつ人影はもはや判別はつかず、隊員の一人が廊下に置いてある消火器を取りに走った。火をまとった人影に噴霧すると、俯《うつぶ》せになって頭を抱えた姿勢で隊員が消火剤の中から現れた。

「横田準司令⁉」

何故横田がこんなことになっているのか、誰も理解できないままに誰かが救護班に無線連絡を入れた。

「パンフレット保管倉庫で火災発生、横田準司令が重度の火傷！　救急車を手配しろ！」

同時に担架を求める叫びが上がる。人力で搬送したら自重で更に重傷になりそうだったが、近場には担架も代わりになりそうなものもない。倉庫室の中の炎はますます燃え盛り、酸素を求めて開け放たれたドアにも迫る勢いだった。

「俺が負ぶう、乗せろ！」

体格のいい隊員が負ぶう姿勢になり、数人がかりで横田をその広い背中に乗せて燃えさかる倉庫室から出す。負ぶった隊員は「このまま救護班まで運ぶ」と言い残して駆け出した。負ぶうことで傷がひどくなるとしても、火事場の近くに置いておくよりは救急車が乗りつける救護班まで運んでおいたほうがマシだ。

「スプリンクラーはどうした⁉」

今や図書館の全室標準装備となっている窒素式の消火装置は、うんともすんとも言わない。熱気に煽《あお》られながら壁際の強制作動スイッチを押していた隊員が、咳《せ》き込みながら駆け出してきた。

「駄目です、作動しません！　中央制御室でテストモードに入っていると思われます！」

とっさに無線を持っていた者が共通回線で怒鳴った。

「誰か中央制御室の近くにいる者、スプリンクラーのテストモードを切れ！　火災中の倉庫室でスプリンクラーが作動しない！」

「念のために自分も行きます！」

足に自信のありそうな者が中央制御室へ駆け出す。

そのとき――その場をじりじり離れようとしていたどぎつい花柄のワンピースに全員が注目した。

「あんたか！」

一人が須賀原の襟元を摑《つか》みあげた。

「日野と同じことをよくも！　図書館長の身にありながら……！」

消火装置を切って火を放つ、『日野の悪夢』とその手口は完全に被《かぶ》っている。志して図書館を目指した者には到底許されない暴挙だった。

「わ、私はただ、この館を守ろうと、」

言い訳がましく口走る須賀原に全員がはっきりと侮蔑《ぶべつ》の視線を投げた。

「終わったよ、アンタ」

ざまァ見ろ、と言うには引き起こされた事態が重すぎたのだろう。放火に殺人未遂だ。それ以降、須賀原は隊員たちに存在そのものを無視するように扱われた。

スプリンクラーは数分後に作動して、倉庫室自体はボヤで済んだがパンフレットはほとんどが焼損し、開催期間の途中で足りなくなることは明らかだった。

パンフレットを危険な資料として収蔵したがらなかった須賀原の希望のみ叶《かな》ったことになる。図書館にとっては、パンフレット専用に倉庫室を一つ空けておいたため蔵書の損害がなかったことが辛うじての幸運だったことになるか。

玄田と同じく赤十字病院へ搬送された横田は、うなされるように一つの言葉を呟いたという。あなたは、県立図書館長には相応《ふさわ》しくなかった。

その言葉は後日、地方紙の一面を飾る須賀原と行政人事を弾劾する言葉となった。

＊

長い長い県展初日が終わって、女子防衛員たちが寮へ戻ったときだった。

玄関に、業務部の中心的存在であろう女子たちが待ち受けていた。

「あの……言いたいことがあって」

「何。あたしたち疲れてるから手早くしてほしいんだけど」

言いつつ戦闘靴を脱ぐ郁に従い、全員が編み上げの紐《ひも》を解《と》きはじめる。

「これからは、業務部以外も食堂とか自由に使っていいからね」

その言い草に、いいかげん疲れ果てていた脳が自制を完全に失った。

「何だ、それは」

郁は玄関に腰掛けた体勢からじろりと業務部の女子たちを見上げた。その眼光で女子たちが竦《すく》み上がる。

「自由に使っていいから何だ。それで謝ってるつもりか、もしかして。それにしたってあたしに向かって言うことか？　お前らが須賀原館長に相乗りして虐げてきたのは誰だ？　思い出せないなら思い出させてやろうか」

立ち上がった郁に女子はますます怯《おび》えて後ろへ下がった。郁の口はますます荒れた。

「食堂も風呂《ふろ》も新しい洗濯機も、全部本来平等に使えて然《しか》るべきだろが！　妙なシステム勝手に作ったお前らがそれをチャラにするってんなら詫《わ》び入れる相手も言い方も違うだろうが！」

「笠原さんっ」

すがりついて止めたのは野々宮だ。

「私たちのことですから。私たちで話をします」

「……ああ。そうだね。ごめん」

野々宮が業務部の女子たちに向き合った。

「須賀原館長のことがあっての申し出だとは思いたくないけど、そう疑ってしまうようなことをあなたたちがしてきたことは忘れないで。職域を以《もっ》てヒエラルキーを作っていた事実も。寮の設備は防衛部も後方支援部もこれからは平等に使わせてもらいます。普通に早い者勝ちで、特に私たちを優遇されたくはありません。ヒエラルキーが逆転して歪《ゆが》むだけだから」

ただし、と野々宮が薄く笑う。

「しばらくの間はお互い気まずいので時間をずらすようなことはあるかもしれませんけど」

最初に会ったとき、何かといえばごめんなさい、すみませんを連発していた野々宮とは別人のようだった。

「謝罪も今は受けたくありません。私たちは今、玄田三監や横田二監をはじめ、多くの仲間が傷ついていて、こんなバカバカしいことであなたたちの謝罪を受け入れられるほど余裕がないんです。私たちと普通に暮らしてください。それがあなたたちにお願いしたいことです」

野々宮の申し入れは立派だった。今日の修羅場を潜ったことがそうさせているのか。

「いつかわだかまりがなくなればとは思いますけど、一度の謝罪でリセットできるほど私たちの心も単純じゃないんです。機嫌を取られても反感が募るだけなので普通に接してください」

もうあたしは必要ない。

戦闘靴をいつものように部屋に引き揚げるのではなく靴箱に入れ、郁は小さく微笑んだ。

＊

玄田と横田の手術は一応成功したが、二人とも昏睡《こんすい》から醒《さ》めない状態が続いているという。

だが、誰も「大丈夫なのか」とは口にしなかった。本当は二人に関わる誰もが不安のあまり口にしたかったはずだ。しかし、それを誰かと確かめ合うこと自体が不吉を呼び寄せるようで、少なくとも図書特殊部隊では玄田の容態を経過報告以外で話し合おうとする者はいなかった。

経過報告役と看護役には、初日に東京から折口が飛んできている。やはり特別な絆《きずな》があるのだなと郁にも悟らせずにいない出来事だった。

須賀原は警察で取り調べを受けている最中だ。

初日の騒動が報道されたことが逆に客寄せになったのか、県展は翌日からここ十年ないほどの人出になったという。

郁も班のローテーションで警備に立ったが、まるでテーマパークの開場待ちのような人波が朝から夕方までずっとやまなかった。

父と兄が見に来てくれたが、それも向こうが郁の姿を探して声をかけてくれるまで郁からはまったく気づけないほどだった。


三日目の晩、横田の意識が戻ったという。寮監が珍しく明るい口調で放送をかけ、そのとき食事中だった野々宮たちがきゃあっと歓声を上げかけ——途中で郁を気にしたように、その声を潜めた。

玄田の意識はまだ戻っていない。

「やだ、気にしないでよ！」

郁は慌てて手を振った。

「よかったじゃん——いいことじゃん、あたしも嬉《うれ》しいよ！　だって横田二監が無事だったら、きっと玄田隊長も無事に連れて帰ってくれるよ」

よかったよぅ——……まるで子供のように誰かが泣き出して、釣られてみんな泣き出した。郁も釣られたふりで、よかったねえと一緒に泣いた。

お願いです、どうか玄田隊長が無事に戻ってきますように。あのムチャクチャで豪快で反則技だらけで、でもそこにいるだけで何でも何とかなりそうなあたしたちの隊長が、一日も早く目を覚ましてくれますように。

ほんとに、ほんとに、横田二監が玄田隊長も一緒に連れて帰ってくれますように。

少しだけ一人になりたくて、お風呂の時間をみんなとずらした。

部屋で携帯をしばらく見つめ、用事じゃなくても許されるかしばらく考え——そして堂上の番号を発信した。

「どうした」

相変わらずの臨戦態勢の声に笑ってしまう。

「何かあったときしか掛けたらだめなんですか、あたし」

「確率の問題だ」

素っ気ない言い草に見せかけて堂上の声も緩んだ。

「横田二監、意識が戻ったそうですね」

「そうだな、めでたいことだ」

「玄田隊長も……」湿りそうになる声を懸命に明るくする。「もうすぐですよね」

「——ああ。きっとだ」

一瞬間を開けたのは強い声を出そうとした溜《た》めだと分かって、それに気づいてしまうともう駄目だった。

「そうですよね」

子供のような嗚咽《おえつ》が漏れる。

不吉なことのように誰も触れない。そのことが本当はとても不安だった。

本当は誰かと大丈夫ですよねと確かめ合いたかった。でもみんなが同じように不安で、誰も心配を口に出せなかったのだ。

特に男性陣は、玄田隊長が帰ってきたときに恥ずかしくないような仕事をするというところに不安の捌《は》け口を見出《みいだ》していて、郁が話しかける余裕はなかった。

「こっちでも、横田二監が戻ってきたならそれよりしぶとい玄田隊長が戻ってこない訳がないって盛り上がってる」

「ずるい、そっちだけ」

あたしなんか、あたしを気遣う女の子たちに逆に気を遣って、横田二監の意識が戻ったのは嬉しいけど、一人だけで切なかった。

「あたしもみんなとそんなふうに明るくはしゃぎたかったのに」

「ああ……悪かったよ」

堂上の声はやや不機嫌に聞こえたが、これは困っている声だともう聞き分けができる。

「大丈夫だ。玄田隊長は必ず目を覚ます。無茶をする人だって知ってるだろう、今回は無茶が過ぎたから回復にも時間がかかるんだ」

そう言って、しばらくしてから堂上は「……ぽん」と唐突に擬音を発した。

今のは何だ。

「今、お前の頭叩《たた》いたぞ。泣きやめ」

むせるほど吹き出した。

「ばっ……かみたい、いつもクソ真面目な人が、どの面下げて、……でも」

笑い声を殺しながら精一杯かわいくねだってみる。

「笠原、撫《な》でてもらうほうがよかったな」

「本日のサービスはもう終了いたしました、だ」

吹き出されて機嫌が悪くなったのか、堂上はふて腐れたような声でそう言って一方的に電話を切った。

＊

こ、

「……れしきのことで騒ぐなバカどもが……」

呻《うめ》くと激しい咳《せき》がこみ上げて喉を占領した。

「玄田君！」

激しい咳に聞き慣れた女の声が重なった。

「ここ、は、」

「病院よ。全身二十三ヶ所だか撃たれて十三時間の大手術だったってのに……」

折口が苦笑する。

「意識が戻るなり第一声が部下への叱責《しっせき》っていうのがあなたらしいわね」

「絵、は、」

「無事よ。県展は五日目に入ったわ。あなたの部下たちもよくやってる。だからゆっくり怪我人を満喫してなさい」

手を動かそうとすると自重で持ち上がらなかった。そのことで回復までの時間とリハビリの長さが思われて早くもうんざりした。

予定の高さまで手が上がらなかったので、折口の膝《ひざ》に手を乗せる。

「すまんな」

やっと口が思うように動くようになってきた。

折口は膝に乗った手を、包帯であちこち縛られた手を、玄田に負担のかからないように静かに包んだ。

「あなたの無茶には色々付き合ってきたけど、これは折り紙付きよ」

そして玄田は二人で暮らすのをやめて以来、十数年ぶりかで折口の頬に涙が滑るのを見た。

「勘弁しろ。お前に泣かれるのは苦手だ」

「無茶した罰だと思って見てなさい」

言いつつ折口がぽろぽろと涙をこぼす。

「これしきのことでくたばるか、バカ」

「普通死ぬわよ、バカ」

「奴らの鉄砲玉なんてのはな、あの距離で俺一人殺せん程度の奴らだ、所詮《しょせん》」

大体ね、と折口が泣いても美人なままの顔を上げた。

「私が一人で赤いちゃんちゃんこを着る羽目になったら面倒見てやるって言ったんでしょう、あなたは！　口先だけだったのあれは⁉」

ああ——覚えてたのか。そしてその約束は有効か。玄田は思わず微笑した。

嘘ではなかったし口から出任せでもなかった、だが折口には単なる冗談だと思ってもらっていてよかった。

「還暦過ぎたら籍でも入れるか」

それも冗談と思ってもらってよかったが、折口は恐い顔で「前提として生きててもらわないと困るのよ」と玄田を叱りつけた。

これしきのことで騒ぐなバカどもが。

折口から入った意識回復の速報は、図書特殊部隊の中を素晴らしい連携を以《もっ》て駆けめぐり、隊員たちに感動よりも笑いを提供していた。

「普通こう来ます!?」

堂上班で休憩中のことである。郁は休憩室でどんと机を叩いた。

「あたしが女子寮で一人どんなに胸を痛めたか！」

「昏睡《こんすい》状態から意識が俺たちへの檄《げき》に直結したんだろうねえ」

小牧が言いつつくすくす笑う。

「昏睡中もずっと指揮執ってたかもしれんな」

と、堂上の言い草も大概だ。

「茨城勢はかなり慄《おのの》いてたみたいですね」

手塚が小耳に挟んできたらしいことを雑談に乗せた。

「特に水戸本部なんか、横田準司令が物静かで紳士的なタイプだから」

横田が意識を回復したときは女子寮もそうだが、男子寮でも感動的な光景が繰り広げられていたらしい。お互い肩を抱き合って男泣きに吉報を喜ぶ姿が多く見られたという。

「横田二監は火傷《やけど》の整形手術がメインになるらしいね。玄田隊長は完治まで三ヶ月、リハビリの完了までは半年以上かかるだろうって話で」

小牧の話に郁は眉《まゆ》をしかめた。

「……何でそんな重大な話なのにこっちではまず笑い話になっちゃうんだろう」

「キャラの違いだろ」

「わあ、キャラの違いで片付けたよこの人」

呆《あき》れた郁に堂上が珍しくむくれたように言い返した。

「じゃあ他に何があるんだ、言ってみろ。どうせ動けるようになった途端におとなしくなんかしてないんだ、あの人は。聞く耳をまったく持たないおっさんに病院に帰れだの無茶をするなだの進言して歩く俺の苦労がお前に分かるのか」

「ああ、確かに堂上以外はフォローしそうにないねえ」

小牧も納得顔である。

「しろよお前も！」

突っ込まれた小牧は適当に笑って逃げた。

「あの人はお前にそうやって叱られるのが嬉しいんだから」

リハビリ終わるまで、いやせめて完治するまでこっちの病院で監禁しててくれねえかなぁー、と堂上にしては捨て鉢な愚痴がツボに入って、郁は笑いをこらえるのに苦労した。

＊

県展の開催期間中に、郁の母親の寿子もこっそり一度来たらしい。父の克宏からの報告だ。

郁は背が高くて姿勢がいいからあんな格好でも見映えはするわね。全然女らしくないけど。

台所に立って克宏を振り向きもしないまま硬い声でそう言ったらしい。郁のほうはまったく気がつかなかった。気がつかれないように来て、こっそり郁を観察して、気づかれないように帰ったのだろう。

溝は深いが相手は譲歩しているつもりなのだということは、郁が分かってやらねばならない部分なのだ、多分。

県展の最終日──入場者が捌《は》けてから屋外展示の作品を近代美術館内に格納し、それで図書特殊部隊の応援は終わりだった。翌日には関東図書基地へ帰還することになる。

「ここはどうなるんだろうな、これから」

案ずるように呟いたのは、たまたま郁と二人で額を運んでいた途中の堂上である。

県立図書館長が放火と殺人未遂で逮捕され、準基地司令はまだ重体で入院中だ。次の館長も準司令代理も決まってはいない。

何より、須賀原館長時代に築かれた歪《ゆが》みが今後の茨城県図書館界にどういう影響を遺《のこ》すのか。

額を美術館員に引き渡し、郁は堂上の袖《そで》を引いた。

「ちょっとだけ、外出ませんか」

「まだ作業中だぞ」

「もうほとんど終わってるじゃないですか。ちょっとだけ」

郁がもう少しだけ強引に袖を引くと、堂上は渋々といった態《てい》で郁について歩き出した。

郁が先に立って案内したのは、以前手塚と休憩場所に使った準基地の庭の温室である。電気は来ていないようなので、屋内は夕方の弱々しい外光しか残っていない。

「堂上教官、これこれ」

郁は場所を覚えていた鮮やかな緑の株に駆け寄り、迷わずしゃがみ込んだ。堂上が追い着き、屈《かが》みながら覗《のぞ》き込む。

細かいレースを短く継ぎ合わせたような葉の隅々まで鮮やかな緑を含んだその小さな株は、ふっくらと優しいフォルムを保ってプランターにいくつか並んで座っていた。そろそろ地面に植え替える時期だろう。

手塚と見たときはまだ鮮やかな緑と細かいレースの葉、それだけが特徴だった。

今日は三分咲きほどで白い花が開いている。黄色くこんもりと盛り上がった中心の管状花を、真っ白な短い花弁がぐるりと包み、花の一つ一つは指先に乗るほどの大きさ。

華やかさとは程遠い、とてもささやかな見かけの花だ。

「カミツレです」

堂上はしばらく無言でその地味で奥ゆかしげな花を見つめた。

「これがそうか。……こんな時期に咲くのか？」

「春蒔《はるま》きも秋蒔きもできますけど、夏の暑さに弱い花なので、秋蒔きのほうが巧《うま》くいきやすいそうです」

ねえ、まだ気づかないの。うずうずしながら堂上の反応を待ったが、草花に疎い堂上は結局答えを明かさないと分からなかった。

「誰かカミツレのことをよく調べて知ってて、それで育ててる人がいるんですよ。ほら、もう地面に植え替える準備ができてる」

　プランターの近くによく耕された地面が用意されていた。

「きっと階級章にカミツレが入った理由を知ってる人ですよ、ほら。きっと毎年」

　プランターの挿し札はカミツレの文字が何度もなぞり書かれていた。色も黄ばんでひび割れ、一度使っただけではない使い込まれた様子が窺《うかが》えた。挿し札を替えることはちょっと無精な人かもしれない。

「『苦難の中の力』を知ってる人がここの図書館にいるんですよ。だからきっと、」

「もういい」

　堂上が多少手荒に郁の頭を揺すぶった。郁が喋《しゃべ》れないようにか。

「お前が俺を励まそうとか百年早い」

　百年経ったら二人とも生きてないじゃないですか、とは思ったものの、その言い草は堂上が郁に励まされたことを逆説的に認めているようにも思われたので、郁は何も言い返さなかった。

　立ち上がった堂上が、

「後はお茶だな。東京戻ったら探しとけよ」

　と歩き出した。

　その約束はまだ生きてるのか、と意外に思いながら、顔がにやけるのを抑えきれなかった。

女子寮は多少ギクシャクしながらも設備の使用などはもう平等に回りはじめていた。いっそ来年の新隊員が入ってきてからのほうが色んなものが水に流れはじめるかもしれない。

＊

引き揚げの朝、野々宮を始めとする女子防衛員たちが玄関まで見送りに来た。

出発時には県知事以下、行政の上役や美術館関係者で見送りのセレモニーを執り行うというので、隊員同士で直接話せるのはこれが最後だ。

セレモニーは副隊長の緒形が固辞に固辞を重ねたが、どうしてもと押し切られて「短く！できるだけ短く！」と懇願しながら組み込まれた。

「笠原さぁん……」

野々宮の声はもう半泣きだ。

何だかんだと一ヶ月近く一緒に過ごしたので、見送られる寂しさもひとしおだ。

湿っぽくなるのは嫌なので、郁は背嚢《はいのう》を担いでさっさと立ち上がった。

「元気でね。これから大変だから頑張れ」

業務部の女子たちはそんな郁たちをさり気なく無視している。わだかまりがなくなっているわけではないので、みんなで泣きべそ顔になるのは嫌だった。

「射撃！　今のレベルより落ちたらアウトだからね！　あたしがボーダーラインだからね！」

元気よく声を張り、郁は短いような長いような時間を過ごした女子寮を後にした。

セレモニーには郁の父も来ていて、対面式の互いの隊列の中から目だけで挨拶を交わした。バスに乗り込んでから後は覚えていない。運転役以外は全員が爆睡で、その運転役も往路より交替が多かったと言うから、やはり疲れが溜《た》まっていたのだろう。

関東図書基地に帰還して、短い伝達事項を聞いてから解散となった。今日と明日は特別休暇となり、郁は部屋に戻るなり戦闘服を辛うじて脱ぎ散らしただけでベッドに潜り込んだ。

＊

目を覚ましたのは日もすっかり落ち、真っ暗になった部屋の電気を帰ってきた柴崎が点《つ》けてからだった。

「お帰りィ」

蛍光灯を逆光に久しぶりに見る柴崎は、逆光のくせに相変わらず隙なく美人だった。

「さーさー、その勢いで寝てたら食堂も風呂も閉まっちゃうわよ。起きた起きた」

柴崎に引き回されるまま夕飯と風呂を済ませ、再び部屋に戻る。

「お疲れ様」

柴崎が珍しく真面目な口調で言って、とっておきの紅茶を淹《い》れてくれた。

「大変だったわね、色々」

玄田はもちろん、進藤も利き腕を撃ち抜かれ、負傷者は数え切れない。

「玄田隊長、こっちの病院に転院できるまで二ヶ月くらいかかるらしいわよ」

「相変わらずあんたって女は……」

玄田の転院予定など、副隊長の緒形ですらまだ耳に入っていないはずの情報だ。

「堂上教官なんかリハビリ終わるまであっちの病院に置いといてくれとか言ってるけどね」

何の気なしに堂上の名前を出して、——そして不意に思い出した。同時に視界が滲《にじ》む。

「柴崎ぃ」

ほろほろ涙をこぼしながら郁は俯いた。柴崎の顔を見られない。

もし。——もしもの話でも、想像しただけで。

「ごめん、柴崎。あたし、やっぱり堂上教官のことが好き」

あたしには関係ない、なんてもう言えない。たとえ相手が柴崎でも、取られたくないというなりふり構わない嫉妬《しっと》はもう消えない。自分の中で自覚されてしまった。

「やーっと認めたか」

言いつつ柴崎が郁の頭をよしよしと撫《な》でた。

「大丈夫よーぅ、あんたが堂上教官のこと好きなんてずーっと前から知ってたから」

柴崎にそう言われると、本当にずっと前からそうだったような気がしてくる。手塚慧の爆弾もただのきっかけだったかのような、

「心配しなさんな、あたしが真っ向『付き合いませんか？』っても『やめとく』ってその場で断った男よ。フツーこんな美人に迫られたら、一旦《いったん》答えを保留しとくもんじゃない？　この時点であたしに落ちるなんて絶対あり得ないわ」

少しだけ安心して、――少しずるをしたい気持ちが湧いた。

「堂上教官、あたしのことどう思ってると思う？」

「それは教えてあげません」

柴崎はぴしゃりと撥《は》ねつけた。

「あたしに訊いたら推測じゃなくて解でしょうが。相手の言動一つ一つで舞い上がったり不安になったり、しっかり翻弄《ほんろう》されといで。それが乙女ゴコロの心意気ってもんでしょうが」

うわあ、――はっきり明言されると恥ずかしい。

「相手の背中追いかけたいなんて恋するパターンの典型でしょ。頑張って走んなさいよ、その脚だけで今まで難局全部乗り切ってきたんでしょ」

うん、と頷いた郁は膝を大事に抱えた。

あたし、少しは成長したかな？

半ば独り言のつもりだったその呟きには、柴崎は律儀に答えてくれた。

「初めての大規模戦で負傷もせずに帰ってきたんだから大したもんじゃない？　覚束なかったって話は聞いてないわよ」

「堂上教官、何て言ってた？」

これも訊いたら反則か？　だが柴崎はご褒美のように聞かせてくれた。

「大したクソ度胸だったって言ってたわよ。けっこう最大級の誉め言葉じゃない？」

顔がどうしようもなくにやけて、郁は膝の上に顔を伏せた。

＊

応援を終えて引き揚げ、茨城県司令部水戸本部との関連は一度解消されたはずだった。

関東図書基地の司令部庁舎で行われた幹部会議で、彦江《ひこえ》副司令が狷介《けんかい》な顔を更に狷介にした。

「責任分担、ですと？」

頷いた稲嶺に、彦江はバカバカしいと吐き捨てた。

「関東図書基地は図書特殊部隊を全派遣して県展最優秀の絵を守り、更には県展の最終日まで警護に協力したのですぞ！　このため玄田三監は半年以上の重傷、対して茨城側では図書館長が放火に殺人未遂と重大な犯罪を重ねている！　これで当隊が責任を茨城と分担せねばならん義務がどこにありますか！」

稲嶺と違い、その立場は行政派であるものの、図書隊員としての意識の高い彦江の言い分はもっともだった。

稲嶺はいつもと変わらず穏和な口調のままで自分の発言を訂正した。

「申し訳ない、責任分担という言い方ではそうした誤解を招くのが当たり前でした。正確には、茨城県司令部と東京都司令部の分担ではなく、関東図書隊としての責任問題の話です」

話は長くなります、という前置きに特に行政派幹部たちが一様に不満そうながらも聞く態勢に入った。

「当初、半数で済むと思われていた図書特殊部隊の派遣が結局全派遣になりました。先着した隊からの報告で、水戸本部——ことに県立図書館を基地付属図書館とする水戸準基地を中心に、隊の内情が非常に歪んでいることが発覚したからです」

「何でもその県立図書館長の偏向が原因で防衛員の地位が下がっていたとかいう話でしょう」

彦江が不機嫌そうに口を挟んだ。

「それは水戸本部の問題だ」

「ところが、その県立図書館長とほとんど癒着と言えるレベルで連携を取っている市民団体がありましてな。『無抵抗者の会』というのだそうですが……」

県立図書館長というポストを閑職としか思えず焦っていた須賀原は、自分の在任中に犠牲者を出さないことにのみ神経質になり、防衛部とも大小の対立を繰り広げるようになった。

そんな須賀原に接触してきたのが『無抵抗者の会』であるという。

彼らは言葉巧みに須賀原を賞賛し、あくまでも人命を尊重し、無抵抗主義を貫く尊さを水戸本部の特色にするべきだと囁いたのである。

「その後の水戸本部の惨状は皆さんもご存じの通りです」

検閲には無抵抗で本を差し出し、防衛部の権限を削り、戦力を弱体化させる。

『無抵抗者の会』は茨城全県をそのような状態にするべく県内の各支部に入り込んだ。茨城県としては中心となる水戸本部が既にその状態となっていたことが彼らの活動の根拠となった。何より人命尊重のお題目を市民団体に唱えられると、合法武装組織は弱い。

「ですが、この『無抵抗者の会』の資金源となっている団体に、複数の良化法賛同団体が確認されたのですよ。もちろん偽装はされていましたが」

ざわっと議場が不吉に波立った。

「それでは……彼らは、」

確認を求める声が上がり、稲嶺は頷いた。

「『無抵抗者の会』とは明らかに形を変えた良化法賛同団体であり、須賀原館長を与《くみ》しやすしと見て地方から図書隊内部を切り崩そうとしたものだと思われます」

稲嶺は沈痛な表情で両手を組み合わせた。

「市民団体との交流は各支部に委《ゆだ》ねられた問題であり、また、非常に線引きが難しい問題でもあります。健全な団体もありますが、団体を隠れ蓑《みの》にして良からぬ意図を隠し持っている連中もまた多い。これを見分けるにはやはりある程度の交流が必要で、今回は須賀原館長があまりにもたやすく彼らの意図に絡め取られた。須賀原館長はもともと図書館を志しておらず、早く県庁に戻りたい焦りが彼らによく踊らされた原因でもあるでしょう」

「それなら茨城県の図書館行政人事の失敗ということです」

彦江が吐き捨てた。行政派である彼には一体どれほど口惜しい台詞《せりふ》であることか。

「関東図書隊全体で責任を持つ問題かどうか私には疑問です！」

「しかし、ここで茨城司令部を切り捨てたら範が就きます」

稲嶺は全体に言い聞かせる口調になっていた。

「どのような事情の積み重ねがあったとはいえ、巧妙に偽装した敵対組織に入り込まれた司令部は自業自得に切り捨てられよという範が」

それは図書隊の理念に適《かな》ったことでしょうか。問いかける稲嶺に答える声はない。

その範を認めたが最後、図書館と市民団体の交流は最小限に断たれ、司令部間の信頼も長期的に瓦解《がかい》する。

「各地域の図書隊には、それぞれ便宜的にではあっても本部に該当する基地があり、関東ではここ関東図書基地がそれに当たります。この問題に関して茨城司令部は茨城司令部が取るべき責任を取るでしょうが、関東図書基地もまた取るべき責任を取らねばなりません。関東図書隊を危うく窮地に陥れる災難に今まで気づけなかったことに対して」

稲嶺以外の誰もが俯きがちになるほど重たくなった空気に対して、稲嶺は明るい声を出した。

「だとすれば、今年の茨城県展で『自由』という作品が選ばれたことは僥倖《ぎょうこう》だったのですよ。あれほどメディア良化委員会の神経を逆撫でする作品が選ばれたのでなければ特殊部隊が応援に行くこともなかったわけですし、水戸の組織の歪みに気づくこともなかったわけです。事態はもっと深刻に進行してから数年後に我々の前に現れたかもしれません。その場合は私一人の首では済まなかったでしょう」

「……お待ち下さい！」

彦江がバンとテーブルを叩いて立ち上がった。

「この問題は茨城司令部が図書館行政人事で失敗して発生したものだ！　だとすれば、責任を取るのは行政派の私が適任であるはずです！」

「基地司令を温存して副司令を切り捨てですか？　それは隊も世間も納得しない」

稲嶺は穏やかに笑った。

「私はもう六十六です。世間ではもう隠居してもいい年だ」

彦江が立ったまま視線のやり場を失い、頭《こうべ》を垂れた。

「次の司令は年齢的にも階級的にも——そして派閥的にもあなたになるでしょう。行政人事は茨城の事件の直後でもあることから差し控えられるはずだし、関東図書基地ではずっと原則派である私が司令を務めていましたからね。次の司令を行政派にして様子を見るのは当然の流れです。私も後任はその筋で押します」

彦江は垂れていた頭を上げて稲嶺を見据えた。

「……それでは、特別顧問という形で隊に残って頂きたい。今あなたに完全に身を引かれたら、私では隊を律することはできません。どうやらあなたは独自の情報網などもあれこれお持ちのようですし」

皮肉な口ぶりは稲嶺が持っている実験中の情報部に関してだろう。まだ引き継ぐには未完成で、育てるにも時間がかかる。

「名前を貸す程度でいいなら引き受けましょう。ただし、こちらからもお願いがあります」

怪訝《けげん》な顔をした彦江に、稲嶺は微笑んだ。

「少々無茶な人事権を最後に一つ使わせて頂きますよ」

＊

未《いま》だ赤十字病院で絶対安静の玄田は、その身動きできない状態で郵送の辞令を受け取った。

手の使えない玄田の代わりに封を切ったのは、茨城図書館界を取材するという名目で近くのホテルに居残っている折口である。

「正化《せいか》三十三年十一月三十日付けで、玄田竜助《りゅうすけ》三等図書監を一等図書監に任命す。……任命者、関東図書基地司令、稲嶺和市《かずいち》」

読み上げた折口に、玄田は長い時間黙って答えなかった。折口にはよく分からないが、殉職もしていない三監を二階級特進させるのはよほど無茶な人事だということだけは分かる。

そして、玄田はその任命書の意味を完全に理解しているのだろう。

やがて、玄田は折口に挿し棒をくれと頼んだ。まだ身動きのままならない玄田があれこれの意志を折口に示すために使っているものだ。

挿し棒を伸ばして渡すと、玄田はまっすぐ虚空を見据えながら挿し棒を敬礼の位置へ持っていった。腕を損傷したり失った警官などが敬礼する方法である。

「玄田竜助一等図書監、拝命します！」

——ああ、もう稲嶺司令は。

その復唱で折口にも分かった。

玄田が関東図書基地に帰るとき、稲嶺は既に基地にいないのだと。

＊

「どういうことですか、それっ！」

緒形副隊長からの朝礼時の報告に、郁はほとんど反射で嚙《か》みついた。

「今、説明したとおりだ。詳しくは各班のミーティングにて」

暗に堂上に抑えろと言っていて、堂上は郁の肩を捕まえてムリヤリ席に座らせた。

「落ち着け」

「だって！」

どう落ち着けというのか。手塚も顔色が白くなっている。堂上と小牧が落ち着いているのは、班長と副班長として先に話を聞いていたからだろう。

先に聞いてたくせにずるい。

「稲嶺司令が引責辞任するなんてっ！　行政派の差し金ですか⁉」

「口を慎め！」

　怒鳴った堂上が、一転して低い声になった。

「彦江副司令は、茨城の件は図書館行政人事の失敗によるものだから自分が辞任すると仰ったそうだ。それを聞いても同じことが言えるか。辞任はあくまで稲嶺司令の意志だ」

「……すみません」

　彦江がそんなことを申し出ていたとは想像もつかなかった。

　郁が撃沈した横で食い下がったのは手塚だ。

「まさかうちの兄が」

「自分のお兄さんを見くびりすぎだよ」

　答えたのは小牧だ。

「手塚のお兄さんが好むような手段とも思えないし、彼はあくまで検閲を根絶する思想的指導者でいたいタイプだ。もっとも、気づいていて忠告しなかった可能性はあるけどね。図書隊のある程度の弱体化は『未来企画』にとっても都合がいいはずだ」

　小牧もやさぐれているのか、仮にも人の身内に向かって言うことが容赦ない。しかし、それを否定しようともしない手塚も充分に自分の身内に対して容赦がなかった。

　昼の休憩で手塚は武蔵野第一図書館へ向かった。

立ち働いている柴崎はすぐに見つかり、手塚は足早に柴崎へ歩み寄った。

「時間貸せ」

「嫌って言ったら？」

「いいから来い！」

手塚は柴崎の手首を摑《つか》んで歩き出した。そのあまりの細さに一瞬怯《ひる》んだが、それでも離さず閲覧室の外へ出た。

「お前、知ってたろ？」

問い詰めたのは、水戸に到着してから柴崎と交わした電話のことである。

「水戸本部の件で稲嶺司令が責任取ることも、兄貴が『無抵抗者の会』の暗躍に気がついてたのに黙ってたことも」

……でも、信用しすぎたら駄目よ。もうあんたのお兄さんである前に『未来企画』の思想的指導者なんだから。

柴崎らしからぬお節介は問い詰めた後半を肯定する証拠だ。

「落ち着きなさい。あんたのお兄さんは気づいたけど黙ってただけ。どういう理由かはあたしたちの知るところじゃないし、稲嶺司令を直接辞任に追いやったわけじゃないわ」

「けどっ……」

珍しいそのお節介な一言以外、いつもとまるで変わらなかった電話の声。それが何度も脳裏に思い返され、手塚を苛立《いらだ》たせた。

どうして俺は気づかなかった――その悔しさが言い募らせる。

「何で言ってくれなかったんだ、俺に！」

「言ったところであの時点ではもうあんたたちにできることは何もなかったからよ！」

柴崎が怒鳴ってから俯いた。そして声が低くなる。

「どうしたって稲嶺司令が責任取らなきゃ仕方がない事態はもう出来上がってたのよ。あんたたちを動揺させるだけの情報をあのときわざわざ入れることに何の意味があるの？　そうじゃなくても水戸本部は『無抵抗者の会』に食い込まれてボロボロで態勢は万全じゃなかったっていうのに。これ以上、どうしてあたしがあのときのあんたたちを動揺させられるのよ？」

あたしは、と柴崎は息を詰まらせた。

「無事に乗り切って帰ってきてって頼むしかできることなんかなかったのよっ！」

柴崎が力いっぱい手塚の手を振り払い、手塚は反射で柴崎の手首を手放した。無理に摑んでいたら折れてしまいそうな華奢《きゃしゃ》な手首を。

途端、柴崎が踵《きびす》を返す。走るのをこらえているような強い靴音が遠ざかる。

柴崎の立っていた場所を見ると、リノリウムの床の上に水滴がいくつか散っていた。

人前で絶対泣かない女をどうやら泣かせてしまったらしいことに動揺した。ものすごく長い時間を逡巡《しゅんじゅん》して、柴崎を追いかけることも慧に電話をかけることもやめた。

慧にしてみれば図書隊に稲嶺がいる限りそのカリスマが邪魔になることは自明の理で、稲嶺が失脚する要素などわざわざ間に合うように弟に教えてくれる訳がない。教えてくれるような兄でないことは何度も何度も思い知っている。

それでも傷つくであろう手塚に柴崎はお節介な一言をかけたのだ。

手塚はその場にしゃがみ込んで、床の上に残った水を拳《こぶし》で強く拭《ぬぐ》った。柴崎はきっとここにその水が残っていることを望んでいない。

「サイテーだ、俺……」

何もできなかった苛立ちを、同じように何もできなかった自分よりも華奢な女子にぶつけた。だとすれば、このうえ自分の苛立ちをぶつけるために慧に電話を掛けるべきではなかった。自分は少しでも有益な情報を絞り取ろうと割り切って慧に連絡を許したのだから。

*

「ねえねえ」

郁がそれを切り出してきたのはその日の晩である。

柴崎は話しかけられてもしばらく気づかず、ぼうっとテレビの画面を眺めていた。

「柴崎ってば」

「え!? あ、何?」

珍しく隙を衝《つ》かれて動揺した柴崎に、郁は難しい顔で腕を組んだ。

「喧嘩《けんか》したってホントみたいね」

「え、何がよ。誰とよ」

「手塚と」

直球で名前を出されて、柴崎は思わずたじろいだ。確かにあれは喧嘩と呼べば呼べるような。

「何かね、謝ってたよ。ごめんって」

こうしたときはどう返したものだろう。

「……こちらこそ？　で合ってる？」

「まあ、間違ってはないけど」と郁は呆《あき》れた様子で机の上のみかんを剝《む》いた。「ちょっと味気ないんじゃない？」

「妥当なところってどんなかしらねえ」

余裕のあるように見せかけて実はけっこう本気で訊いている。

「こっちもごめん、もういいよ、とか仲直りっぽくていいんじゃない？」

「あー、じゃあそんな感じで伝言よろしく」

「……二人してあたしを伝言ダイヤルにすんなっちゅーに」

ぶつぶつ言いながら郁がみかんの房を口に放り込む。

「喧嘩するようになったんだね、手塚と」

改めて指摘されてまた少したじろぐ。

「喧嘩ってまずいかしらね、やっぱ。情報屋としては」

「いいんじゃないの、友達なんだし」

そうかあたしと手塚は友達だったのか。同期、そして協力者の括《くく》りに入っていた手塚の場所が微妙に動いた。

＊

引き継ぎなども含め、十二月十四日が稲嶺の最後の出勤日だった。

私物は自宅に郵送してあるので、持ち物はいつも使っているビジネスバッグだけである。

机の上に置いてあったカミツレの小鉢だけバッグに加えて膝に乗せた。片足のない体で園芸は小手先程度でもきつい作業だが、春蒔きと秋蒔きで育てて毎年の花の時期には小鉢に分けてデスクに置いてあった。

……さて、お前。

素朴な素焼きの鉢に心の中で話しかける。

私のしてきたことはお前から見てどうだったね？

妻が生きていたら。意味のない設問だと切り捨ててきたが初めて問いかける。

私のしてきたことを、検閲に対抗して武装組織化を徹底したことを、検閲を戦うために血を流す組織を作り上げたことを、お前は生きていたらどう評したね？

妻がどう答えるか、やはり稲嶺には分からない。慰めの声も励ましも稲嶺の耳には届かない。死者に救いは求めない。それが妻であっても。何も言えなくなった妻に自分の言い分を重ねて正当化することはしない。

それは死んだ妻を使って稲嶺を弾劾する人々に言われるまでもないことだった。

ただ図書隊は誕生し、稲嶺が去っても存在し、検閲と戦い続ける。

そこで流される血はたとえ司令職を降りても稲嶺が被《かぶ》る血だ。稲嶺が死んだとしても図書隊を作った者として墓に被り続ける血だ。

しかも動けない身で若い隊員たちにその流血を代行させる。

やはり私は業が深かったね。

軽いノックの音がして、司令室のドアが開いた。姿を現わしたのは、直属の部下でもあった柴崎と——稲嶺をおじさんと呼んだことのある笠原士長である。

柴崎が尋ねた。

「定時です。ご用事はもうお済みでしょうか」

「はい」

「それでは車までお送りします」

車椅子に歩み寄ったのは笠原である。

「あなたには拉致《らち》事件のときもお世話になりました」

車椅子をデスクから引き出し、押して歩き出しながら笠原は「いいえ！」と強い声を出した。

「あのとき、ご一緒できて光栄でした。少しでも、稲嶺司令の助けになれていたら」

笠原の声が泣き声になった。

「まだ稲嶺司令の下で働きたいです。もう駄目なんですか」

「笠原」

柴崎が諫めるように声をかけたが、笠原はずっと稲嶺の背中で嗚咽を漏らしていた。

若い女性隊員に率直に惜しまれ、稲嶺には多少こそばゆかった。

司令部庁舎を出たところで稲嶺は目を瞠《みは》った。

「これは……あなたがたの心遣いですか」

柴崎に尋ねると、柴崎はにっこりと微笑んだ。

「いいえ。いま手の空けられる者が各自勝手に。ですから順列もばらばらです」

基地の正門までに至る道の左右に、隊員たちがずらりと整列していた。途中で折れている道の向こうにもずっと並んでいるのだろう。

一番手前に並んでいたのは図書特殊部隊の面々だった。

緒形副隊長が腹の底から声を張る。

「稲嶺関東図書基地司令に敬礼――――ッ！」

防衛部も業務部も後方支援部もごちゃまぜになって並んだ隊員たちが一斉に敬礼する。敬礼に慣れていない業務部や後方支援部の敬礼が今ひとつ様になっていないのはご愛敬《あいきょう》だ。

稲嶺が一礼すると、笠原が車椅子を押しはじめた。柴崎も横について歩きはじめる。

角を曲がる度に一礼し、やがて正門前に停めてあった送迎車に辿《たど》り着いた。稲嶺が基地司令となってから、ほとんど毎日世話になった車である。

その車の前に、明日付けで基地司令に着任する彦江が立っていた。

無言で後部座席のドアを開け、稲嶺も慣れた身のこなしで後部座席へと乗り移る。車椅子は笠原が畳み、稲嶺が受け取って空席の足元へ置いた。

敬礼をした彦江がしばらく無言で車中の稲嶺を見据え、そして口を開いた。

「顧問として残って頂くのに申し訳ないが、あなたの意志を継ぐとは申し上げない。私には私の信ずるところがあり、それに従って図書隊を運営していくだけのことです」

分かりやすいことにかけては人後に落ちないという噂の笠原が反射で不満そうになり、柴崎に脇を小突かれて渋々黙り込んだ。彼女のようなタイプには多少息のしにくい隊になるだろう。

それも見越して玄田の昇進を繰り上げたが、自分の去った図書隊はどうなっていくのか。

彦江が言葉を続けた。

「しかし、図書隊の理念自体には原則派も行政派も違いはありません。水戸本部のような事件が現実に起こった以上、原則派と行政派の信念の差異は、状況によって歩み寄りが可能なものになるでしょう。そのための知恵をお貸し頂くこともあるかと思われます。今後ともよろしくお願い申し上げます」

薄い頭頂部の見える礼をして彦江は後部座席のドアを閉めた。運転手はいつもと同じように「出しますよ」と声をかけてから、いつもと同じように細心の注意を払って車を出した。

稲嶺は膝のうえのカミツレの鉢を愛《いと》おしむように撫で続けた。


私は業が深かったが、多くの理解者をもまた得たのだね。


『日野の悪夢』から二十数年。

図書隊を作り、今日まで牽引《けんいん》してきた老人がその最前線を退いた日だった。

……To be continued.

単行本版あとがき

そんなわけであと一巻続きます、ごめんなさい。

ちなみに今回三章がああいう話でしたが、実はああいう話にしようと思ったきっかけが身近でありました。

何しろこういう話を書きはじめてしまいましたもので、いわゆる「放送禁止用語（平たくいうと差別用語ですね）」なるものの資料などを一応手元に置いてあります。

珍しいものなので友達が来たときに見せて見せてという話になり、実家が床屋の人が「床屋」が軽度の放送禁止用語に指定されているのを見つけて「失礼やな、何でうちの実家の職業が勝手に差別用語にされてんねん」と顔をしかめまして。もっともだと思った次第であります。

どこで誰が勝手に決めてくれてんねん、というその人の苦笑混じりの呟《つぶや》きがそのままあのお話になりました。

さて、今回やっと徽章《きしょう》のカミツレのお話が書けました。イラストのスクモさんがあのすてきな階級章をデザインしてくれてからというもの、どこかで必ずこの徽章に関するエピソードを入れようと思っていたのです。念願叶《かな》って嬉《うれ》しい限りで、スクモさん本当にどうもありがとうございました。

最後の一巻を前にして、なかなかあとがきにも書く言葉が出てきません。でも読者の皆さんにおかれましては相変わらずのベタ甘とか色々楽しんで頂けたらと思います。ここまでついてきてくださる方がそれを嫌いな訳はないと信じてますので。

つか、活字でベタ甘とか痒《かゆ》いとかこっ恥ずかしいとか好きなの私だけじゃないよね!? ね!? と心の中で誰かに訴えながら書いておりますが、心の中には一体誰が住んでいる有川浩。という感じで一つ。

最後にまたホラの一つも吹かせていただいて、気持ちよく終われたらいいなと思っております。

このシリーズを支えてくださった全ての皆さんにお礼を申し上げつつ、

あと一巻お付き合いくださいませ。

有川　浩

文庫版あとがき

やはり今思い返しても印象深かったのは第三章『ねじれたコトバ』です。

こんな作品を書いた因果でしょうか、今でも禁止用語については不思議な因縁があります。はっきり出版コードNGを食らったことが二回（どうにかすり抜けたものは数え切れない）。

一つは文言を変えても文意に影響が出ないので引き下がりましたが、もう一つは文意に影響が出るのでかなり粘り腰で交渉しました。それはそれはしつこく食い下がった。

しかし、結局文言を変えることになりました（文意を損ねない代替語はもぎ取りましたが）。

それをネタに短編を書かせていただいたりもしました（新潮文庫『Story Seller3』）。

転んでもタダでは起きないのが作家。禁止用語を争った方にはちゃんと仁義を切りましたが、「まさかあのやり取りがあんな小説になるなんて」と苦笑しておられました。

初めて断固たる壁にぶち当たり、がっつり交渉してみて分かったのは、禁止用語というのは概《おおむ》ね自主規制なんだなぁ、ということ。「読者から苦情が来たら困るから」先回りして言葉を摘む。摘んだ結果が蓄積されて「禁止用語」はじわじわと根拠を得て確立してしまう。誰から何を言われたわけではなくても、自主規制したそのことが積み重なって根拠になってしまう。

そのことに現場の方も苦悩している、と分かっただけでも交渉した甲斐《かい》はありました。

そしてこの『図書館戦争』シリーズも自主規制の影響を受けたことがあります。TVアニメ化した『図書館戦争』で、毬江《まりえ》は地上波で登場することができませんでした。

毬江が聴覚障害者だったからです。

「障害を持っていたら物語の中でヒロインになる権利もないんですか？」――『内乱』の毬江の台詞です。書いたときはまさかそれが現実のことになるとは思いませんでした（毬江の登場するエピソード、『恋の障害』は地上波放映しない代わりにDVD特典エピソードとして収録されています）。

ですが、「毬江の地上波登場NG」をアニメ化の条件として提示されて、アニメ化を断ろうとは思いませんでした。ますますアニメ化を承諾する思いが強まりました。

毬江が地上波に登場できなかったという事実は、明確な自主規制の実例として残ります。

これ以上『図書館戦争』という作品が請け負うにふさわしい役割も他にない、と思いました。

TV放送しない話をわざわざDVD特典にした製作委員会は、その役割を『図書館戦争』にくれたような気がします。作らずに済ませて話数の都合でカットしたと言い張ることもできたわけですから（尺の都合でキャラクターやエピソードを削るのはよくある話ですし、その場合に図書隊メンバーではない毬江を削るというのは妥当な選択として通用するはずです）。

毬江には損をさせてしまいましたが、自主規制をまともに食らったというエピソードさえも『図書館戦争』らしかったなぁと思います。

「こんな世の中になったらイヤですね」——『戦争』単行本のときから変わらないささやかな呟きです。

うかうかしてるとちょっと危ないかも？　とひやりとしていただけたら作品も浮かばれます。

しかし、真面目に思い出話をしようとするといきなりきな臭くなるなぁ、このシリーズは。


印象深かったのは第三章でしたが、この巻のハイライトはやはり第五章です。

稲嶺《いなみね》の存在は図書隊にとっても大きいですが、私にとってもたいへん大きかった。『危機』を書きながら、どうやら稲嶺が大きな決断を下したなぁ——ということが薄々分かってきて、非常に心細い気持ちになりました。

図書隊について書くとき、私はどうやら稲嶺というキャラクターに常に指針を求めていたな、とそのとき分かりました。

残された『革命』をどう推し進めていけばいいのか、隊員とともに作者も稲嶺に試されるんだなぁ、と思いました。単行本版のあとがきが言葉少なになった理由はその辺にあったのかもしれません。

稲嶺関東図書基地司令に敬礼、という号令がかかったとき、気持ちの上では私も一緒に敬礼していました。

最初は脇を固めるキャラクターと思っていましたが、実はこの物語の柱となるキャラクターだったのだと思います。

そんなわけで、続く『図書館革命』は稲嶺への回答としての意味も併せ持ちます。

どんな『革命』が為《な》されるのか、読者の皆さんにも引き続き見届けていただければ幸いです。

そして最後に恒例のショートストーリーです。今回はＤＶＤ第一巻に封入された『ドッグ・ラン』となります。

時系列に従って多少の調整を入れてあります。お読みになるタイミングは皆さんのご自由に。

それでは『革命』でお会いできることを祈りつつ。

有川　浩

ドッグ・ラン

＊

利用者に開放されている前庭から、またぞろ子供たちの阿鼻《あび》叫喚が聞こえてくる。

「堂上《どうじょう》教官、また！」

堂上と館内警備中だった郁《いく》は、窓から前庭を見下ろした。

眼下の庭では自由気ままに一頭の犬が駆け回り、子供たちが逃げ惑っている。

ここのところ武蔵野第一図書館を騒がせている軽微にして重大な問題だ。

「飼い主は！」

「またベンチで読書です！」

騒ぎには素知らぬ振りか、と吐き捨てて堂上は手近な階段を駆け下りた。

軽微にして重大な問題とはこれである。

飼い主は木陰のベンチで涼しい顔をして本を読んでいる。そしてその間、連れてきた飼い犬を庭に放すのだ。庭は子供たちの遊び場にもなっており、駆け回っている子供たちに犬は猛然とじゃれつきに行く。

これが小型犬、譲りに譲って柴犬《しばいぬ》くらいの中型犬なら微笑ましい光景になるかもしれないが
――ジャーマン・シェパードの成犬となると話の様相は違ってくる。

いくら犬の側がじゃれているつもりでも、子供たちには地獄の番犬が襲いかかってくるにも等しい恐怖で、これを制止するのは大人でも躊躇《ちゅうちょ》する迫力だ。

泣きながら逃げ惑う子供の一人が芝生の上で転び、シェパードは黒い疾風のようにその子供に躍りかかった。

その瞬間、

「ダウン！」

よく通る声で怒鳴ったのは堂上である。

シェパードは一瞬金縛りに遭ったように固まり、それからやや戸惑ったように伏せた。その隙に郁に指示が飛ぶ。

「笠原《かさはら》、子供！」

はい！　と答えて郁も子供に向かって駆け出す。一旦《いったん》は収束した庭の状況だったが、そこへ駆け込んできた郁を見てまたシェパードが腰を上げようとする。

う、さすがに恐いかも。郁の足が怯《ひる》んだそのとき、再び堂上の命令が飛んだ。

「ダウン！」

シェパードがまた迷ったように伏せる。シェパードの本能をねじ伏せているのは堂上の断固とした態度と毅然《きぜん》とした声だろう。

郁はその間に転んだ子供にたどり着き、抱きかかえてじりじりとシェパードから後じさった。

そして通用口から様子を見ていた女子館員たちに子供を預ける。

「怪我してないから後よろしくね」

ありがとう、と女子が自分も泣きそうになりながら子供を抱き取る。

「ごめんね、あたしたちも恐くて出ていけなくて」

「仕方ないよ、あんなおっきい犬。あたしでも飛びかかってきたらちょっと恐いもん」

防衛員も止めようとはしていたらしいが犬の足には追いつかず、しかも追いかけることで犬のテンションを上げてしまっていたらしい。――もう毎度のことだ。

いつもなら子供が一人か二人泣き出した後で飼い主が面倒くさそうに呼び戻す。「カム」と。

今日は堂上が首輪を摑《つか》み、ベンチの飼い主のところへ向かっている。

「じゃあね！」

郁もその後ろ姿を追いかけた。

今日もよく懐いてるわね、と一息ついた女子たちが郁を見送った。


「ゴー。……ストレート！」

すぐにあちこち気を散らすシェパードに、堂上は鋭い声で命令しながら歩いていた。

「教官、それ何て……」

「意味はそのままだ。通訳要るか？」

「そ、そこまでバカにされる筋合いはありません！」

「犬用のトレーニングコマンドだ。こいつ多分プロの訓練を受けて躾《しつけ》はできてるんだ。英語でトレーニングする訓練所も多いしな。あのババアも呼び戻すのにいつも英語でコマンド使ってたし……」

「教官……利用者のことババアとか言ってもいいんですか」

「言いたくもなるだろう。部下にこぼすくらいは許せ」

合間合間に犬への命令を挟みながら堂上は愚痴の口調になった。

一本取ったつもりが珍しく甘えられ、郁は黙り込んだ。どぎまぎするのは慣れない役回りを振られたせいだ。


ババアと呼ぶにはまだ気の毒な、初老の上品そうな女性が飼い主である。もっとも、日頃の振舞からしてその上品さは上辺だけだ。

飼い主のところにたどり着き、堂上は「シット」と犬を座らせた。そしてその頭を撫《な》でる。

「オーケー、Good boy」

シェパードは堂上を見上げ、ぱたぱたとシッポを振った。堂上も優しい目で犬を見下ろしている。

犬、好きなのかな。顔が優しい……一瞬見とれた郁は、慌てて小さく頭《かぶり》を振った。話はここからなんだから！　何ぼんやりしてんの、あたし！

堂上は犬の頭から手を下ろし、飼い主に向き直った。

「図書館の敷地内で犬を放すのはやめてくださいと館から再三お願いしているはずですが」

「規則には書いてないはずよ」

飼い主はペーパーバックをめくりながら目も上げずに答える。

「子供が怯《おび》えて騒ぎになることは既に問題になっています。それに万一、犬が子供を咬《か》んだりしたら……」

「うちのジェイクはプロのトレーナーをつけてありますから、そんなこと」

そして飼い主は初めて顔を上げた。きつい化粧をしたきつい顔立ちの女性である。

「気持ちのいい庭を愛犬にも楽しませてあげたいと思って何が悪いの?」

「図書館をドッグ・ランの代わりにされては困ります。常識的なお願いだと思いますが」

「さっきも言ったでしょう、うちのジェイクは人を咬んだりしません。頭の悪い子供がキャーキャー騒ぐからジェイクは遊んであげるつもりでじゃれてるだけよ」

堂上の腕に力が籠もった。

「……ですから万が一のことを申し上げています。万が一ジェイクが子供に怪我をさせたら」

堂上の言いたいことは郁には分かった。

そうなったら、そのときは子供の親が黙っていない。図書館は犬の放し飼いを再三注意していたと弁解せざるを得ないし、そうなれば——子供の親が引かず、飼い主がこの女性では。最悪の場合、犬の処分まで言い立てる事例に発展するかもしれない。

「図書館の規則には従っているわ。そして図書館の規則には犬を放すななんてものはないわね。私は正しい利用者よ」

キレる音が物理的に聞こえるとしたらそれはそれは盛大に響いたことだろう。郁は堂上の隣で自分が竦み上がった。ジェイクも堂上の気配が分かったのか怯えたように耳を伏せる。

「……分かりました。それでは賭けをしませんか」

堂上が勤務中にそんな提案をするなど、郁にとっては青天の霹靂《へきれき》だった。

「うちにも足が自慢の犬がいます。ジェイクを勝負させましょう。種目は単純に徒競走。互いに自分の犬を呼んで先着したほうが勝ちです。もしうちの犬がジェイクに勝ったら――」

「面白いわね」

飼い主はペーパーバックをぱたんと閉じた。

「ジェイクに勝てる犬なんかそうそういるわけがないけど、もし勝てたら図書館でジェイクを放すのはやめてあげるわ」

ありがとうございます、と堂上はわざとらしいほど低く頭を下げた。

「教官！　教官どーすんですか！　犬っ！　犬なんて！　当てがあるんですか！」

ずかずかと先に歩いていた堂上が、基地に入ったところで初めて郁を振り向いた。

「ここにな」

そう言って郁を指差す。

「……って……え……」

一瞬頭が真っ白になり、そして。

「ええ――――――――ッ！」

「うるさい叫ぶな！」

「無理ですいくらあたしでも犬に勝てるはずが……っていうか犬って！　犬ってどーいうことですか仮にも妙齢の女子摑まえて犬呼ばわりって！」

「あいつ犬みたいですよね。俺、女にダッシュで負けたの初めてですよ。――これが手塚《てづか》の談。分かる、セッターとかポインターとかそんな感じだよね。足が命って感じの。――これが小牧《こまき》の談。隊長の談は――思い出したいか？」

「ひ、人のいないところで寄ってたかって犬呼ばわりー⁉」

「心配するな、必ず勝たせてやる。お前、陸上のウェアと靴は持ってるか」

堂上の迫力に押されて郁は頷《うなず》いた。

「大学まで使ってたのが……」

「よし、出して試しとけ。もし使えなくなってたら言え。金に糸目はつけん、買ってやる」

何という大盤振舞、と郁は呆気《あっけ》に取られた。靴を買ってもらえるのはおいしいが、

「何でそんな激怒モードなんですか」

「俺はな、素質のいい犬を駄目犬にしてるあのバカ飼い主が心底許せないんだよ！」

「そ、素質いいんですか、ジェイク」

「ふつう、最初に訓練士をつけてあったってあれだけ好き勝手させてたらトレーニングなんか忘れるもんだ。けどジェイクは飼い主が声を荒げるでもなくコマンド使うだけで従ってただろ。それだけ頭がいいんだよ。それがもし……」

言葉を途切れさせた堂上が、郁と同じ最悪の事態を心配していることは痛いほど分かった。

「……教官、犬飼ってたんですか？」

「昔な。俺が高校の頃まで生きてた」

生きてた。――高校の頃に死んだ、と言わない辺りに飼っていた犬への愛情が見えた。

分かりました、と郁は笑った。

「あたしも犬、好きですから！　足が自慢の笠原、今回だけ教官の犬になってあげます！」

健気《けなげ》な部下だと誉めてもらえるかと思ったら、

「おかしな物言いをするな！」

すごい剣幕で怒鳴られて郁はぶうたれた。

「はー、それでこの盛況ってわけ」

柴崎《しばさき》は呆《あき》れ顔で訓練場の盛況を眺めた。話し相手と虫除《むしよ》けを兼ねて隣に手塚を確保している。

訓練場のトラックでスタート地点に待機しているのは、競技用ウェアに身を固めた郁と問題のシェパードだ。

「あの生足《なまあし》が拝めるとなったらギャラリーが湧いて出るのも無理ないわ」

スポーツウェアとはいえ陸上の競技用となると露出度はかなりのものだ。足には色んな意味で定評のある郁が、数日前から課業後に堂上と短距離の自主トレをしていた段階ですでに噂は基地中を駆け巡っていた。

「イベントにしてチケット売りさばいてやればよかった〜〜〜」

「お前はまたそういう……」

「タダで見せるよりマシでしょ。まーまー長い足惜しげもなく剥《む》き出しちゃって、大盤振舞もいいとこねー」

堂上のほうを眺めた手塚が首を傾げた。

「……何だか機嫌が悪そうだな堂上二正」

絶対勝てるって言ってたけど何か不安材料でも出てきたのかな、と生真面目に案じた手塚に柴崎はけらけら笑った。

「カワイイ部下が有象無象《うぞうむぞう》にたかられて落ち着かないんじゃない？　本人は無防備もいいとこだしねぇ」

無防備もいいとこな郁は既にクラウチングスタートのポジションに入り、薄いランシャツの胸元をつまんで扇いだりしている。どこまでサービスする気だあんたは、という話である。

堂上の表情が益々《ますます》渋くなっているのが柴崎にはいい見せ物だった。

勝負は一〇〇m走、しかも相手はジャーマン・シェパード。対決カードのおもしろさも盛況に拍車をかけている。

　スターターは犬が怯えて走らなくなるかもしれないので小牧が合図を出すことになっていた。無言で上げた腕を下ろしたら、堂上と飼い主がそれぞれの『犬』を呼ぶ。

「あなたの仰《おつしや》ってた犬というのはあちら？」

　飼い主が堂上を嘲笑《ちようしよう》する。

「ええ。ああ見えて行き足には定評がありまして」

「まあまあ、まさかうちのジェイクにぶつけるのにあんなお嬢さんをねえ」

「合図が出ますよ」

　小牧がこちらを見たのでそう注意し、堂上はそれ以上飼い主には取り合わなかった。

　一〇〇ｍで切ったコースの中央に立った小牧が無言で手を上げた。

　──On your mark get set ……

　そしてその手が下りる！

「カム！」

　そう呼んだのはジェイクの飼い主、ジェイクが黒い弾丸のように飛び出しかけたとき──

「ステイ！」

　そう叫んだのは堂上だった。郁は弾《はじ》かれたように飛び出した。ジェイクは二つ重なった命令にぴたりと動きが止まり、うろうろその場を回りはじめる。

飼い主がヒステリックに叫んだ。

「カム！　ジェイク、カム！」

「スティ！」

来い。動くな。命令は相反し、そして堂上の声が常に勝った。

そしてその間に郁は一〇〇ｍのラインを切った。

「よくやった！」

堂上が郁の頭をかいぐった。珍しくテンションが上がっている。

「卑怯《ひきょう》よ、こんなの！」

飼い主が金切り声を上げる。

「妨害だわ！」

「すみませんね」

堂上があまりにあっさり謝ったので虚を衝《つ》かれたのか、飼い主の声が止まる。しかし、堂上は妨害を認めたのではなかった。

「うちの犬は頭が悪いので、カムとスティを逆に覚えてどうしても直らなかったんです」

「すみません、頭がわるい犬なんです。わんわん」

犬の鳴き真似までつけてぺこりと郁が頭を下げる。

こちらに歩み寄ってきていた小牧が不自然に踵《きびす》を返した。上戸をこらえるためだろう。

そして堂上はスタート地点をぐるぐるしているジェイクに叫んだ。

「オーケー、Boy！　カム！」

　ジェイクは今度こそ猛然と走り出し、ゴール直前で困ったようにまたうろうろした。飼い主に駆け寄るべきか、堂上に駆け寄るべきか悩んだのだろう。

　飼い主が力ない声で「カム」と命ずると、やっと飼い主に寄り添った。

　堂上が真剣な顔になった。

「頭のいい犬です。だからこそマナーを守ってください。走らせたいのならドッグ・ランへ。散歩で館へいらっしゃるならリードを外さずに。頭がいいから人を咬《か》まないと仰いましたね。じゃれているだけだと。しかし、ジェイクは大型犬です。じゃれているつもりでも多くの子供は恐怖しか感じません。逃げ惑っているうちに転んで骨でも折ったら？　そして保護者が犬の処分を求めてきたら？　不利なのは図書館の再三の注意に応じてくださらず、リードを放していたあなたです。そのとき彼を守れるかどうかは保護者の怒りの度合いによります。図書館の規則は守っているなどという言い分は通用しません」

　飼い主はうなだれて堂上の言葉を聞いていた。


「飼い主、リード放さなくなりましたねー」

　館内警備の途中で郁は窓からひょいと下を覗《のぞ》いた。

「ジェイクいい子ー」

　リードに繋《つな》がれたジェイクは飼い主の側で寝そべって静かに待っている。

「言っただろ、素質はいい犬だって」

堂上は素っ気なく答えて先に歩いていく。

ふとイタズラ心が湧いて郁は堂上の背中を軽く引いた。

「教官、教官」

「何だ」

「笠原犬はどうでしたか？　素質とか」

「足はあるが頭が悪い」

「ひどーい！」

郁は膨れて床を蹴《け》った。

「犬になって勝ってあげてご褒美もねだらないイイ子なのに」

せっかくなのでトレーニング用の靴はせしめてやろうかと思ったが、手持ちの靴で間に合うので遠慮した。上官の懐具合まで慮《おもんぱか》って勝ったのだからもうちょっと誉めてくれてもいい。

堂上の足が止まった。

「ご褒美か。それなら」

逃げる前に摑《つか》まった。そして頭をぐしゃぐしゃに撫《な》でられる。首を竦《すく》めるが荒っぽい手つきは止まらない。

「待っ、ちょっ、教官！」

立っていられなくなってとうとうしゃがみ込んだ。そしてようやく堂上の手が止まる。

「犬のご褒美ならこんなもんだろ」

ぬけぬけと！　郁は上目遣いに堂上を睨《にら》んだ。鏡を見なくても分かるほど頬が上気した自分と比べ、堂上は涼しい顔だ。

「ひどい、髪ぐちゃぐちゃ！　犬期間終わったんだから人として扱ってくださいよっ！」

「身支度に五分やる。行ってこい」

言いつつ堂上が女子トイレを指差す。

教官横暴！　と抗議しながら郁はトイレに駆け込んだ。

fin.

図書隊について

■図書隊の職域について

職 域	図書館員	防衛員	後方支援員
部 署	図書館業務部	防衛部	後方支援部
主な業務	・通常図書館業務	・図書館防衛業務	・蔵書の装備 ・戦闘装備の調達整備 ・物流一般

※図書隊総務部は図書館員と防衛員から登用するほか、行政からも人員が派遣される。
※総務部人事課は図書基地にのみ置かれ、管区内の全人事を統括する。
※後方支援は一般商社にアウトソーシングするため、正隊員は管理職以外配属されない。

■図書隊員の階級について

特等図書監	一等図書監	二等図書監	三等図書監

	一等図書正	二等図書正	三等図書正

図書士長	一等図書士	二等図書士	三等図書士

※他、臨時図書士、臨時図書正、臨時図書監の階級があるが、これは後方支援部のアウトソーシング人員に対応したもの。臨時隊員の権限は後方支援部内に限定されている。

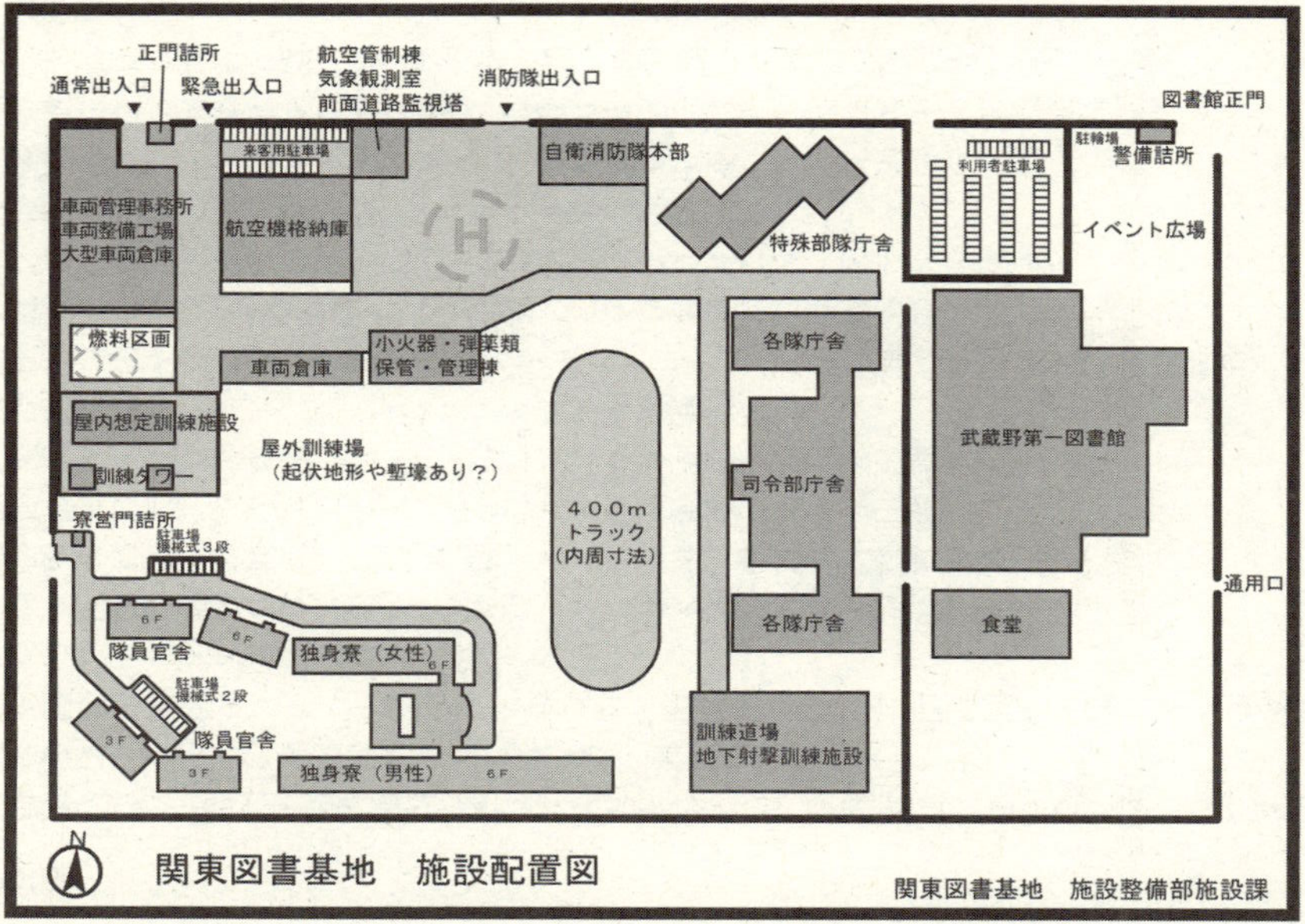

正門詰所
通常出入口
緊急出入口
航空管制棟
気象観測室
前面道路監視塔
消防隊出入口
図書館正門
来客用駐車場
自衛消防隊本部
駐輪場
警備詰所
利用者駐車場
車両管理事務所
車両整備工場
大型車両倉庫
航空機格納庫
H
特殊部隊庁舎
イベント広場
燃料区画
小火器・弾薬類
保管・管理棟
車両倉庫
各隊庁舎
屋内想定訓練施設
屋外訓練場
（起伏地形や塹壕あり？）
武蔵野第一図書館
訓練タワー
司令部庁舎
寮営門詰所
400m
トラック
（内周寸法）
駐車場
機械式３段
通用口
6F
隊員官舎
6F
独身寮（女性）
6F
各隊庁舎
食堂
駐車場
機械式２段
3F
隊員官舎
3F
訓練道場
地下射撃訓練施設
独身寮（男性）
6F
N
関東図書基地　施設配置図
関東図書基地　施設整備部施設課

イラスト　白猫

参考文献

「図書館の近代—私論・図書館はこうして大きくなった」（東條文規　１９９９年　ポット出版）
「図書館をつくる。」（岩田雅洋　２０００年　株式会社アルメディア）
「国立国会図書館のしごと—集める・のこす・創り出す」（国立国会図書館編　１９９７年　日外アソシエーツ株式会社）
「司書・司書教諭になるには」（森智彦　２００２年　ぺりかん社）
「図書館の自由とは何か」（川崎良孝　１９９６年　株式会社教育史料出版会）
「図書館とメディアの本　ず・ぼん9」（２００４年　ポット出版）
「図書館とメディアの本　ず・ぼん10」（２００４年　ポット出版）
「書店風雲録」（田口久美子　２００３年　本の雑誌社）
「報道の自由が危ない—衰退するジャーナリズム—」（飯室勝彦　２００４年　花伝社）
「言論の自由」vs.「●●●」（立花隆　２００４年　文藝春秋）
「よくわかる出版流通のしくみ'05〜'06年版」（２００５年　メディアパル）
「図書館に訊け！」（井上真琴　２００４年　筑摩書房）
「図書館とメディアの本　ず・ぼん11」（２００５年　ポット出版）
「図書館力をつけよう」（近江哲史　２００５年　日外アソシエーツ株式会社）
「中途失聴者と難聴者の世界　見かけは健常者、気づかれない障害者」（山口利勝　２００３年　一橋出版）

文庫化特別対談　有川浩×児玉清（俳優）

『図書館戦争』そして、有川浩の魅力　〜その３

俳優・児玉清と、有川浩の対談も3回目にしていよいよ佳境に。「図書館戦争シリーズ」のテーマのひとつでもある、表現の自由について、両者の思いが交錯する——。

見えない規制は
この社会でも縦横無尽に

児玉　この本のメッセージといいましょうか、この本を通じて読者に伝えたいと思うのは、どんなことなんでしょうか？

有川　私個人としては、本になんらかのテーマや意味があるとしたら、それは読んで下さった方が自分で探して、自分で見つけて下さっていると思っているんですけれども。この話に関していえば、表現規制っていうところと僭越《せんえつ》ながらちょっと戦ってみたいというのがやっぱり、ありましたね。

児玉　そこですよね。実にややこしいところですよ。表現の自由と、公序良俗、メディアというもののあり方。現代社会の隠れたところにある、なかなか手の触れられない部分にあえて挑戦しているなと、僕はとても感心したんです。

有川　フィクションというのは、現実ではなかなか起きないようなことを、シミュレーションできる媒体ですよね。『図書館戦争』でいうなら、「検閲社会が極端になったらどうなる？」っていう。

児玉　僕は終戦の時、小学6年生だったものですから、現実に検閲ってものに関する苦い思い出があるんですね。終戦前の昭和18年には、カタカナ禁止令っていうのがありました。『モンテ・クリスト伯』とかね、カタカナの文学を読むと、教師にひっぱたかれたんですよ。「読んじゃいけない！」なんて、本を取り上げられて。現代もね、表面上はさほど顕在化していませんけれども、裏ではしっかり締め付けがある。表現に携わる人間にとっては、大命題ですよね。

有川　規制が見えないところで始まってるなっていうのは、ずっと思っていました。デビュー作の『塩の街』の時に、「その言葉は使わないでくれ」という自主規制を実体験していたんですね。

児玉　私も放送の中で仕事をしていますので、「この言葉は言ってはいけない」という、いわゆる放送禁止用語の量の多さは存じています。なぜいけないのか。結局、自主規制なんですよ。

有川　本の中でも、悪意より善意の方が、時として恐ろしいということを書きましたけれども、いわゆる自主規制を求める人々っていうのは、自分は善意で声を発していると、信じているところがまた恐ろしいです。辞書には差別的な意味合いとかは、まったく載っていない言葉なのに。

児玉　『図書館戦争』では、「床屋」がＮＧというエピソードが出てきますね。当事者にとっては何も問題ないどころか、愛着を持って使っている言葉なのに、無関係な第三者によって、差別語だと指定されてしまう。あることないこと妄想してね。

有川　取り締まることによって、いかがわしい言葉だっていう意味を、後付けでその言葉に乗せていっちゃおうとする。むりやり差別の構造を作ろうとしているようにしか思われない。実は文庫を出すにあたって、「角川書店と図書館戦争は表現規制に反対しています」というキャンペーンを打とうと思っているんですけれど、作家をやっていて、結構わけの分からないところで細かい検閲、自主規制を感じることがいっぱいあるんですよ。これは小説にも仕立ててしまったんですけれども（「作家的一週間」）、ある時、新聞で自分の病気の体験を書いたんです。「陰部にじんましんができて大変なことになった」と書いたら、「陰部は新聞的にちょっと……」と。「じゃあ代わりの表現は何にするんですか？」という感じで戦ったりとか。

児玉　代わりの表現はあったんですか？

有川　結局、泌尿器ということに。

児玉　なんかそっちの方が直接的ですよね（笑）。『図書館戦争』も、結局そういうことですよね。「え、誰が？」っていう。

有川　誰に要求されてるわけじゃないんだけれども、ツッコまれた時に困るから、ツッコまれないようにしておこう。そういう、逃げというか、防御が働いてしまう。『図書館革命』で、良化隊に追い掛けられる「当麻蔵人」という作家のことを書きましたけれど、「ここまで書いたら危ないから、ここで止めとこう」みたいな計算が働いてきちゃう、それこそが表現の自由にとって危ないものなんだと。

児玉 それは一般個人のレベルでもありますよ。知らぬ間にみんな、思ってますよ。どんなに自分の中でそこに対して激烈な意見を持っていても、それは言わない方が利口であると、想像するだけで止めてしまう。実は世の中っていうのは、大変にいろんな規制が、縦横無尽に働いているんですよね。

「面白い小説」を
「今」の読者のために

児玉 この物語のすべての始まりである、「図書館の自由に関する宣言」。あの文章の中には、今有川さんがおっしゃったようなことも含め、いろんな意味が込められている。そのあたりのことを、ラブロマンスなども取り込みながら、有川さんは自由に想像力を羽ばたかせて、経験も込めて書いてらっしゃる。

有川 「図書館の自由に関する宣言」というのは、検閲に対しての否定の意志を、ものすごく明確に表した言葉だと思っているんです。そこの部分をちゃんと、物語を通して書いていけたらいいな、と。それはこの文言で物語を書かせて頂く、私の義務だなって思いました。ただ単に面白い文言を取り上げて、面白おかしくってことじゃなくて、ちゃんとここに込められている意志を物語に反映させないと、使ってはいけない文言だなっていうことは、すごく思いましたね。

児玉　しかもそれをね、お説教じみた話じゃなくって、大変面白い物語として仕立てる。その仕立て方っていうのは、あなたの作品には全部、共通してあるんじゃない？

有川　そうですね。エンターテインメントであるからこそ表現できるっていう部分はあるかな、と思っています。『図書館戦争』はその部分を、かなり自覚的に戦ってみたシリーズではありますね。

児玉　話はあらぬ方に行っちゃうかもしれませんけど。面白い小説ってものに対するね、世間の蔑視《べっし》って今まであったわけですよ。エンターテインメント・イコール・大衆小説っていうことでね。大衆に向かうものとは価値の低いものである、文学エリートのために書かれた高尚なものの方が、芸術的価値が高いんだと。ところがね、面白い小説っていうのは、僕は、これこそ文学だと思っているんですよ。世の中のあらゆることをね、ピックアップして、網羅して、それを読者に知らしめているからです。過去の歴史を紐解《ひもと》いてみると、例えば一九世紀フランス。革命が成功し、庶民に、初めて小説が降りてきたんですね。それまでは、やんごとない人たちだけが読んでいたわけです。そんな時代に、ともに1802年生まれの、『レ・ミゼラブル』のユゴーと、『三銃士』『モンテ・クリスト伯』のデュマという作家がいました。葬儀が行われた時に、ユゴーはフランスの国葬だったんですね。英雄的な詩人でしたし、当時は小説より劇の方が格が上でしたから。かたやデュマは、言ってしまえば「面白い小説」を書いていた。デュマが死んだ時には、普通の葬式だったわけです。ところが2002年に、生誕200年祭が行われ、そこでフランスの文化省は、とってもイキな計らいをしたんですよ。全世界を見渡した時にね、今もってどちらが読まれてるかっていうのは、ユゴーよりも、むしろデュマの方であると。デュマの棺《ひつぎ》を掘り起こしてきて、フランスでは国葬した英雄はパンテオンの地下に葬られるわけですが、ユゴーの棺の隣に収めたんです。

有川　粋ですね！

児玉　でしょう？　デュマに限らず、面白い小説の系譜というものを調べていくと、それぞれの国の、それぞれの時代の、それぞれの社会の人間たちの状況が、驚くべき網羅性で書かれていることが分かる。これこそが文学の歴史ではないか、と。演説しちゃってごめんなさいね（笑）。

有川　いえいえ（笑）。私がそういったものを担えるかどうかは分からないけれども、少なくとも同時代の人が受け取って、感情移入できるものを書きたいなっていうことはすごく思っています。評価されるとか、のちに残るとか、そういったことはどうでもいいから、「今」受け取ってくれる人が楽しんでほしいっていう。でも、例えば『源氏物語』も、古典たることを意識して書かれたものではなくて、たぶんその当時の人が、楽しむために書かれたものだと思うんです。

児玉　おっしゃる通りです。今のお話はすごく大事なことですよね。今生きている人たちが楽しめる、ということは、今の有り様というものを掬《すく》い取って示しているわけでしょう。意識的か、無意識的かにかかわらずね。

有川　「私は今、こう思うんだけど、どうかなぁ?」という投げかけは、小説の中で常にしていると思います。ただそれを、「こうでしょ!」と押し付けることはしたくないんです。私と感覚のチューニングが合ってる人に対して、「私こう思ってるんだけど、どうかな?」って呼びかけるっていう。一人でやってる孤独なラジオ放送みたいな感じですよ。

児玉　それもいい喩《たと》えだなあ。

全力を出さない人間は、
夢を諦めることさえできない

児玉　さて、「今」を掬い取る人であるために、有川さんは普段、どういう生活をしてらっしゃるんでしょう?

有川　今は本当にもう、小説を書いてばっかり、ですね。ただ、人と会うことに手間を惜しまないようにしよう、とは思っています。例えば、友達からお茶を飲もうよ、映画を観ようよという誘いがかかったり、今回のような対談の誘いがかかったりといった時には、できるだけ出て行こうと。自分一人で部屋に籠《こ》もって小説を書いても、脳みそってブレイクしないですよね。人と話すこと、人と話して刺激を受けることが、一番自分の脳を活性化させる方法だと思っています。そういった意味で、人と会う機会は惜しみたくない。一度電話を始めると長くなっちゃって支障を来しかねないところもありますけど（笑）、人と直《じか》に話す時間は大切にしている感じです。

児玉　引き籠もって、周りにじっとアンテナを張り巡らして、というんじゃなくてね。むしろ外へ出掛けていって、いろんな人たちと接することによって、話をすることによって、「今」の空気を取り込んでいくと。今のお話がすごく納得できるのは、有川さんって、作家っていうイメージが、ないですよね。

有川　作家らしくないって言われるのは、私にとっては嬉《うれ》しいことです（笑）。

児玉　でしょう？　どういうものが「作家らしい」の定義なのかは分からないけれど、有川さんは実に普通に、なんていうかな、自分のままでいらっしゃる気がする。

有川　読者さんに対して誠実であるためには、素のままの自分で当たるしかないのかな、っていうことは思っていたりします。

児玉　それもすごい言葉だね。これは特筆しなきゃいけない。また有川語録ができましたね。

有川　私は、小さな器しか持ってない人なので。「大きな器を持っていますよ」と偽ることだけは、したらいけないなと。

児玉　身悶《みもだ》えしちゃうなあ（笑）。我が身を振り返っちゃうよ……。

有川　背伸びをしちゃったら自分も辛《つら》いよ、ってことなんですけどね（笑）。小さな器を大きく見せても、いいことは何もないじゃないですか。私は頭がいい人ではないし、どんな状況に放り込まれてもうまく立ち回れるっていう人でもない。間違ってばっかりの人です。そこで取り繕って、自分はできる、大した人間なんだと底上げしたら、自分が後で辛くなる。

児玉　でも、そこで自分の素のままでいるって宣言できることは、すごいことでね。「自分はこういう人間だ」と、自分が決めるのでもなければ他人が自分を決めるのでもない、あるがままの自分を、言いたいことは言い、書きたいことは書いて、世の中突っ走ろう、と。有川さんの不退転の決意のようなものが今のお話で伺えたんだけれども、それがどうして可能なんだろうか？

有川　有川浩という作家が世の中から一人いなくなったところで、世の中には何の影響も及ぼさないんじゃないかなって、そのへんの開き直りはありますね。どうせいてもいなくても、どっちでもいい作家なんだから好きなことやるよ、と（笑）。

児玉　そこですね！　しかもその開き直りがね、ふてぶてしいとかさ、見苦しいとかさ、有川さんにはそういうのがないじゃない。さきほど「面白い！」を信じるんだっていう話をされましたが、自分がいい、面白いと思ったものを「やるんだ！」っていうね、とってもスッキリしてるんですよ。そのスッキリ感、透明感がね、僕はすごいことだと思う。それはやっぱり意識してるわけでしょう？

有川　やらないで後悔するより、やって後悔したいなと。色紙とかを頼まれると、いつも「倒れるときは前のめり」って書くんです。

児玉　すごい言葉だね。後ろ向きに倒れることはない、倒れることがあっても前に倒れたいっていう。明治大学のラグビー部みたいだ（笑）。それともうひとつは、ご主人との結びつきもあるんじゃないでしょうか。以前、お話を伺ったときにとても新鮮な衝撃を受けたんですが、書くことを諦《あきら》めようとしていたときに、ご主人が「君はいつかプロになるよ」と言った。そして、ご主人のその言葉に励まされたっていいましょうか。

有川　もう一回、ラストトライしてみようかなって、思わされましたね。旦那《だんな》は私を励ますっていうよりも、知ってることを言う、みたいな感じで言ったんですよね。「君はいつかプロになるよ」、「なるよ」って言ったんです。

児玉　ましてや信頼のおける人がね、自分に向けて「なるよ」。これ以上の、勇気づけの言葉はないですよ。その瞬間、どう思われたんですか？

有川　一番信頼している人が、ここまで私の力を信じてくれているんだったら、チャレンジする前に諦めるんじゃなくて、ちゃんとチャレンジしてから諦めよう、と。『シアター！』という作品で書いた台詞《せりふ》なんですけれども、「全力を出さない人間は、夢を諦めることさえできない」。

児玉　ああ……。それは有川さんならではの、一家言ですね。手帖《てちょう》にメモしとこうかな。僕はもう、夢を描くには遅いですけどね(笑)。いやしかし、おっしゃる通りですよ。それはご自分の中から出てきた言葉だった？

有川　小説家になりたくてずっと投稿を続けていて、途中で諦めたんです。でも、やりきってなかったな、という感覚がすごくあったんですね。小賢《こざか》しい子供だったので、私ここまでなんだな、たぶん無理なんだな、じゃあ止めようって。

児玉　自分で先を見てね。頭の中で、結果を勝手に先回りしちゃう。

有川　そうなんです。それは自分が傷つきたくない、力がないということを、思い知りたくないということだったんだと思います。くだけ散って諦めるんじゃなくって、「力があったかもしれない」という状態で止めとこうという、逃げだったんです。

児玉　そういう人、多いですよ。小賢しいっていうよりも、防衛本能なのかな。先回りして諦めることで、自分の徹底的な破壊、挫折《ざせつ》を味わわないようにする。

有川　はい。でも、旦那のその言葉を聞いて、「あ、くだけ散ってもこの人が拾い集めてくれるから大丈夫」と（笑）。

児玉　条件付きですね（笑）。ああ、でも、あなたはそういう人生の伴侶《はんりょ》を得たんだ。

漢字をひらがなにした時
消えてしまうものはないか？

児玉　ところで、有川さんのご本を読ませて頂くと、漢字が多くて、ひらがなが優先されているという書き方をしていない。そこがね、実は僕、すごく嬉しく思いながら読んでいたんですよ。今の小説はむしろ、漢字を開いて、ひらがなにしていこうという風潮にありますよね。

有川　「漢字が多い」とたまに言われることがあるんですけれども、読めない漢字で辞書を引くというのも大事なことだと思うんですよ。漢字はルビでも対応できますし、形で意味が取れる言葉の利便性を大事にしていきたいなとは、すごく思っていますね。

児玉　日本語と漢字っていうのは、切っても切り離せない問題です。漢字をどんどん消していこうとした時期があって、今またちょっと復活しつつありますけれどもね。ひらがなばっかりの文章というのは、書く人間には易しいかもしれませんけど、読む人間には判別できないんですよ。例えば新聞をぱっと開いた時にね、日本語というのは、読んだ瞬間、見た瞬間、だいたいの項目がぱしっと分かってしまう。これは大変な利便性ですよ。英字新聞でこれをやるのは、まず不可能です。

有川　私、日本語の一番強いところって、表音文字と表意文字が組み合わさってるところだと思うんですよ。リズムの面白さと、字を見ただけで意味が分かるっていう実務性、利便性と。

児玉　まさにおっしゃる通り。しかも、あなたと私が話をしていてね、例えば電気の電線と、伝染病の伝染。それから灯りの電灯と、受け継ぐものという意味の伝統。そういった言葉を話して、耳で音を聞いた瞬間に、漢字を貼り付けて理解しているわけですよ。これはね、神業的なんですよ。それを、なんで消してしまうのか。なくしてしまおうとするのか。最近は、街の名前とか土地の名前、これをひらがなにする所もすごく多いんです。しかし、例えば「博多」を「はかた」と表記した時、消えていってしまう意味はないだろうか？　今お話をしながら、『図書館戦争』で描かれている「言葉狩り」のことを思い出しながらね、そんなことを考えました。

（取材・構成　吉田大助／二〇一一年三月収録）

※特別対談は、角川文庫『図書館革命　図書館戦争シリーズ④』に続きます。

この作品は二〇〇七年三月、メディアワークスより刊行されました。
『ドッグ・ラン』はアニメーション『図書館戦争』DVD、
初回限定版特典冊子で掲載されました。
オリジナル編集は徳田《とくだ》直巳《なおみ》氏によります。
文庫化にあたり、加筆、訂正をしています。

図《と》書《しよ》館《かん》危《き》機《き》

図書館戦争《としよかんせんそう》シリーズ③

有川《ありかわ》 浩《ひろ》

平成23年 5月25日　初版発行
平成30年 11月10日　27版発行

発行者●郡司 聡

発行●株式会社KADOKAWA
〒102-8177　東京都千代田区富士見2-13-3
電話 03-3238-8521（カスタマーサポート）
http://www.kadokawa.co.jp/

角川文庫 16828

印刷所●旭印刷株式会社　製本所●株式会社ビルディング・ブックセンター

表紙画●和田三造

ISBN978-4-04-389807-7　C0193

角川文庫発刊に際して

角川源義

第二次世界大戦の敗北は、軍事力の敗北であった以上に、私たちの若い文化力の敗退であった。私たちの文化が戦争に対して如何に無力であり、単なるあだ花に過ぎなかったかを、私たちは身を以て体験し痛感した。西洋近代文化の摂取にとって、明治以後八十年の歳月は決して短かすぎたとは言えない。にもかかわらず、近代文化の伝統を確立し、自由な批判と柔軟な良識に富む文化層として自らを形成することに私たちは失敗して来た。そしてこれは、各層への文化の普及滲透を任務とする出版人の責任でもあった。

一九四五年以来、私たちは再び振出しに戻り、第一歩から踏み出すことを余儀なくされた。これは大きな不幸ではあるが、反面、これまでの混沌・未熟・歪曲の中にあった我が国の文化に秩序と確たる基礎を齎らすためには絶好の機会でもある。角川書店は、このような祖国の文化的危機にあたり、微力をも顧みず再建の礎石たるべき抱負と決意とをもって出発したが、ここに創立以来の念願を果すべく角川文庫を発刊する。これまで刊行されたあらゆる全集叢書文庫類の長所と短所とを検討し、古今東西の不朽の典籍を、良心的編集のもとに、廉価に、そして書架にふさわしい美本として、多くのひとびとに提供しようとする。しかし私たちは徒らに百科全書的な知識のジレッタントを作ることを目的とせず、あくまで祖国の文化に秩序と再建への道を示し、この文庫を角川書店の栄ある事業として、今後永久に継続発展せしめ、学芸と教養との殿堂として大成せんことを期したい。多くの読書子の愛情ある忠言と支持とによって、この希望と抱負とを完遂せしめられんことを願う。

一九四九年五月三日

ISBN978-4-04-100330-5

自衛官だって、恋がなくては
生きてゆけない!

角川文庫・既刊

ラブコメ今昔

有川浩

突っ走り系広報自衛官の女子が鬼上官に教えろと迫るのは、「奥様とのナレソメ」。双方一歩もひかない攻防戦の行方は!?

〝制服ラブコメ〟決定版

ISBN978-4-04-100784-6